미우라 시온

장편소설 ― 홍은주 옮김

마사&겐

MASA&GEN

政と源

비채

차례

三浦しをん

1

마사와 겐

MASA & GEN

영결식장으로 들어서는 호리 겐지로를 보고 아리타 구니마사는 호흡곤란을 일으킬 뻔했다.

겐지로는 대머리를 빛내며 영정 사진에 흘끔 눈길을 던지고는 접의자가 늘어선 실내를 휘둘러보았다. 구석에 앉은 구니마사를 발견했는지 보일락 말락 눈웃음을 짓는다. 검은색 단벌 양복을 걸친 등을 곧게 펴더니, 살짝 휜 다리로 여느 때처럼 슬렁슬렁 걸어온다.

"왔구나."

겐지로가 한마디 던지고 옆자리에 털썩 몸을 앉힌다.

"왔구나고 뭐고. 뭐냐, 그 머리는?"

구니마사가 염주를 쥔 손으로 저도 모르게 관자놀이를 문질렀다. 머릿살이 지끈거렸다. 그렇지 않아도 푸석푸석한 피부가 급격한 스트레스로 완전히 탄력을 잃은 기분이다.

귀 위에 조금 남은 겐지로의 머리칼이 새빨간 색으로 물들어 있었다.

"네 나이가 지금 몇인데……"

"설마 미쓰 누님이 가버릴 줄 누가 알았냐." 겐지로가 영정 사진을 바라보며 숙연하게 말했다. "그렇다고 또 새로 물들일 수도 없잖아. 모처럼 마미 씨가 염색해줬는데, 일주일밖에 안 됐어. 모근에 안 좋다고."

"그럼 깎고 와야지."

"네가 그럴싸한 '로맨스그레이'라고 지금 잘난 체하는 거냐?"

승려가 제단 앞에 앉았으므로 대화는 일시 중단되었다.

독경이 울려 퍼지고, 조문객들이 차례로 분향하는 내내 구니마사는 가능한 한 겐지로를 외면했다. 빨간 머리(하물며 영결식 석상이다)를 자꾸 보는 것이 정신건강상 썩 좋지 않을 것 같았다.

대개 동네 상점가 사람들인 조문객과 유족도 제단을 향해 합장하는 겐지로를 보고 어이쿠, 저런, 하는 표정을 지었다. 물론 뭐라고 하는 사람은 없다. 잔물결처럼 쓴웃음이 퍼질 뿐이다. 겐지로는 그런 인물이다. 영정 속의 미쓰도 '하여간 못 말린다니까' 하고 눈웃음을 짓고 있는 듯했다.

출관을 기다리는 사이 구니마사와 겐지로는 정문 쪽 주차장에서 담배를 피웠다.

5월의 한가로운 오후이다.

"날씨 한번 좋구나." 겐지로가 중얼거렸다.

싱싱한 초록빛 나무들이 산뜻한 바람과 햇빛 속에서 반짝거린다. 가느다란 담배 연기가 구름이 엷게 깔린 하늘로 올라가 자취를 감춘다.

"갑작스런 부고였어." 구니마사가 미쓰의 웃는 얼굴을 떠올리며 말했다.

이제 떡집을 가도 계산대를 지키는 미쓰를 만날 수 없다. 오랫동안 친숙했던 풍경이 또 하나 이렇게 사라져버리는구나. 그 쓸쓸함은 앞으로 조금씩 가슴 밑바닥에 쌓여가리라.

"뭐, 이만하면 호상이지."

겐지로는 쾌활하게 들리는 목소리로 말했지만 구니마사는 순순히 수긍할 수 없었다. 젊을 때보다 죽음이 가까워진 만큼 두려움도 커진 탓인지 모른다.

지금까지 만나고, 먼저 떠나간 사람들의 기억도 내가 죽으면 깨끗이 통째 지워지는 걸까.

"게다가 조만간 또 만날 수 있으니 걱정 말라고."

구니마사의 마음속을 들여다보기라도 한 것처럼 겐지로가 살짝 어깨를 들썩이며 말했다.

미쓰의 관이 검은색 자동차에 실렸다. 구니마사와 겐지로는 휴대용 재떨이에 담배를 비벼 끄고 자세를 바로잡았다. 영구차가 클랙슨을 울리고 길을 나서더니 모퉁이를 돌아 사라졌다.

조만간 또 만날 수 있다…… 그것도 맞는 말이라고 구니마사는 생각했다.

조문객들이 일제히 역 방면으로 향했다. 대개 고령인 미쓰의 친구들은 가족이 운전하는 자동차로 돌아가는 사람도 제법 되었다.

구니마사와 겐지로는 운하를 따라 난 길을 천천히 걸었다. 주점 주인과 서점 주인이 두 사람을 앞지르며 말을 걸었다.

"겐 씨, 요즘 경기는 어때?"

"그럭저럭."

"주문했던 책, 마침 오늘 아침에 들어왔어."

"며칠 안에 찾으러 갈게."

여느 때와 다름없는 대화이다. 남겨진 사람의 일상은 담담히 계속된다. 운하변에 늘어선 집집의 처마 밑에 널린 빨래가 펄럭거린다.

"사부, 사부!"

그 소리에 겐지로가 운하변의 난간으로 다가갔다. 구니마사도 고개를 빼고 강을 내려다보았다. 선외 엔진이 달린 작은 배에서 요시오카 뎃페가 손을 흔들고 있다.

"모시러 왔어요."

"싹싹한 녀석."

겐지로가 구니마사에게 "너도 타고 가"라며 권했다. 호안護岸

의 콘크리트 계단을 내려가 작은 배에 올라탄다. 뎃페가 밧줄을 풀자 배가 엔진음을 높이며 운하를 달리기 시작했다. 수면에 흰 물보라가 일어난다.

도쿄의 동부를 차지하는 스미다 구 Y동네는 아라카와荒川와 스미다가와隅田川 두 강 사이에 삼각주처럼 들어앉아 있다. 에도 시대에 만들어진 크고 작은 운하가 지금도 동네 구석구석을 흐르며 두 하천을 연결하고 있다. 수질 정화 작업이 진행된 덕에 수로를 낀 동네의 풍치를 즐기려는 관광객도 조금씩 늘어나는 추세였다.

그렇다고는 해도 요즘 세상에 굳이 수로를 오갈 필요는 없다. Y동네 주민 중에서도 배를 지닌 이들은 관광객을 상대하는 보트 가게, 강 주변의 도매상에 물건을 납품하는 직인 정도랄까. 겐지로는 후자였다.

뎃페는 뱃고물에 앉아 능숙하게 키를 움직였다. 작은 배는 한가로운 속도로 미로 같은 운하를 나아간다.

"웬일로 싹싹하다 했더니, 일감 가져온 거냐?" 겐지로가 혀를 찼다.

작은 배 한구석에 하부타에고급 생사로 짠, 얇고 광택 있는 순백색 비단의 일종가 담긴 상자들이 투명 비닐 시트에 엄중히 덮여 쌓여 있었다.

"하지만 사부, 곧 장마가 닥친다고요. 오늘은 무슨 일이 있어도 풀을 먹여야 한단 말이에요." 뎃페가 엔진음에 질세라 목청을

높인다.

"알았어, 알았다고."

젠지로가 양복저고리를 벗고 넥타이를 풀었다. 미숙한 어린 제자에게 사정없이 잔소리를 듣고도 젠지로는 어쩐지 기분이 좋아 보였다. 굼뜨고 게으른 젠지로와 빈틈없는 뎃페. 이러니저러니 하면서도 이 사제 간은 장단이 맞는 모양이다.

"넌 어떻게 할래?" 젠지로의 질문에 구니마사는 "나도 가지" 하고 대답했다. 집으로 가봤자 어차피 할 일도 없었다.

작은 배가 구니마사의 집 뒤를 그대로 통과해 아라카와로 나왔다. 구니마사는 꽁꽁 닫힌 집의 창문에서 시선을 돌려 눈앞에 확 펼쳐지는 반짝거리는 강물을 바라보았다.

노란색, 분홍색, 하늘색으로 물든 얇은 천 자락이 흰 구름 사이로 쏟아지는 햇빛에 닿아 꿈속을 흐르는 물길처럼 아름답다.

구니마사는 젠지로와 함께 둑에 앉아 자갈밭에 펼쳐진 하부타에를 내려다보았다. 뎃페가 하부타에에 바른 풀이 얼마나 말랐는지 확인하고 있다.

"야, 야, 끈적끈적 만져대는 거 아니다!"

젠지로가 소리치자 뎃페가 뒤를 돌아다보고, 키 작은 풀들이 자라는 둑을 가로질러 올라왔다. 그리고 두 사람과 나란히 사면에 쪼그려 앉는다. 옆얼굴이 아직 앳되다.

스무 살이랬나. 구니마사가 드높은 하늘을 올려다본다. 스무 살 때 난 무슨 생각을 하며 살았더라…… 어쨌거나 반세기도 전의 일이니 제대로 기억이 날 리 없다. 겐지로한테도 물어볼까 하다가 그만두었다. 보나 마나 '배가 고픈데' 또는 '어디 괜찮은 여자 없나' 같은 생각이나 했을 테니까.

"사부, 역시 잘 어울리는데요."

얼마 남지 않은 겐지로의 머리칼을 보며 뎃페가 흐뭇하게 말했다.

"마미 씨 덕에 내 매력이 한결 빛나게 됐다 그 말이지."

겐지로의 입술 한구석에서 불을 붙이지 않은 담배가 흔들린다. 혈육도 아니면서 이 두 사람은 웃는 얼굴이 많이 닮았다. 재미난 일을 찾느라 근질근질한 표정이 영락없이 악동이다.

"네 여자친구, 실력이 제법이잖아."

"에헤헤, 마미 씨는 가게에서 지명률 톱이라잖아요." 뎃페가 우쭐거린다.

뎃페의 말만 들으면 어쩐지 미심쩍은 핑크빛 분위기의 가게 같지만 마미가 일하는 곳은 미용실이다. 꽤 인기 있는 미용실로, 때때로 그 앞을 지나가다 들여다보면 아가씨부터 할머니에 이르기까지 동네 여자들이 바글거렸다. 그 가게에서 지명률이 톱이라 함은 마미가 실질적으로 Y동네에서 제일가는 미용사라는 말이리라.

"하지만······." 구니마사가 눈썹을 찌푸렸다. "영결식에 빨간 머리 대머리 노인을 내보내는 게 과연 옳은 일인가? 제자인 자네가 좀더 신경을 써야지."

"죄송합니다." 무릎을 모으고 앉은 뎃페가 커다란 몸뚱이를 움츠렸다. "실은 오늘 아침 혹시나 해서 검은색 염색약을 가져왔는데요······ 사부께서 이미 나가신 후여서."

"됐어. 마사, 너무 빡빡하게 굴지 말라고."

풀칠 작업 중에는 무릎까지 오는 속옷 바람이던 겐지로가 앉은 채 꿈지럭꿈지럭 양복바지에 발을 집어넣기 시작했다. 하기는 좀 쌀쌀했던 것이리라.

그때 "저······" 하는 소리가 들렸다. 돌아보자 둑 위에 네다섯 명의 아이들이 서 있다.

"뭔데?"

뎃페가 고개를 삐딱하게 꺾으며 물었다.

본인은 위협할 생각이 없었다 해도 아이들은 약간 겁을 먹은 듯했다. 갈색으로 물들인 머리에 체격 좋은 뎃페. 백발에 상복 차림으로 점잖은 척하고 있는 구니마사. 토성 띠 같은 머리를 새빨갛게 물들이고 대낮의 강가에서 바지를 벗는 중인지 입는 중인지 모를 겐지로. 수상쩍기 짝이 없는 삼인조가 아닌가.

그래도 말을 꺼낸 이상 그냥 갈 수는 없었던지 아이들이 주뼛주뼛 둑을 내려왔다.

"사회 숙제로 Y동네의 역사를 조사하는 중인데요……."

리더 격인 듯한 여자아이가 말했다. 초등학교 5학년쯤 되려나.

"몇 가지 여쭤봐도 돼요?"

"음, 그러렴." 구니마사가 말했다.

"앉지들."

겐지로의 권유에 아이들이 풀밭에 자리를 잡고 앉았다.

"저건 뭔가요?"

여자아이가 물가에 펼쳐진 색색의 얇은 천 자락을 가리켰다.

"쓰마미 세공'하부타에'를 작은 정방형으로 잘라 핀셋으로 꽃, 새, 물고기 등을 접어내는 도쿄 도都 지정 전통공예의 하나로 기모노에 어울리는 머리 장식인 '간자시'에 쓰이는 기법 재료."

바지를 다 입은 겐지로가 대답했다. 담배를 피우는 것은 포기했는지 물고 있던 담배를 담뱃갑에 도로 넣는다.

"쓰마미 세공?" 얌전해 보이는 다른 여자아이가 조그맣게 중얼거렸다.

"모르냐? 우리 사부는 쓰마미 간자시의 명인인데." 뎃페가 씩씩거리며 말했다.

모르는 게 당연하다고 구니마사는 생각했다. 아이들은 험악한 뎃페한테 기가 죽으면서도 '명인'이란 말에 마음이 끌린 모양이다. 기대에 가득 찬 눈빛이 기괴한 풍모의 겐지로에게 쏠렸다.

"쓰마미 간자시란 건, 그렇지, 그거 있잖아……." 겐지로가 쑥스러운 기색으로 뺨을 붉적였다. "기온교토의 정서를 대표하는 유흥가의 마이코춤을 추어 술자리의 흥을 돋우는 소녀들이 머리에 꽂는 거."

"사부님의 작품은 분라쿠文樂 인형극의 인형들도 꽂는다고."

뎃페가 의기양양하게 말했지만 아이들은 여전히 잘 모르겠다는 얼굴이다.

구니마사가 한숨을 쉬고 설명을 보탰다. "너희 중에 시치고 산七五三 아이들의 성장을 축하하는 행사로, 사내아이는 3세와 5세, 여자아이는 5세와 7세의 11월 15일에 나들이옷을 입혀 참배함 때 기모노 입은 사람 있지? 그때 헝겊으로 만든 화려한 장식을 머리에 꽂지 않았니?"

"아, 꽂았어요."

한 명이 손을 들자 구니마사가 고개를 끄덕인다.

"그걸 만드는 사람이 이 할아버지야."

"내가 할아버지면 너도 할아버지잖아." 겐지로가 눈을 흘기며 말을 이어받는다. "뭐, 어쨌거나 그거야. 저 비단 천을 조그맣게 잘라 핀셋으로 착착 접어, 꽃이나 소나무 같은 갖가지 예쁜 장식을 만들어 여자들 머리에 꽂는 거지."

"왜 천을 널어놓았는데요?" 그때까지 잠자코 있던 남자아이가 물었다.

"풀을 먹인 참이니까. 얇은 천이라 풀을 먹여 빳빳하게 해주지 않으면 완성품에 힘이 안 들어가거든."

구니마사는 드레스 셔츠를 다릴 때 목깃에 풀을 발라 보강하는 것과 같은 이치야, 하고 덧붙이려다 그만두었다. 최근에는 이른바 형상기억 셔츠가 대부분이라 그런 수고를 할 필요가 없으리라.

"좀 가서 봐도 되나요?" 남자아이가 흥미를 품은 듯했다.

만지지만 않으면 괜찮다는 겐지로의 허락이 떨어지자 아이가 둑을 내려갔다.

"완성품이 보고 싶으면 다음에 집으로 구경들 오지? 3초메 모퉁이집이야. 완성품은 무지 예뻐." 뎃페가 옆에 있던 여자아이들에게 말했다.

"예, 갈게요."

리더 격인 여자아이가 진지하게 고개를 끄덕였다. 그리고 갖고 있던 바인더를 펼쳐 준비해온 질문을 읽기 시작했다.

"언제부터 Y동네에 사셨어요?"

겐지로가 "태어났을 때부터"라고 대답하자 구니마사가 "다시 말해 칠십삼 년 전부터지" 하고 덧붙였다.

"난 열여덟 살에 사부님 제자로 들어오고부터니까 이 년 전."

뎃페의 발언은 깨끗이 무시당했다. 이쪽은 역사가 짧다는 것쯤 아이들도 꿰뚫어본 것이리라.

"두 분이 어렸을 때와 비교하면 Y동네는 변했나요?"

당연히 변했다. 반세기 이상 흘렀으니까. 길도 운하도 정비되고, 동네 풍경도 완전히 바뀌었다. 수많은 집과 사람들이 불타고, 그 폐허 위에 새로 세워진 것이 지금의 Y동네이다.

구니마사가 입을 열려는 순간 겐지로가 싱긋 웃으며 선수를 쳤다.

"안 변했어. 예나 지금이나 한갓지고 좋은 동네지."

구니마사는 아무 말도 할 수 없게 되었다.

아이들이 인사를 하고 자리를 떠나자 겐지로와 뎃페가 풀칠이 끝난 하부타에를 솜씨 좋게 접기 시작했다. 구니마사는 둑에 앉은 채 작업하는 모습을 내려다보았다. 저물녘의 강가에 바람이 불고, 서쪽 하늘이 연분홍빛으로 물든다.

아라카와는 오늘도 평화롭게 흘러가고 있었다.

작은 배로 집 뒤까지 와서 집집마다 딸려 있는 작은 선착장에 발을 내려딛기 직전, 구니마사는 아무래도 마음에 걸렸는지 입을 열었다.

"왜 아까 애들한테 사실대로 말하지 않았어?"

겐지로가 일순 구니마사의 눈을 똑바로 들여다보았다. 어렸을 때와 똑같은, 맑고 새까만 눈동자이다.

"그건…… 내가 약해서겠지……."

겐지로는 쓴웃음을 짓고, 어서 들어가라며 가볍게 손을 흔들었다. 뎃페는 그사이 내내 잠자코 있었다. 통통통, 하고 경쾌한 엔진음을 울리며 겐지로와 뎃페를 태운 작은 배가 좁은 수로를 미끄러져 나갔다.

구니마사는 뒷문으로 집에 들어갔다. "다녀왔어" 하고 중얼거려도 "이제 와요?" 하고 말해주는 사람은 없다.

아침에 먹고 남은 된장국을 데워 찬밥을 말아 훌훌 들이켠다. 9시까지 TV를 보며 시간을 보내고, 그다음엔 딱히 할 일도 없어 이불 속으로 들어갔다. 둑에 오래 앉아 있었던 탓인지 허리가 좀 아팠다.

혼자 지내는 밤은 느리게 흘러간다. 화장실에 가느라 두 번 일어났지만 그때마다 '도대체 날은 언제 새나' 하고 진저리를 쳤다. 새로운 하루가 시작된다고 해서 활력이 샘솟는 것도 아니면서.

이건 뭐, 천천히 죽어가고 있는 거나 마찬가지야. 구니마사는 반듯하게 드러누운 채 컴컴한 천장을 올려다보았다. 나이 먹는다는 게 이런 건가.

화가 나는지 우스운지 개운한지 모를 복잡한 기분으로 눈을 감았다. 이번에야말로 아침까지 요의 때문에 깨지 않고 잠들기를 빌었다.

어째서 겐지로와 줄곧 붙어다니는지는 구니마사로서도 잘 모를 일이다.

한동네에서 자란 죽마고우라지만 두 사람은 생활도 사고방식도 정반대라 해도 좋을 만큼 판이했다.

구니마사는 대학을 나와 은행에 들어갔다. 근면이 최고라 믿고 열심히 일했고, 부모가 주선한 맞선에서 만난 여자와 결혼해 딸이 둘 있다. 겐지로는 초등학교도 제대로 졸업하기 전에 쓰마미 세공 직인의 제자로 들어가, '솜씨 하나'로 먹고살 수 있게 되면서는 기분 내킬 때만 소나기처럼 일을 한다. 요란한 연애 끝에 결혼한 아내가 사십대에 세상을 떠나고 한동안은 풀이 죽어 있었지만 지금은 Y동네의 모든 작은 술집의 여인들에게 열렬한 환대를 받는 귀하신 몸이다. 아이는 없다.

요컨대 구니마사와 겐지로는 눈을 씻고 찾아봐도 잘 맞는 구석이 없다. 그런데도 단짝이라니, 불가사의라면 불가사의였다. 오죽하면 한번은 대놓고 물었을까. 야, 겐지로, 우린 왜 질리지도 않고 얼굴을 맞대고 있는 거냐. 그러자 겐지로는 피식 웃었다.

"그야 뭐, 타성이란 거지."

맞는 말인지도…… 구니마사는 생각했다.

그날도 구니마사는 병원에서 습포를 타서 돌아오는 길에 겐지로네에 들러보기로 했다. 습포를 붙여 화끈화끈 욱신거리는 허리를 문지르며 모퉁이의 목조 이층집으로 향한다.

골목에 면한 유리문 안쪽에서 유카타^{목욕 후나 여름에 평상복으로 입는 긴 무명 홑옷} 차림의 겐지로가 진지한 표정으로 핀셋을 움직여 '쓰마미'를 만들고 있었다. 산뜻한 색깔의 조그만 헝겊을 접어, 풀을 칠한 작은 나무판 위에 가지런히 줄을 세워 나간다. 뎃페가 그 옆에 정좌하고 사부의 손끝을 열심히 바라보고 있었다.

구니마사가 유리문을 열고 현관으로 들어서도 겐지로는 고개를 들지 않았다. 뎃페가 알아채고 꾸벅 인사를 하더니 녹차를 내왔다. 구니마사는 다다미가 깔린 작업장으로 잠자코 올라가, 한 손에 찻잔을 쥔 채 겐지로가 그린 간자시의 밑그림을 감상했다.

하늘하늘 쏟아져내리는 섬세한 등꽃. 여름 밤하늘을 수놓는 불꽃처럼 겹겹이 피어난 국화. 달 아래 뛰노는 토끼. 푸르른 소나무와 애교 있는 새빨간 도미. 하나같이 화려하고 아름다운 그 도안들은 일 년 내내 집에서는 칠칠찮게 유카타만 걸치고 있는 사내의 작품이라고는 상상도 할 수 없다.

작은 나무판에 늘어서 있는 저 쓰마미들은 곧 도안대로 자른 두꺼운 밑종이에 핀셋으로 하나하나 놓일 것이다. 정신이 아득해질 정도로 세밀한 공정을 거쳐야 비로소 쓰마미 간자시 하나가 완성된다. 평소에는 실없는 짓의 대가인 겐지로였지만 작업을 하는 동안만큼은 딴사람처럼 집중력을 발휘한다.

이윽고 작은 나무판이 쓰마미로 가득 차자, 겐지로가 핀셋을 내려놓고 목을 천천히 한 바퀴 돌린다.

"어, 왔냐?"

"한참 전에."

겐지로는 잠깐 실례, 하고 중얼거리며 화장실로 사라졌다가, 부엌에 들러 라쿠간잡곡 가루에 설탕과 물엿을 섞어 틀에 찍어 말린 과자을 가지고 돌아왔다. 세 사람은 뎃페가 새로 우린 녹차를 곁들여 간식을 먹는다.

"뭐야, 습포 냄새가 아주 진동을 하는구나."

"허리가 좀 아파서 말이지."

"운동 부족 아니냐? 게이트볼이라도 하지그래?"

"싫다. 상대 팀 공을 튕겨내거나, 어떻게든 상대 팀을 방해하는 데만 골몰하는 그런 음험한 건."

"그렇다면 더더욱 너한테 딱 맞잖아."

구니마사는 잠자코 뎃페를 향해 찻잔을 내밀었다. 뎃페가 조용히 찻주전자를 기울인다.

"너야말로 노안 때문에 작업이 괴롭겠다." 녹차로 목을 적신 구니마사가 반격에 나섰다. "뎃페 군에게 뒷일을 맡기고 슬슬 은퇴하는 게 어때?"

"웃기는 소리." 겐지로가 푸슬푸슬 가루를 흘리며 라쿠간을 깨물었다. "쓰마미라면 눈 감고도 만들 수 있다고."

"정말 그렇다니까요. 사부님 기술은 대단하니까요." 뎃페가 씩씩하게 말했다.

빈말은 아닌 모양인지, 뎃페의 눈동자가 순진하게 빛난다. 구니마사는 괜히 부아가 치민다. 뎃페가 제자로 들어온 후로는 걸핏하면 이렇게 장단이 틀어진다.

내가 비뚤어진 건가. 구니마사가 마음속을 곱씹었다.

구니마사의 아내는 몇 년 전 집을 나가 큰딸네서 살고 있다.

아내도, 두 딸도, 손녀도 얼굴을 비치는 일은 거의 없다.

일이 바쁜 것만 앞세워 휴일에도 가족 얼굴도 제대로 보지 않고 잠만 잤던 가장이었으니 당연하다. 구니마사는 이미 포기했다. 소처럼 일만 한 것도 다 가족을 위해서였다고 주장하고 싶어도, 상대가 도망쳐버린 다음에야 무슨 소용이 있으랴.

허무함은 삼키면 되고, 쓸쓸함은 습관이 되면 괜찮다. 그렇게 자위하고 있었다. 마음속 어딘가에 아내를 먼저 보내고 아이도 없는 겐지로 또한 자신과 비슷한 처지라고 속삭이는 목소리도 있었다.

그런데 구니마사와 동급이거나 그 이상으로 고독해야 할 겐지로는 정작 조금도 '쓸쓸한 노후'를 보내는 기색이 없다. 어느샌가 젊은 제자를 들여, 뭔가 즐겁게 지내고 있다.

혼자만 덜렁 남겨진 기분이 든다. 저 녀석 잘 풀리고 있잖아, 하고 은근히 샘이 난다. 겐지로는 옛날부터 요령이 좋고 사람들한테 인기가 있었다. 열렬히 사랑한 여자와 결혼했고, 몸뚱이 하나만 있으면 먹고살 수 있는 기술도 지녔다.

가족에게 버림받고, 퇴직하고 나니 오란 데도 없고 갈 데도 없는 자신과는 천지 차이였다.

구니마사가 품은 어둠침침한 조바심을 알 리 없는 겐지로와 뎃페가 태평한 대화를 나누고 있다.

"사부, 오늘 저녁은 뭘로 할까요?"

"그러게. 슬슬 생선 가게에서 할인할 시간 아니냐? 적당히 회라도 떠와."

"그럼 다녀오겠습니다."

겐지로에게 받은 지폐를 청바지 주머니에 찔러넣으며 뎃페가 현관으로 내려섰다.

"회는 삼인분이다!"

골목으로 나간 뎃페의 등에 대고 겐지로가 소리치자 "옛!" 하고 닫힌 유리문 너머에서 기세 좋은 대답이 돌아왔다.

"아니, 난 됐어." 구니마사가 당황해서 말했다.

"벌써 갔어."

겐지로의 말마따나 뎃페의 발소리는 상점가를 향해 멀어지고 있었다.

"먹고 가래도."

겐지로가 다시 작은 나무판 앞에 앉더니 핀셋으로 손가락 털을 천천히 뽑기 시작한다. 집중할 때면 나오는 겐지로의 묘한 버릇이다. 여전하군, 하고 기가 차서 쳐다보고 있자 겐지로가 불쑥 입을 연다.

"마사…… 심심하면 주문서 분류하고, 청구서 좀 만들어줘. 날짜는 빈칸으로."

"왜 내가?"

"네 특기잖아."

겐지로는 핀셋에 붙은 털을 정성껏 티슈로 닦아내고 맹렬한 기세로 쓰마미를 만들기 시작했다. 구니마사는 할 수 없이 주문서를 꺼내와 다실의 좌탁에 펼치고, 은행원 출신답게 노련하게 전자계산기를 두들겨 청구액을 계산한다.

장을 봐온 뎃페가 "다 됐습니다!" 하고 부엌에서 얼굴을 내밀 때까지 구니마사와 겐지로는 묵묵히 작업을 계속했다.

둥근 밥상에 계란을 넣은 두부된장국, 오이절임, 따끈한 밥, 다진 전갱이와 오징어회가 놓여 있다. 세 사람이 밥상을 둘러싸고 "잘 먹겠습니다!" 하고 합창한다.

"뎃페, 너도 참. 늙은이들 먹으라고 오징어회를 사오는 놈이 세상에 어디 있냐?"

"안 되나요?"

"이걸 제대로 씹을 수가 있겠느냐고?"

"네……? 이렇게 가늘게 채 친 것인데도요?"

"넌 전갱이는 손대지 마. 오징어만 먹어."

뎃페의 어깨가 축 처졌다. 구니마사가 그런 뎃페가 안쓰러웠는지 "난 오징어도 조금 먹을 테니 이걸 먹게" 하며 전갱이가 담긴 접시를 밀어주었다.

"그래도 돼요? 잘 먹겠습니다." 뎃페가 환한 얼굴로 젓가락을 갖다댄다.

"혼자 젊은 척하기는." 겐지로가 심술궂게 내뱉는다.

이렇게 떠들썩한 밥상은 오랜만이다. 아니, 아내와 딸들이랑 함께 살던 때도 이만큼 명랑하게 식사한 적이 없었던 것 같다. 구니마사는 느긋한 기분으로 청주 잔을 기울였다. 겐지로도 TV 프로야구 중계를 보며 홀짝홀짝 마시고 있다.

"귀찮은데 그냥 자고 갈까."

구니마사가 중얼거리자 살짝 취한 겐지로가 "그러든지"란다.

부엌에서 설거지를 마친 뎃페가 돌아갈 채비를 했다.

"오늘은 빨리 가네? 마미 씨랑 데이트냐?"

겐지로가 놀리자 뎃페가 에헤헤, 하고 웃는다.

"퇴근시간 맞춰 데리러 가기로 했어요. 오늘 밤은 저희 집에서 단둘이 오붓하게……"

"뭐야, 에잇……"

겐지로가 빨간 머리를 쥐어뜯으며 뎃페를 향해서인지 때마침 점수를 내지 못하고 물러난 자이언츠 팀 타선을 향해서인지 불만을 폭발시켰다.

"조심히 가게." 정신이 딴 데 가 있는 겐지로 대신 구니마사가 인사를 건넸다.

"예, 그러게요. 저 정말 조심해야 돼요. 실은 요즘……" 뎃페가 어딘지 찜찜한 표정을 짓는다.

"무슨 일 있었나?"

구니마사가 캐물었지만 뎃페는 입술만 달싹이다가 결국 고개를 가로저었다.

"아무것도 아니에요. 그러면, 안녕히 주무세요."

현관까지 뎃페를 배웅한 구니마사가 유리문을 잠그고 커튼을 쳤다.

"뭐지? 뎃페 군, 무슨 일이 있는 건가."

다실로 돌아와 겐지로에게 물어도 종반으로 접어든 시합에 정신이 팔려 반응이 없다. 이봐, 하고 어깨를 쿡 지르자 그제야 TV 화면에서 시선을 돌린다.

"내버려둬. 그 녀석도 어른이야. 진짜로 곤란한 일이 생기면 그땐 털어놓을 테지."

시합은 결국 자이언츠가 졌다. 겐지로는 침실로 쓰는 이층의 다다미 여섯 장짜리 방으로 올라가 벽장에서 손님용 이불을 끄집어내 내동댕이쳤다.

"에잇, 제기랄."

"너도 참, 야구 같은 걸로 그렇게 열을 내냐."

씻고 나온 구니마사가 공연히 이불의 먼지를 털어대는 겐지로를 향해 쓴웃음을 짓는다.

"뭐? 야구 '같은 거'?" 겐지로는 나란히 깔린 이부자리 한쪽에 파고들더니 휙 돌아누웠다. "아아…… 분하다. 내일은 작업 효율이 뚝 떨어지겠어."

뎃페 군을 본받아 너야말로 좀 어른이 돼라. 구니마사가 줄을 당겨 형광등을 끄고 작은 알전구만 켜둔다.

"그러고 보니 지난번 그 아이들, 다녀갔냐?"

"안 다녀갔다." 겐지로가 이미 반쯤 잠에 취한 목소리로 느릿느릿 말했다. "와도 난처해. 요즘 아이들은 어떻게 대해야 하는지 알 수가 있어야지. 우리 어릴 때하고는 완전히 다르잖아."

다르다고? 그럴까…… 아이들이란 어느 시대나 똑같은 걸로 울고 똑같은 걸로 웃는 생물이 아니었나? 구니마사는 웃는 얼굴이며 싸우는 모습이 귀엽던 두 딸의 어린 시절을 떠올렸다.

남의 집에서 한밤중에 움직이는 것은 보통 노동이 아니다. 좁은 복도를 손으로 더듬어, 침침한 눈으로 계단을 한 단 한 단 확인하면서 구니마사는 두 번, 화장실과 이불 사이를 왕복했다.

처음 화장실을 가고 싶어 깼을 때 겐지로는 거품 터지는 것 같은 콧숨을 내뿜으며 기분 좋게 잠들어 있었다. 구니마사가 문지방에 발끝이 걸려 아얏, 하고 소리를 질러도 끄떡하지 않았다.

하지만 구니마사가 두번째 화장실에 다녀왔을 때 겐지로는 분명히 신음을 흘리고 있었다. 구니마사는 이불 옆에 쪼그리고 앉아 잠시 생각에 잠겼다.

똑바로 드러누운 겐지로는 고통을 참는 맹수처럼 연약하고 슬픈 신음을 흘리고 있다.

깨워야 하나 말아야 하나…… 꿈은 과거로 돌아가는 비밀의 길이기도 하다. 이 세상에서는 두 번 다시 만날 수 없는 사람과 이야기를 나누는 시간은 가령 슬프고 고통스럽다 해도 누구에게도 방해받고 싶지 않으리라. 구니마사도 그것을 알기에 겐지로를 선뜻 깨울 수 없었다.

그러는 사이 겐지로의 눈이 절로 떠졌다. 오렌지색 알전구만 밝혀진 어둑한 천장을 겐지로는 한동안 올려다보았다. 마침내 얼굴에 어른거리는 그림자를 알아봤는지, 머리맡에 쪼그려 앉은 구니마사에게 눈길을 돌렸다. 그리고 천천히 입을 열었다.

"집이 불타버린 날 밤이었어. 밥상 앞에 어머니가 앉아 계시더라고."

아쉬운 것도 같고 안도한 것도 같은 표정이다. 구니마사가 "그랬냐……" 하고 중얼거리며 고개를 끄덕였을 때는 겐지로는 벌써 다시 잠든 후였다.

구니마사는 이불 속으로 들어가 옆에서 들리는 숨소리에 귀를 기울였다. 호흡은 규칙적이다. 이번에야말로 겐지로는 기억의 그물에서 완전히 벗어나 편히 잠든 것 같았다.

잊지 않았구나…… 구니마사는 불현듯 속이 쓰라렸다. 하기는 어떻게 잊을 수 있으리.

구니마사는 도쿄 대공습을 모른다. 모친과 함께 나가노의 친척집으로 피난을 가 있었기 때문이다. 도쿄에 큰일이 터졌다는 말을 들었을 때 제일 먼저 겐지로를 떠올렸다.

겐지로는 이미 근처의 쓰마미 세공 직인의 제자로 들어가 있었다. 형은 어릴 때 병사하고 부친도 전사하여 겐지로는 일찍부터 모친과 함께 가족의 생계를 책임져야 했다. 초등학생인 겐지로에게는 남동생과 아직 갓난아이인 여동생이 있었다. 그러므로 피난을 가지 않았고, 어차피 갈 형편도 못 되었다.

그날 밤의 일이 겐지로의 입에서 상세하게 흘러나온 적은 없다. 구니마사가 알고 있는 것은 겐지로가 고령의 사부를 부축하고 필사적으로 도망쳤다는 것. 집도 가족도 모조리 불에 타 재가 되었다는 것. 그것뿐이다.

구니마사는 도쿄 대공습으로부터 반년 후, 전쟁이 끝나고 나서야 Y동네로 돌아왔다. 쓰레기와 목재가 떠다니는 운하. 다닥다닥 늘어선 판잣집 위로 막막하게 펼쳐진 하늘. 완전히 변해버린 고향 마을을 눈앞에 두고 그는 그저 뻣뻣이 서 있었다.

모퉁이의 허술한 판잣집에서 겐지로가 홀연히 튀어나온 것은 바로 그때였다. 구니마사는 입을 열 틈도 없이 달려갔다. 겐지로도 들고 있던 대야를 내동댕이치고 달려왔다. 뿌연 먼지가 휘날리는 길 한복판에서 둘은 덥석 양손을 맞잡았다.

"살아 있었구나, 살아 있었어! 잘됐다! 잘됐다!" 겐지로가 말했다.

그건 내가 할 말이잖아…… 구니마사는 입술을 깨물어 눈물을 삼키고, 겐지로의 어깨에 떨어지는 늦여름의 햇빛만 바라볼 뿐이었다.

구니마사는 이불 속에서 몸을 뒤치며 편안한 자세를 찾았다.

겐지로는 둑에서 만난 아이들한테 '변한 게 없다'고 말했다. 요즘 아이들은 어떻게 대해야 하는지 알 수 없다는 말도 흘렸다.

가족과 인연이 거의 없다고 해야 할 겐지로는 이 집에서 혼자, 가위눌릴 줄 알면서도 꿈속으로 떠나는 것일까.

나도 잊지 않았다. 그토록 쓰라린 일을 당하고도 외려 나의 안위를 먼저 걱정해줬던 겐지로. 달려와 맞잡았던 손바닥의 감촉. 얼굴 가득 번지던 빛나는 그 웃음. 어떻게 잊을 것인가.

구니마사는 요통을 조금이나마 완화시켜보려고 수도 없이 뒤치락거린 끝에 새우등 자세로 낙착을 보았다. 겐지로의 이불은 규칙적으로 들썩이고 있다.

날이 새려면 아직 멀었지만 평화로운 Y동네의 밤도 썩 나쁘지는 않다는 생각이 들었다.

구니마사와 겐지로가 낫토를 얹은 밥에 구운 연어 한쪽을 곁들여 아침을 먹고 있을 때 유리문이 드르륵 열리고 마미가 얼굴을 내밀었다.

"실례합니다!"

"오오, 어쩐 일이래?" 겐지로가 히죽히죽 웃으며 손짓으로 불러들인다. "웬일로 넷페 녀석 감기라며 쉬겠다는 전화가 왔잖아. 흐음, 거 간밤에 너무 무리했던 거 아니냐는 얘길 하던 참인데."

"네가 나불거리는 걸 난 잠자코 듣기만 했을 뿐이야."

구니마사가 겐지로를 노려보고, 마미에게 방석을 권했다.

마미는 뎃페보다 몇 살 위로, 갈색으로 물들인 머리에 언제 봐도 깔끔한 차림의 아가씨였다. 뎃페는 미용실에서 쓸 쓰마미 간자시를 사러 온 마미에게 첫눈에 반했던 모양이다. 묻지 않아도 겐지로와 뎃페가 떠벌리고 다닌 덕에 이 동네 사람들은 거의 다 아는 이야기가 되었다.

"그것 말씀인데요……." 마미가 방석에 앉으며 말했다.

"응? 뭐가?"

겐지로가 끈끈하게 늘어지는 낫토의 실을 젓가락으로 걷어내며 물었다.

"뎃페 씨가 쉬는 이유 말이에요. 그거 거짓말이에요."

"집에서 빈둥거리면서 일을 쉬어? 그럼 못쓰지."

구니마사의 말에 마미가 고개를 가로저었다.

"빈둥거리는 게 아니라…… 뎃페 씨, 얼굴이 시퍼렇게 부어올라서……."

겐지로가 밥공기를 탁 내려놓았다.

"뭐! 어제저녁까지는 멀쩡했는데. 뭐래, 심각한 병이래?"

"아뇨, 맞은 거예요."

대화의 요령을 모르는 건지 천성이 느긋한 건지. 구니마사는 살짝 답답해졌다. 이런데도 가게에서 지명률이 최고라니 솜씨가 상당히 좋다는 말이겠지.

겐지로는 이마부터 정수리가 새빨갛게 달아올랐다.

"감히 내 제자를 건드리다니, 대체 어디 사는 어떤 놈의 소행이래?"

"그걸…… 모른다니까요."

마미의 말에 따르면 전날 밤 미용실에서 돌아오는 길에 갑자기 젊은 남자 두세 명이 둘러싸더란다. 무인주차장의 어두컴컴한 한구석으로 끌려가면서 뎃페가 마미만 피신시켰다는 것이다.

"경찰엔 신고했나?"

구니마사의 물음에 마미는 다시 힘없이 고개를 가로저었다.

"뎃페 씨가 절대 아무한테도 연락하지 말라고 해서요. 시키는 대로 저만 먼저 도망쳐 뎃페 씨 아파트에서 기다렸더니 엉망진창으로 두들겨맞고 왔어요. 그때도 전 경찰에 알리자고 했지만 뎃페 씨가 안 된다고 화를 내서……."

뎃페가 화를 내다니, 구니마사로서는 상상이 되지 않았다. 언제나 싱글거리는 얼굴밖에는 본 적이 없는데.

"그러고 보면 무슨 걱정이 있는 것 같은 말투였어. 안 그래, 겐지로?"

"흐음…… 몰라."

내 제자, 하고 으쓱거릴 줄만 알았지 정작 그 제자에 관해 제대로 아는 게 없는 것이리라.

"일단 가서 얼굴이나 보자고." 겐지로가 말했다.

뎃페가 사는 곳은 겐지로네서 걸어서 오 분이면 가는 목조 아파트였다. 이층짜리 아파트로, 현관문의 숫자로 추측하건대 위아래 세 채씩의 구조이다. 어느 창문에나 커튼이 달린 걸로 보아 매우 낡은 건물이지만 임대율은 백 퍼센트인 듯했다.

구니마사와 겐지로가 마미를 따라 건물 바깥쪽으로 난 좁다란 복도를 나아갔다. 뎃페의 방은 일층 동쪽 끝이었다. 마미는 초인종을 누르지 않고, 갖고 있던 열쇠로 문을 열었다.

현관에 서자 실내가 한눈에 들어온다. 식기가 깨끗하게 닦여 있는 부엌. 티셔츠를 널어둔 창가. 가구는 거의 없고, 소형 TV가 방바닥에 직접 놓여 있고, 벽에 접이식 좌탁을 기대놓은 정도이다. 의류나 쓰마미 세공과 관련된 도구는 벽장에 수납한 것이리라. 썰렁한 다다미 여섯 장짜리 방은 의외로 넓어 보였다.

방 한복판에 깔린 이부자리 속에서 뎃페가 신음을 흘리고 있다. 얼굴이 멍게처럼 부어 있다. 방으로 들어선 그림자의 정체를 알아차린 뎃페가 이불을 걷어차며 용수철처럼 일어났다.

"사부!"

"뭐, 누워 있어라."

겐지로가 느긋하게 손사래를 치고, 구니마사가 챙겨온 얼음을 뎃페의 얼굴에 갖다댄다. 다시 누운 뎃페에게 겐지로가 엄중히 선언했다.

"이야기는 마미 씨한테 전부 들었다, 뎃페."

"죄송합니다, 비밀로 할 생각이었는데…….."

"음, 듣기는 다 들었는데, 내막은 전혀 알 수가 없었다고. 대체 누구한테 당한 거냐?"

뎃페는 누운 채 고민하는 기색이더니 결국 입을 열었다.

"죄송합니다, 사부. 저, 사부의 작품에 반해 제자로 들어오기 전엔 실은 나쁜 짓을 실컷 하고 다녔어요."

"나쁜 짓?" 겐지로의 오른쪽 눈썹이 꿈틀거렸다. "부녀자 납치 폭행 및 인신매매, 고령자 금전 갈취 및 생매장, 뭐 그런 거냐?"

"아뇨, 그 정도까지는 아니지만…….."

뎃페가 움츠러들었다.

"말인즉슨…… 불량배 똘마니였다 그거로군?"

구니마사가 대화의 궤도 수정을 시도했다.

"불량배 똘마니…… 흐음…… 뭐, 그런 거죠."

"그래서, 어젯밤 습격한 건 네 한패고?"

"옛날 한패입니다." 뎃페가 잘라 말하고는 덧붙였다. "저요, 가쓰시카 출신인데요, 그 녀석들 저를 찾아 아라카와를 건너왔던 모양입니다. 멋대로 이탈해 맘 잡고 '성실하게' 일하는 저한테 엄청 비위가 상했던가 봐요."

"성실하게 일하는 게 어디가 나빠서!"

1. 마사와 젠

37

버럭 소리를 지른 구니마사에게 겐지로와 뎃페와 마미의 시선이 집중됐다. 나이를 먹으면 왜 이리 성질이 급해지는지. 구니마사가 머쓱해져서 헛기침을 했다.

"그러니까 네가 얻어맞은 건 손 씻은 데 대한 제재다, 그거지?" 겐지로가 말했다.

요시와라에도시대 유곽이 모여 있던 곳의 유녀도 아니고 손을 씻는 건 또 뭐냐, 하고 구니마사는 속으로 웃었지만 어차피 뎃페와 마미는 무슨 소린지 모르는 기색이었다. '제재'라는 단어만 알아들었는지 "그렇죠" 하고 고개를 끄덕였다.

"그래서 저, 일을 크게 만들기 싫었던 거예요. 전에는 저도 그 녀석들이랑 어울려 멍청한 짓을 저지르고 다녔으니까요."

"하지만 내가 가만히 있을 수는 없어. 어렵사리 생긴 후계자가 얻어맞고 오다니, 이건 직인의 불명예라고." 겐지로가 팔짱을 지른다.

"뎃페 씨, 돈도 빼앗겼잖아. 그 사람들, 또 등치러 오는 거 아니야?" 마미도 걱정스러운 듯 말했다.

충분히 있을 법한 일이다. 뎃페는 옛정을 생각해 딴에는 의리를 지키려는 모양이지만, 착실하게 사는 사람의 약점에 파고드는 마음보 비뚤어진 놈들에게 그런 것이 통하랴. 구니마사는 잠시 생각한 후 입을 열었다.

"좋아, 뎃페 군, 놈들을 우리 동네로 불러내도록 해."

"불러내서, 어쩌시려고요?"

"두 번 다시 뎃페 군 앞에 나타나지 못하게 나랑 겐지로가 잘 타이르지."

"그렇지, 그게 좋겠어." 겐지로도 고개를 끄덕였다.

"옛?!"

뎃페와 마미가 눈이 휘둥그레져서 두 사람을 바라보았다.

"타이른다고요? 사부랑 아리타 씨가요? 두 분 합쳐서 백오십 살인데요?"

"백사십육 살이야." 구니마사와 겐지로가 입을 모아 말했다.

달 없는 밤이었다.

얼굴의 부기가 겨우 가라앉기 시작한 뎃페가 인적 없는 골목길의 무인주차장에 서 있다.

이쪽에서 불러내는 수고를 하기도 전에 놈들이 또 돈을 가져오라고 연락해왔던 것이다. 그들은 "네 여자가 어떻게 되어도 상관없냐?"라는, 흔해빠졌지만 흘려들을 수 없는 협박도 잊지 않았다. 그 말을 들은 구니마사와 겐지로는 불끈하여, 수로에 면한 무인주차장으로 그들을 불러내라고 뎃페에게 지시했다.

뎃페는 일부러 오 분쯤 늦게 약속 장소에 모습을 드러냈다. 운하를 등지고 기다리고 있던 똘마니 셋이 이기죽거렸다.

"오, 뎃페 군, 늦었네? 겁먹고 내뺀 줄 알았잖아."

"돈은 가져왔어? 응?"

"네놈들한테 줄 돈은 없어." 뎃페가 말했다.

처음 들어보는 싸늘한 목소리이다.

"다시는 찾아오지 말란 말을 하려고 온 거야. 일부러 불러내서 미안하게 됐다."

"뭐가 어째?" 똘마니들이 일순 술렁였다. "허세 부리지 마시지, 뎃페!"

건들거리며 다가온 그들이 가슴을 떠밀어도 뎃페는 물러서지 않는다. 뎃페를 툭툭 칠 때마다 그들이 옷에 늘어뜨린 체인이 쩔 렁거렸다.

그야말로 전형적인 삼류 건달패로군. 구니마사가 한숨을 내뱉 는다.

"갈까, 젠?"

"가자고, 마사."

수로에 멈춘 작은 배에서 대기하고 있던 두 사람이 썩 민첩하 달 수는 없는 동작으로 물가로 올라가 무인주차장의 철망을 넘 어섰다.

뎃페가 불안한 시선을 보낸다. '정말로…… 감행하실 생각인 가요, 사부?'라고 묻는 얼굴이다. 똘마니 삼인조는 등 뒤에서 조 용히 다가오는 늙은 원군의 존재를 아직 알아채지 못하고 있다.

구니마사와 젠지로가 양옆의 두 명의 어깨를 각목으로 후려

쳤다. 둘은 동시에 신음을 흘리며 털썩 무릎을 꿇었다. 한가운데 있던 똘마니는 순간적으로 상황 파악을 못 하고 한 박자 늦게 뒤를 돌아보았다.

"뭐야, 이 노인네들은?"

말이 채 끝나기도 전에 겐지로의 각목이 작렬했다. 뎃페가 "너무 심했어요, 사부!" 하고 속삭였다.

"심하긴 뭐가 심해."

겐지로는 웅크린 세 명의 배를 각목으로 차례차례 찔렀다. 물론 구니마사도 가차 없다. 놈들이 일어나 반격해오면 체력적으로도 이쪽이 불리했다. 놈들의 정강이에 돌아가며 꼼꼼한 일격을 가했다.

"제법 까불어댔더구나, 응? 내 제자를 건드리면 어떻게 되는지 이제 알았냐?" 겐지로가 으름장을 놓았다.

"다음에 또 이 동네에서 만나면 이 정도로 안 끝날 줄 알아." 구니마사도 정강이 가격을 끝내고 선언했다.

과연 숨이 찼다. 하지만 똘마니들한테도 체면이란 게 있다.

"뒤에서 덮치기야? 비겁하게!"

가운데 녀석이 달려들어 구니마사의 다리를 붙들었다. 구니마사는 꽈당 쓰러지며 허리를 세게 부딪쳤다. 그때부터는 그야말로 난투였다.

"싸움에 비겁한 거고 뭐고 있을쏘냐, 멍청이들아!"

"노친네는 좀 잠자코 빠지시지!"

반격에 나선 똘마니들을 겐지로가 각목으로 마구 질러댄다. 막 달려들려던 한 명을 뎃페가 뒤에서 얼른 붙들어 손깍지를 낀 뒤 꼼짝 못하게 만든다. 바닥에 뻗은 구니마사는 배 위에 올라탄 녀석에게 왼뺨을 얻어맞았지만 굴하지 않고 놈의 등짝과 궁둥이에 각목을 날렸다. 당장 죽어도 '호상' 소리를 들을 나이에 대체 이게 무슨 짓이람. 한심하고 우스워 눈물이 날 지경이다. 울고 싶어지는 것조차 몇십 년 만인지 기억도 나지 않는다.

하지만 자세가 불리한 것이 한계였다. 복부를 눌린 채 얼굴에 연타를 맞자 머리가 어찔어찔했다. 니놈들은 노인 공경도 모르냐, 하고 분개했지만 그를 깔고 앉은 똘마니의 눈에는 핏발이 서 있었다. 더럭 겁이 날 때 "마사!" 하고 외치는 겐지로의 목소리가 들렸다. 바람이 획 일어났다고 생각한 순간 구니마사를 찍어누르던 똘마니의 목에 번쩍거리는 것이 닿았다.

"움직이지 마!" 겐지로가 소리쳤다.

의외의 박력에 무인주차장에서 몸싸움을 벌이던 그림자들이 모조리 정지했다.

"이거 보이냐?"

겐지로의 손에는 어느새 각목 대신 날카롭게 번득이는 것이 들려 있었다.

"애들 장난감 아니다, 진짜라고."

그것이 하부타에를 재단할 때 쓰는 날이 선 칼이란 것을 구니마사는 한눈에 알아보았다. 대체 언제 저런 걸 다 챙겨왔을까. 허리춤에라도 찔러 가져왔던 것이리라. 어쩔 셈이지…… 구니마사가 눈을 부릅떴다. 그를 깔고 앉은 채 굳어버린 똘마니의 울대뼈가 크게 울렁거리는 것이 보였다.

"잘 들어, 지금 당장 꺼져라. 다시는 강을 건너오지 마." 겐지로의 온몸에서 살기가 뿜어나왔다. "그렇지 않으면 이 자식은 이 자리에서 피바다에 잠긴다."

뎃페에게 붙잡혀 있던 똘마니가 팔을 뿌리치며 외쳤다. "허풍 떨지 마, 이 영감탱이!"

"허풍으로 보이나?" 구니마사가 드러누운 채 한껏 목소리를 깔고 말했다.

막 움직이려던 또 한 명이 주춤하며 발을 멈춘다.

구니마사는 짐짓 사정조로 말을 이었다. "돌아가는 게 좋대도…… 이렇게 되면 아무도 이 녀석을 말릴 수가 없거든. 얌전히들 돌아가줘. 이놈은 전후의 혼란에 편승해 암시장에서 조폭을 다섯 명쯤 죽인 적이 있는 미친개니까."

뭐! 정말? 똘마니들 사이에 전율이 번졌다.

정말일 리 있겠니. 구니마사와 겐지로가 눈빛을 교환하며 은밀히 웃음을 참았다.

"어차피 살 날도 얼마 안 남은 몸. 여기서 한두 명 더 보낸다 해도 달라질 것 없어. 사형당하는 것보다 덜컥 저세상 가는 게 더 빠를 텐데, 뭐." 겐지로가 차갑게 내뱉었다.

"그러게. 이제 와서 무서울 거 없지. 어때, 겐지로? 마지막으로 한 번, 오랜만에 피 맛을 보는 건?" 구니마사가 덩달아 말했다.

"그러지."

겐지로가 칼을 틀어쥔 손에 힘을 넣었다. 획 긋지 않는 한 일이 터지지는 않겠지만 어쨌거나 충분한 위협은 되었던 것이리라.

"알았어!" 똘마니가 양팔을 들고 물러났다. 뒷걸음질쳐 한패와 합류하더니 "가자!" 하고 내뱉는다. 나머지 둘이 분한 얼굴로 우물쭈물하자 겐지로는 잠자코 한 손에 각목을 주워들고, 살벌한 낯빛으로 칼을 쥔 다른 한 손을 휘둘렀다. 뭐였지, 옛날에 이런 남자가 나오는 영화가 있었는데…… 몸을 일으키던 구니마사가 맞다, '팔묘촌' 하고 제목을 기억해냈을 때는 똘마니 셋은 쇳소리를 지르며 줄행랑친 뒤였다.

멍하니 구경하던 뎃페가 정신을 차리고 달려왔다.

"엄청난데요, 사부! 정말로, 그러니까, 조폭을 다섯 명이나……."

겐지로가 "뭐, 그렇지" 하고 적당히 얼버무리고 구니마사를 일으켰다.

"자, 마무리다." 구니마사가 허리를 문지르며 재촉했다.

"옛? 아직 뭐가 남았나요?"

"저런 녀석들은 철저히 혼을 내주지 않으면 안 되는 거야, 뎃폐 군."

구니마사는 간신히 무인주차장의 철망을 넘어, 겐지로와 뎃페의 뒤를 이어 작은 배에 올라탔다. 작은 배가 엔진음을 울리며 한밤의 컴컴한 운하를 달린다.

그물눈처럼 퍼지는 수로는 Y동네 토박이들에게는 지도에 없는 길이다. 집집의 창문에서 흘러나오는 단란한 불빛이 한밤의 물길을 밝힌다.

예상대로 헐레벌떡 도망치는 똘마니 삼인조를 이내 따라잡았다. 구니마사가 "준비!" 하고 소리치며 한쪽에 쌓아두었던 불꽃놀이용 로켓 폭죽에 불을 붙였다. 겐지로도 희희낙락 가세한다.

"발사!"

도로와 나란히 흘러가는 운하에서 로켓 폭죽이 똘마니들을 향해 펑펑 터지기 시작한다. 폭음과 빛과 화약 냄새. 똘마니들은 비명을 지르며 일심불란히 속도를 높여 뛰었다.

"꼴좋다!"

뎃페가 환호성을 지르며 키를 움직인다. 상점가 뒤쪽을 흐르는 수로로 진입해 앞지르는 전법이다. 물가에 면한 다실의 창문이 열리고 주점 주인이 얼굴을 내밀었다.

"어이! 무슨 난리야?"

"조촐한 추적극!"

세 사람은 손을 흔들었다.

그리고 아라카와에 조금 못 미친 지점에서 매복했다. 일렁거리는 물결, 초여름의 밤바람. 이윽고 다리 옆에 모습을 드러낸 똘마니들에게 남은 로켓 폭죽을 있는 대로 발사한다.

"안녕, 잘 가라! 또 오너라, 얘들아!"

"사이좋게 지낼 생각이 들거든, 언제든지 찾아오라고!"

"Y동네에서 기다리고 있을게!"

구니마사와 겐지로와 뎃페가 어깨동무를 하고 웃었다. 그런 다음 뱃머리를 돌려 제각각 집으로 돌아갔다.

구니마사가 골목으로 접어들 때 마침 모퉁이 이층집에서 아이들이 우르르 나왔다.

"감사합니다!"

아이들이 집 안을 향해 기운차게 인사를 하고, 웃는 얼굴로 걸음을 옮긴다.

"예쁘더라."

"응. 재미있었어."

스치면서 언뜻 보니 아이들의 손바닥에 앙증맞은 쓰마미 들장미가 놓여 있었다.

열어젖혀진 문 앞에서 구니마사가 겐지로네 현관을 들여다보았다.

"만날 덥네."

"응, 왔냐." 겐지로가 작업장에 드러누운 채 손을 들었다. "슬슬 녹초가 되려는 참이야. 들어왔다 가."

구니마사가 신발을 벗고, 유카타 소매를 아무렇게나 걷어붙인 겐지로의 발치에 앉았다.

"뎃페 군은?"

"아이스크림 사러 보냈어. 네 것도 사올 거야."

"먹고 가야겠네. 아이들이 왔던 모양이던데?"

"으응." 겐지로가 몸을 일으키고 정강이를 긁었다. "여름방학 자유 연구라나. 쓰마미 세공에 관한 발표 같은 걸 해봤자 요즘 세상에 누가 좋아한다고."

말은 그렇게 하면서도 은근히 기쁜 눈치이다.

푹푹 찌는 공기 속을 지나가는 바람 끝이 살짝 서늘하다. 겐지로가 불현듯 어깨를 들썩거리며 웃음을 터뜨렸다.

"뭐야, 기분 나쁘게."

"아니, 생각해보니까 부모형제보다도 너랑 붙어 지낸 시간이 길잖아."

"그러고 싶어서 그런 거 아니거든."

"그건 나도 마찬가지라고."

구니마사가 유리문 너머로 펼쳐진 여름 하늘을 바라본다. 흰 구름이 떠 있다. 세찬 매미 울음이 들린다.

"한갓지구나……." 구니마사가 중얼거린다.

"예나 지금이나 Y동네는 한갓지지." 겐지로도 중얼거린다.

기나긴 세월이 흘러, 마지막이 될지도 모르는 여름을 또 이 녀석과 나란히, 나고 자란 동네에서 보내고 있다.

나쁠 것 없잖아…… 구니마사는 생각했다. 수없이 반복된 나날 끝에 얻은 것이 이거라면, 이렇게 살다 가는 것도 나쁘지 않다.

뎃페가 싱글거리며 돌아와 "다녀왔습니다!" 하고 소리칠 때까지 구니마사와 겐지로는 조용히 앉아 있었다.

집집 뒤쪽을 수로가 졸졸거리며 흘러간다. 언젠가 그들이 오기를 기다렸다 저 너머로 데려갈, 그립고 정다운 물소리를 두 사람은 가만히 듣고 있었다.

2

죽마고우 무선

MASA & GEN

만일 사후 세계가 있다면 운하 너머에 펼쳐져 있으리라 생각
했었다.

아라카와와 스미다가와 사이에 삼각주처럼 들어앉은 스미다
구 Y동네. 이 동네에는 두 개의 하천을 잇는 크고 작은 운하가
미로처럼 뻗어 있다.

Y동네의 주민은 옛날, 걸어다니는 것과 맞먹는 빈도로 작은
배를 타고 수로를 오갔다. 도쿄 근해에서 잡히는 바닷물고기를,
직인들의 수공품을, 동네를 들고나는 사람들을 실어나르면서
맑은 물은 혈액처럼 흘러갔다.

도로가 정비되고 육로운송이 주류가 된 지금 수로를 이용하
는 것은 일부 주민과 관광객뿐이다. 그런데도 이 동네에서 나고
자란 아리타 구니마사에게 물길은 늘 가까운 존재이다.

거실 커튼을 젖히고, 집 뒤를 흘러가는 밤의 수로를 바라본다.

까맣게 일렁거리는 물은 천천히 집집 사이를 나아가 폭이 넓은 운하에 모였다가 마지막에는 아라카와로 흘러간다. 강은 어두운 바다를 목표로 나아가 바닷물과 섞여 이 행성을 돌고 돈다.

그 끝에 죽은 자들이 가 닿는 곳이 있지 않을까, 구니마사는 어릴 때 곧잘 그런 상상을 했다. 수로에 면한 집에는 반드시 딸려 있는 작은 선착장. 구니마사의 집 뒤에도 있는 거기에 죽은 자의 혼을 태우는 작은 배가 언젠가 가만히 뱃전을 갖다대는 것이다.

그 상상은 구니마사의 마음속에서 쓸쓸함을 씻어내주었다. 모친이 세상을 떠난 날 밤도 그는 거실에서 수로를 바라보며 운하와 강과 바다, 그리고 그보다 더 먼 어딘가에 대해 상상했다.

잇닿아 있다. 그러니까 언젠가 나도 저 물결에 실려가, 물결 너머에서 보고 싶은 사람들과 재회하는 거겠지.

어린애 같은 소박한 소망이었다. 모친은 수로와는 인연이 없는 쓰키치의 현대적 병원에서 숨을 거두었고, 그즈음 구니마사는 사십대로 이미 아내와 자식도 두었지만. 그런데도 혼은 작은 배에 실려 저세상으로 떠나갈 것이라 불현듯 느꼈던 것이다.

모친이 세상을 떠나고 삼십 년. 올해 일흔셋인 구니마사는 이제 혼을 실어가는 배도 사후의 세계도 믿지 않는다. 아니, 그런 장소의 존재를 느끼지 못하게 되었다는 말이 옳을까.

죽음은 바싹 닥쳐왔는데 사후의 세계는 멀어지기만 한다.

아마…… 칠십삼 년간 살아온 결과가 이 꼴인 탓이리라. 아내는 집을 나갔고 딸들도 통 연락이 없다. 이런 구니마사를 염려해 저세상의 양친이 꿈속에 나타나는 일도 없다.

이 세상에서 사람들과 제대로 이어지지 못했던 자가 죽어서 어딘가에 이어지는 일이 어찌 있을까.

생명 활동이 정지한 뒤엔 암흑이 남을 뿐이다. 두 번 다시 누구와도 맞닿지 못하고 무無에 삼켜질 뿐이다.

구니마사는 커튼을 치고 가스밸브를 확인했다. 그리고 이층으로 올라가 이불을 펴고 드러누웠다.

물소리를 뒤덮을 기세로 뜰에서 벌레들이 울어댄다. 여름이 눈 깜짝할 새에 가버리고 가을빛이 짙어간다.

서늘해진 탓인지 허리에 무딘 통증이 느껴졌다. 구니마사는 편한 자세를 찾아 몸을 자꾸만 뒤치락거린다.

똑딱똑딱, 시계 초침이 부지런히 움직인다.

구니마사가 이렇게 마음이 약해진 것은 나이가 들면서 찾아온 요통 때문만은 아니다.

3초메 모퉁이의 호리 겐지로의 집을 찾아갔다. 골목에 면한 유리문을 밀자 현관에서 담배를 피우던 겐지로가 돌아보며 응, 왔냐, 한다. 구니마사가 그 인사를 채 받기도 전에 겐지로의 시선은 작업 중인 제자의 손끝으로 돌아간다.

"야, 야, 뎃페! 그렇게 하면 부드러운 맛이 안 나잖아. 몇 번 말해야 알아듣냐, 둔해빠진 녀석!"

"옛!"

작업대에서 핀셋을 움직이던 요시오카 뎃페가 진지한 표정으로 이마에 맺힌 땀을 닦았다.

이거다. 뎃페의 이 젊음이 눈부신 것이다.

쓰마미 세공 직인인 겐지로는 여름이 끝날 무렵부터 뎃페에게 마침내 본격적인 공정을 거들게 하고 있었다. 뎃페는 의욕이 충만한 상태로, 사부의 감독하에 얇고 조그만 비단 조각을 핀셋으로 접는 일에 날마다 열과 성을 쏟고 있다.

뎃페는 줄곧 제자를 두지 않았던 겐지로가 다 늦게 들인 유일한 제자이다. 평소에는 헐렁이 짓을 하면서도 쓰마미 세공에 관해서만큼은 얼굴빛이 달라지는 겐지로였다. 구니마사는 젊은 뎃페가 결국은 겐지로의 엄격함에 나가떨어지리라 내심 예측하고 있었다. 그러므로 뎃페가 작업대를 향해 앉은 것을 처음으로 봤을 때 저도 모르게 이렇게 말했다.

"뎃페 군한테 상당히 기대를 하고 있구나?"

"무슨…… 아직 햇병아리야."

말은 그렇게 하면서도 겐지로는 희색을 감추지 못했다.

그 이래 구니마사의 마음속에 우울함이 자욱해졌다.

뎃페의 솜씨는 나날이 향상되는 모양이었다. 미래를 개척 중인 청년. 그 청년의 존경을 받으며 자신의 기술을 남김없이 전수하고자 하는 겐지로. 혼자만 뒤처진 기분이 들어 구니마사는 나잇값도 못하고, 아니 나이가 든 탓에 더더욱 질투와 비슷한 초조함에 사로잡히는 것이다.

차라도 마시고 가라는 겐지로의 말에 구니마사는 다실로 올라섰다.

"아, 차라면 제가……."

작업하던 손을 멈추고 뎃페가 눈치 빠르게 몸을 일으켰다. 그 순간 겐지로의 유카타 깃이 벌어지며 발이 튀어나와 뎃페의 옆머리에 작렬했다.

"억!" 뎃페가 고꾸라진다.

"이런 촐랑이 수염 같은 놈이!" 겐지로가 소리를 빽 내지른다.

구니마사가 뒤집어진 나무판을 작업대에 올려놓고, 사방에 흩어진 색색의 '쓰마미'를 주워모았다.

"넌 그런 걱정 안 해도 돼. 작업에 더 집중하란 말이야." 겐지로가 간절한 투로 타일렀다.

"옛!"

발차기의 충격으로 어긋난 듯한 목뼈를 우두우둑 꺾으며 뎃페가 다시 핀셋을 쥐었다. 고분고분한 제자에게 흡족한 낯빛으로 고개를 한 번 끄덕여주고, 겐지로가 부엌으로 사라진다. 주전자에 물을 받아 불 위에 올릴 뿐이라고는 생각도 못할, 요란한 소리가 들린다.

"자네도 보통 일이 아니군." 구니마사는 뎃페가 측은해져서 그렇게 말했다.

"다 저 잘되라고 이러시는 거니까요." 뎃페는 여전히 목을 이리저리 꺾으면서 웃는 얼굴로 말을 이었다. "그래도 사부가 타는 차, 말도 못하게 괴상한 맛이 나거든요. 아리타 씨와 저를 위해서라도 차는 제가 타고 싶었는데."

"뭐, 저 녀석은 옛날부터 직인으로는 일류지만 인간으로는 살짝 파탄 기미니까 말이야."

"사모님 돌아가시고 나서 제가 제자로 들어올 때까지, 사부는 대체 어떻게 생활을 꾸리셨던 걸까요?" 뎃페가 민첩하게 손끝을 움직여 비단 조각을 접는다. "된장국도 세 번에 한 번은 입도 못 대게 짜고, 밥도 다섯 번에 한 번은 떡이 되어버리거든요. 밥솥 눈금대로 물을 넣기만 하면 되는 걸 말이죠."

"이 근방 작은 술집의 마담들이 수시로 밑반찬이며 조림 같은 걸 가져다줬으니까. 특별히 곤란한 일은 없었을 거야."

한마디로 거의 '기둥서방' 수준이었지, 라는 게 구니마사의 속마음이지만 겐지로를 숭배하다시피 하는 뎃페는 "멋진데요. 과연 우리 사부님이셔" 하고 배시시 웃는다.

겐지로가 찻잔을 쟁반에 받혀 돌아왔다. 차를 한 모금 입에 머금은 구니마사는 횡격막에 경련을 일으켰다.

"뭐야, 이거? 왜 이렇게 짜!"

뎃페도 어떻게든 차를 삼키려고 인상을 쓰고 있다. 겐지로만 "으응, 우메보시소금에 절인 매실을 말려 차조기 잎을 넣어 담근 장아찌를 몇 알 넣어봤어"하며 태연히 차를 홀짝거리고 있다.

우메보시의 잔해임 직한 것이 둥둥 뜬 차를 구니마사가 한심스러운 눈초리로 노려보았다. 겐지로는 인간성뿐만 아니라 미각도 파탄한 것이 틀림없다.

"그러나저러나 몇 개 넣으셨는데요?" 뎃페가 눈치를 살피며 묻는다.

"냉장고에 있던 거 전부."

"말도 안 됩니다, 사부! 턱없는 염분 과다 섭취라고요!"

"몸에 좋을 것 같아서 넣었다. 그냥 마셔라."

겐지로의 손이 뎃페의 머리로 향하는 것을 구니마사가 얼른 가로막는다.

"폭력은 그만둬."

"폭력이라니, 이까짓 게 무슨? 내가 제자 시절엔 사부한테 매일, 나무망치로 머리가 깨지도록 얻어맞았는데."

"너의 석두를 기준으로 하면 안 되지."

"뭐라고? 그러는 넌 정작 머릿속이 딱딱하게 굳었잖아."

"그만하세요, 그만하세요." 뎃페가 끼어든다. "사부는 사정 봐주면서 슬슬 때리시니까요."

일껏 편을 들어줬더니, 뭐야. 구니마사는 불뚝 화가 치밀어 짜디짠 차를 꿀꺽꿀꺽 들이켰다. 겐지로도 뎃페도 사제 간의 뜨거운 사랑을 실컷 발휘해 때리거니 맞거니 하라지.

"실례 많았어."

구니마사가 찻잔을 탁 내려놓고 일어섰다.

"아리타 씨!"

뎃페가 불렀지만 돌아보지도 않고 집을 나온다.

"아이, 참, 사부! 아리타 씨 가버리시잖아요. 괜찮으세요?"

늙으면 애가 된다더니, 맞는 말이다. 오후의 거리를 걷는 사이 구니마사는 견딜 수 없이 부끄러워졌다.

사소한 일에 왜 그리 정색하고 덤볐을까. 겐지로와 뎃페는 변함없이 서로를 신뢰하며 기술 전승이라는 공동의 목적에 매진하고 있다. 그것이 부러워서, 샘이 나서, 말참견을 했다. 나도 좀 끼자고 억지를 부리는 어린애처럼.

깊은 한숨을 뱉을 때 "아리타 씨!" 하고 부르는 소리에 화들짝했다. 화들짝하는 바람에 또 허리에 시큰한 통증이 찾아왔다.

어느새 쫓아왔는지 뎃페가 바로 뒤에 서 있다. 청년의 다리는 당해낼 수가 없다. 갈수록 귀까지 어두워지는 덕에 발소리도 알아채지 못했다.

정말이지 나이는 먹을 게 아니구나…… 구니마사는 말없이 뎃페를 향해 돌아섰다. 겸연쩍어서 잠자코 있었던 건데 뎃페는 화를 낸다고 해석한 모양이다.

뎃페가 머뭇머뭇 입을 열었다. "저기…… 죄송합니다. 괜히 저 때문에 두 분이 말다툼을 하시고……."

"자네 탓이 아니야."

"요즘 사부가 걱정하셨어요. 아리타 씨 어쩐지 기운이 없으신 것 같다고요. 무지무지 맛없는 우메보시 차도 그래서 끓이신 걸 거예요."

"허리가 좀 아픈 것뿐이야. 걱정할 것 없다고 전해줘."

지금은 요통보다도 고혈압(짜디짠 우메보시 차를 어쩌자고 다 들이켰 을까)을 걱정해야 할 형편이지만. 그럼, 하고 발걸음을 돌리려는 찰나 "저기……" 하고 뎃페가 불러세운다.

"또 놀러 오세요."

구니마사와 겐지로로 말하자면 칠십 년 이상의 역사를 자랑 하는 죽마고우이다. 싸우고 싶을 때는 싸우고, 얼굴이 보고 싶으 면 찾아간다. 지금까지도 그랬고 앞으로도 그렇다. 뎃페가 굳이 이러쿵저러쿵하지 않아도.

주제 넘는 참견이 신경에 거슬렸다. 하지만 속 좁은 늙은이란 걸 들키기 싫어 최대한 상냥하게 "물론이지" 하고 대답했다.

그로부터 일주일, 겐지로네 근처에는 발걸음도 하지 않았다.

대신 니혼바시에 있는 백화점에 갔다. 손녀가 올해 일곱 살이니 시치고산을 치를 나이였다. 뭐라도 선물을 해야 했다. 겐지로에게 쓰마미 간자시를 특별 주문할까도 생각했지만 녀석에게 기댄다는 인상을 주는 것은 분했다. 그러므로 계획을 바꿨다.

하지만 제대로 만난 적도 없는 손녀딸이다. 뭘 좋아하는지 알 길이 없어, 두 시간쯤 매장을 헤맨 끝에 상품권을 샀다.

배송은 부탁하지 않고 일단 집으로 가져왔다. 종이 다발이 들어간 얄팍한 상자는 허탈할 만큼 가벼웠다.

그날 밤 구니마사는 오랜만에 딸네에서 사는 아내에게 전화를 걸었다.

"어머, 잘 지내요?" 아내가 말했다.

"으음."

침묵이 떨어진다. 아내는 그 이상의 질문도, 하물며 새로운 화젯거리도 제공하지 않는다. 구니마사는 목소리를 쥐어짜 가까스로 손녀의 시치고산은 어떻게 할 것인지 물었다.

"근처 신사에 다 함께 참배를 다녀오려고요. 기도 의식도 예약하고 기모노도 준비했어요."

"그랬군."

다시 침묵. 잠시 기다렸지만 행사 일정을 가르쳐줄 기색은 없었다. '다 함께' 속에 구니마사는 포함되지 않는 것이 명백하다.

구니마사가 "그러면, 또" 하자, 아내가 "그래요, 그래요" 하고 전화를 끊었다. 구니마사가 아니라 때마침 "할머니이……" 하고 부르는 손녀딸을 향한 말이지 싶었다.

뭐, 좋아. 아내는 딸네에서 편안히 잘 지내는 모양이다. 그걸로 되지 않았느냐고 억지로 스스로를 타이른다.

상품권을 직접 건네줄 수 없는 것이 확실해졌으므로 거실 탁자에서 택배 송장을 작성했다. 사위의 이름을 생각해내는 데 일 분 삼십 초 걸렸다. 아내가 남기고 간 주소록에는 주소와 전화번호, 그리고 사위의 성씨밖에는 적혀 있지 않았던 것이다. 뭐랄까…… 한숨이 터진다.

밖은 바람이 거세진 듯했다. 수로변의 풀들이 수런거리는 소리에 귀를 기울일 때 전화벨이 울렸다. 구니마사는 일어서다 탁자에 무릎을 찧는 바람에 허리에도 찌르르한 통증을 느꼈다. 구니마사가 가볍게 혀를 찼다. 나이를 먹으면 조그만 자극도 큰 충격이 되는 것이 문제였다.

허리와 무릎을 교대로 문지르며 수화기를 들었다. 아내가 마음을 고쳐먹고 연락한 것 아닐까, 하는 기대는 싱겁게 깨졌다.

"응, 나다." 수화기 건너편에서 겐지로의 목소리가 튀어나왔다.

"뭐야, 용건이 뭔데?"

애꿎은 겐지로에게 말이 퉁명스럽게 튀어나간다.

"아니, 뭐, 특별히 용건이 있는 건 아니고…… 요새 얼굴을 통 비치질 않잖아. 살아 있나 궁금해서."

그렇군, 너는 뎃페 군이 있으니까. 집에서 덜커덕 쓰려져 그길로 간다 해도 한참 지나서 사체로 발견될 일은 없겠지.

구니마사는 속이 부글거리고, 스스로가 몹시 초라하게 여겨져 "쓸데없는 참견이야, 가만 놔둬" 하고 전화를 끊어버렸다. 나이를 먹으면 성질만 급해지고 마음보가 삐딱해지는 것, 그것도 문제였다.

상품권은 송장을 붙인 봉투에 들어가, 발송만 하면 되는 상태로 탁자 위에 덩그러니 놓여 있다.

한심하다. 이럴 바엔 차라리 오늘 밤에라도 조용히 심장이 멎어 저세상으로 가버리는 게 낫겠다. 송장의 품목란에 곧이곧대로 '상품권'이라 적기는 어쩐지 찜찜해 구니마사는 '수건'이라 휘갈겨 적었다. '할아버지도 참, 수건 같은 거나 보내고' 하면서 봉투째 고스란히 버려질 것 같은 예감도 들었지만 알 게 뭐냐.

구니마사는 속이 언짢아 TV도 라디오도 틀지 않고 이불 속으로 직행한 바람에 몰랐지만, Y동네에는 대형 태풍이 접근 중이었다.

밤이 절반쯤 흘렀을 즈음 화장실이 가고 싶어 깼을 때 큼직한 빗방울이 창유리를 세차게 때리고 있었다. 가을 태풍은 여름 태풍보다 까다로웠다. 낡은 집 전체가 바람에 삐거덕거린다.

볼일을 보고 나와 집 안의 덧문을 전부 닫았다. 그깟 작업만으로도 파자마 앞쪽이 푹 젖었다. 새 파자마로 갈아입고 다시 이불 속을 파고든다.

귀가 어두운 덕분에 비바람이 불거나 말거나 곧장 잠 속으로 빠져들었다.

두번째로 화장실이 가고 싶어진 것은 새벽녘이었다. 몸을 일으킨 구니마사는 이부자리 바로 옆에 물이 흥건한 것을 발견했다. 빗물이 새고 있었다. 또롱, 또롱, 천장에서 연신 물이 떨어진다. 전혀 알아채지 못했다. 정말이지 이도 저도 다 귀가 어두운 덕분이다.

구니마사가 혀를 차고, 어둠침침한 계단을 신중하게 내려갔다. 우선 화장실부터 갔다가, 행주와 대야를 챙겨 방으로 돌아왔다. 젖은 방바닥을 닦으려고 몸을 구부린 순간 비극이 일어났다.

"헉!"

끔찍한 격통으로 한동안은 꼼짝도 할 수 없었다. 구니마사는 진땀을 흘리면서 짐승처럼 웅크렸다.

이것이 말로만 듣던 '돌발성 요통'인가…….

그나마 볼일이라도 봐두어서 다행이다. 아니었으면 충격으로 오줌을 지릴 뻔했다.

하지만 그런 걸로 안도할 때가 아니다. 전화는 아래층에 있다. 그렇다고 소리를 질러 옆집에 도움을 구하기에는 너무 이른 시간인 데다 통증으로 인해 목소리도 내기 힘들다.

구니마사는 어찌어찌 손끝으로 대야를 끌어당겨 물이 떨어지는 위치에 놓았다. 그것만으로도 완전히 탈진해, 그뒤로는 그저 신음만 흘릴 뿐이다.

이 상태로 움직이지 못하면 죽는 수밖에. 돌발성 요통으로 죽다니, 한심하다.

원통하고 아프고 무서워서 눈물이 찔끔 나왔다. 게다가 파자마 바짓단이 방바닥에 퍼져 있던 빗물을 빨아들여 묵직해지기 시작했다.

결론부터 말하면 구니마사는 죽지 않았다. 대야의 물이 넘치기 전에 겐지로가 먼저 달려와준 덕분이다.

오전 7시, 겐지로는 폭풍우도 개의치 않고 작은 배로 구니마사의 집 뒤 선착장에 닿았다. 구니마사는 이층에서 납작 엎드린 채, 가까워지는 엔진소리를 듣고 있었다.

"어이. ……마사! 엄청난 태풍이야. 어이! 자냐, 마사!"

수로에서 뜰로 올라온 겐지로가 거실의 덧문을 덜컹덜컹 흔든다. 구니마사는 대답을 할 수 없다.

부탁이야, 겐. 알아채라, 알아채주라.

절절한 바람이 가 닿았는지 겐지로가 현관 쪽으로 돌아온 모양이다. 요란하게 초인종이 울린다.

잠시 정적이 흐른다. 구니마사는 눈을 질끈 감았다. 그냥 가버린 거니…… 그때 현관 유리문이 와장창 깨지는 소리가 들렸다.

뒤이어 이어진 우당탕퉁탕 계단을 올라오는 발소리.

"마사!"

기세 좋게 장지문이 열리고 검은 비옷을 입은 겐지로가 방으로 뛰어들었다. 죽마고우의 모습이 이토록 늠름해 보인 적이 없다.

"어떻게 된 거냐, 괜찮은 거야?"

"흐, 흔들지 마……." 구니마사가 힘없이 중얼거렸다.

전기충격 같은 통증이 숨도 못 쉴 정도로 쉴 새 없이 후려쳐 댔다.

"아무래도 돌발성 요통인 것 같아."

"뭐라고? 그건, 어떻게 하면 낫는 건데?"

"안정하면 아마 낫겠지."

겐지로의 손을 빌려 구니마사가 가까스로 이불 속에 몸을 뉘었다. 그 와중에 겐지로가 대야를 걷어차 방바닥이 물바다가 되었지만 상황이 상황인 만큼 잔소리는 생략했다.

"정말로 가만히 누워 있으면 낫는 거냐?"

욕실에서 멋대로 꺼내온 대형타월로 방바닥을 닦으면서 겐지로가 불안한 눈빛으로 구니마사의 얼굴을 들여다본다.

"얼굴빛이 시체 같은데. 구급차를 부르는 게 좋지 않냐?"

"시체라면 영구차를 불러야지."

"농담할 때냐?"

먼저 시작한 것은 자신이면서 겐지로가 얼굴을 찌푸렸다. 구니마사가 가늘게 숨을 내뱉는다.

"괜찮아."

새우처럼 등을 구부리자 조금 편안해졌다. 여유가 생겨, 겐지로의 손바닥에 베인 상처가 있는 것을 알아챈다.

"다쳤잖아."

"아아, 이거?" 겐지로가 상처를 혀로 핥았다. "돌로 유리문 깰 때 살짝 긁힌 것뿐이야."

"유리……."

"맞다!" 겐지로가 나이에 어울리지 않게 민첩하게 일어난다. "너희 집 현관문, 박살내버렸는데. 종이 상자로라도 일단 보수해 놓고 올게."

또 한 번 우당탕퉁탕 계단을 내려간 겐지로가 한동안 현관에서 분투하나 싶더니, 이내 부엌에서 전화를 거는 소리가 들린다.

"오오, 뎃페. 나다, 나. 느긋하게 잠이나 잘 때가 아니야. 구니마사가 돌발성 요통이래…… 그래, 그래. 그러니까, 너 좀 알아봐라. 알아보긴 뭘, 돌발성 요통 치료법이지 뭐야. 엉? 휴대전화로 늘 마미 씨랑 데이트 코스 찾아보잖아. 그것처럼, 착착착…… 나와 있을 거래도. 별의별 시시한 얘기도 다 나와 있는데 돌발성 요통에 관한 정보가 없겠냐? 하여간 얼른 하라니까, 이 밥통아!"

저만큼 쩌렁쩌렁한 목소리라면 굳이 전화가 아니라 육성으로도 뎃페의 집까지 들릴 것 같다. 겐지로는 안절부절못하는 눈치였다. 우르르 방으로 다시 뛰어올라와, 구니마사의 머리맡에 털썩 앉는다.

"아직도 아프냐?"

"그렇게 금방 나을 리 없잖아. 너 그만 가도 돼."

"이제 막 왔는데?"

"그러면 최소한 비옷이라도 벗든지."

"음, 그러게."

겐지로가 비옷을 벗어, 착착 접어 한쪽에 밀어놓는다. 젖었으니까 말려야 되잖아…… 하고 구니마사는 애가 탔지만, 말해봤자 소용없으리란 걸 알고 잠자코 있었다.

겐지로는 비옷 안으로 접혀들어가 있던 유카타의 소매를 잡아서 펴고, 땀에 젖은 대머리를 오른손으로 쓰다듬었다. 얼마 남지 않은 머리카락은 끄트머리가 초여름에 염색한 빨간색, 새로 자란 부분이 흰색이라 아주 볼만하다.

"웬일로 이렇게 아침부터 들이닥친 거야?"

"어쩐지 그런 예감이 들어서." 겐지로가 머리를 긁었다. "뭐랄까, 음, 네가 날 막 부르는 것 같더라고. 칠십 년 지기쯤 되면 머릿속에 전용 무선이 내장되나봐."

그럴 리 있나. 이런 엉뚱 괴상한 녀석 덕에 살아났나 생각하면 구니마사는 절로 한숨이 터진다. 내친김에 화장실도 가고 싶어졌다. 젖은 파자마 바지도 갈아입고 싶었다.

"너 지금 변소 가고 싶지?" 겐지로가 말했다.

구니마사는 뜨끔한다. 정말로 무선이 내장되어 있는 모양이다.

"응. 좀 도와줘."

"그래야지."

겐지로가 이불을 들치고, 어디서 났는지 두 홉들이 빈 병을 들고 무릎으로 걸어왔다.

"잠깐, 잠깐! 어쩔 작정이야?"

"어쩔 작정이라니, 뭐, 요강도 없잖아? 소변이면 여기다 뭐. 내가 받쳐줄 테니까."

뭘 받쳐줄 작정이냐.

"됐어!" 구니마사가 필사적으로 외쳤다.

근본적인 부분에서 겐지로와는 의사소통이 불가능하다. 무선이 있으면 뭘 하나, 혼선인걸.

결국 겐지로의 어깨를 빌려 가까스로 화장실에 다녀왔다. 거실에 있는 구급상자를 가져오게 해 겐지로의 손에 난 상처를 소독해주었다. '배고프다'기에 계단 앞까지 기어가, 일층 부엌에 있는 겐지로에게 된장국을 데우게 하고, 냉동해둔 밥을 전자레인지에 해동하도록 지시했다.

그 결과 대단히 피곤해졌다.

"너 집에 안 가냐?"

"왜 그렇게 날 못 보내서 안달인데? 됐으니까 넌 회복에 전념해. 좀 있으면 뎃페도 올 테니까."

'네가 있으니까 회복에 전념할 수 없다'는 말은 차마 할 수가 없다. 겐지로는 진심으로 염려하는 표정이었다. 구니마사는 '빨리 뎃페 군이 와서 이 녀석을 좀 데리고 가주기를' 간절히 빌었다.

태풍은 지지부진하게 다가왔다. Y동네는 여전히 폭풍우권 내에 있었다.

겐지로는 구니마사의 머리맡에 책상다리를 하고 앉아 졸고 있다. 빗물 새는 범위가 넓어지지 않는지 감시하겠다더니, 어느새 수마의 습격을 받은 모양이다.

정말이지 보램이 안 된다.

구니마사는 이불 속에 모로 누워, 점점 수위가 높아지는 대야와 겐지로의 무릎 언저리를 바라보고 있었다.

뜰에서 나무들이 수런거리고 어디선가 간판이 넘어졌다. 천장이 삐걱거리고 대야에 빗물이 떨어진다.

갖가지 소리가 흘러넘치고 있는데도 방 안은 어딘지 조용했다. 겐지로가 푸우, 푸우, 기묘한 숨소리를 낸다.

"안녕하세요!" 현관에서 뎃페의 목소리가 들렸다. "우아, 뭐야, 문이 왜 이래. 강도라도 든 건 아니겠지. 사부! ……아리타 씨!"

겐지로가 눈을 번쩍 뜨고 "오오, 뎃페! 여기다!" 하고 제자를 불렀다.

"실례합니다." 계단을 올라온 뎃페가 조심스레 방으로 얼굴을 들이민다. "괜찮으세요, 아리타 씨?"

"으음, 미안한데, 뎃페 군. 이런 폭풍우 속에 다 와주고."

구니마사는 몸을 일으키려 했지만 그럴 수 없었다.

"아니에요, 아니에요." 뎃페가 싱글거리며 고개를 가로젓는다. "저희 할머니도 돌발성 요통으로 크게 고생하셨거든요. 전화해서 물어보니까 우선 식혀주는 게 좋다고 해서요."

편의점 주머니에서 꺼낸 얼음을 겐지로가 낚아채, 묻지도 않고 구니마사의 파자마를 걷어올리고 봉지째 갖다댄다.

순간 구니마사는 기겁하며 "힉!" 하고 괴성을 흘린다. 차갑고 아프다.

"부탁인데…… 맨살에…… 직접 대는 건 좀 그만둬줄래?" 구니마사가 가까스로 숨을 뱉으며 호소했다.

"그리고, 이거요." 뎃페는 사부의 폭거에는 아랑곳 않고 가져온 물건을 속속 꺼내 늘어놓는다. "인스턴트 죽이에요."

"고맙네. 하지만 배탈이 난 건 아닌데."

"간호할 때는 죽이 당연히 따라오는 거죠. 그렇죠, 사부?"

"그럼."

"간호?"

구니마사가 불길한 예감에 사로잡혀 겐지로와 뎃페의 얼굴을 번갈아 바라본다.

"누가 누구를 간호하는데?"

"내가 너를." 겐지로가 힘차게 말했다.

어느새 그런 게 결정되었다지. 이의를 제기할 기력도 없어 구니마사는 베개에 얼굴을 묻었다.

"그리고 요통벨트도 사왔어요. 접골원 할아버지, 태풍 핑계로 여태 문도 안 열었기에 두들겨 깨웠죠."

"응, 어쨌거나 고맙네. 거기 서랍장에 수건 들어 있으니까."

쫄딱 젖은 뎃페가 안쓰러워 구니마사가 방 한쪽을 가리켰다. 하지만 뎃페는 괜찮다며 몸을 일으킨다.

"사부는 당분간 여기 묵으실 거죠? 집은 제가 볼게요."

"그래라. 내가 없어도 하루에 열다섯 장은 밑그림을 그려. 나중에 체크할 거니까."

"옛!" 씩씩하게 대답한 뎃페가 살짝 머뭇거리며 입을 열었다. "저기…… 사부 집에 마미 씨를 불러서 같이 묵어도 될까요?"

"그건 상관없다만, 왜?"

"요새 제 방에서 저희가 사이좋게 거시기하고 있으면 옆집 자식이 벽을 두드린단 말이에요."

"너, 내 집을 러브호텔로 쓸 셈이냐, 이런 고얀 놈."

겐지로에게 궁둥이를 얻어맞고 뎃페가 에헤헤, 하고 웃는다.

"뭐 좋아, 맘대로 해라. 대신 일은 제대로 해야 된다."

"옛! 그러면 아리타 씨, 몸조심하세요."

뎃페는 신이 나서 발걸음도 가뿐하게 돌아갔다.

과연 그 스승에 그 제자랄까. 구니마사가 허리에 얼음을 갖다 댄 채 은밀히 한숨을 뱉는다. 구니마사가 젊었을 때는 결혼도 안 한 남녀가 당당히 잠자리를 같이 하는 일은 상상도 할 수 없었다.

"너, 뎃페 군의 방종한 생활을 너무 봐주는 거 아니냐?"

"으응? 뭐, 어때." 겐지로는 요통벨트의 봉투를 뜯어 설명서를 읽고 있다. "한창 몸이 근질거릴 나이인데, 마사 너도 그랬잖아?"

"내가 너냐? 그런 적 없어."

"흐음, 너 그거 알아? 과거가 티 없이 깨끗했다고 주장하는 것도, 왕년에 많이 놀아봤다고 재는 것도 다 늙은이가 된 증거라는 거."

겐지로는 호쾌하게 웃더니, 한 손에 요통벨트를 쥐고 또 한 손으로 구니마사의 몸뚱이를 두르르 돌렸다.

"우선은 허리부터 치료하고, 현역에 복귀해라. 응?"

"너, 그만, 정말 집에 안 갈 거냐?"

이불 위에서 김밥 말듯이 굴려진 구니마사가 눈물을 찔끔 흘리며 호소했다.

구니마사가 항의한 보람도 없이 눌러앉은 겐지로는 나름 바지런하게 움직였다. 집 안 구석구석의 먼지를 털어내고, 부엌에 비축해둔 통조림의 유통기한을 점검하고, 벽장 속의 겨울용 이

불을 보관한 압축 주머니의 공기를 진공청소기로 다시 빼냈다. 말하자면 하나같이 굳이 오늘 하지 않아도 되는 것들이다. 구니마사는 그때마다 먼지를 들이마셔 목이 칼칼해지거나, 드러누운 채 통조림에 묻은 녹을 닦는 작업에 동원되거나, 막 잠들려다 말고 시끄러운 소리에 눈이 번쩍 뜨였다.

석양 무렵에야 Y동네는 마침내 태풍 세력권에서 벗어났다. 겐지로가 방의 덧문을 열어젖힌다.

"저 구름들 흘러가는 것 좀 봐라, 마사. 엄청나다."

시시각각 모양을 바꾸는 회색 구름 사이로 적동색의 가을 하늘이 엿보인다. 내일은 틀림없이 날이 맑으리라.

"가서 장을 봐올게. 뭐 먹고 싶은 거 있냐?" 겐지로가 말했다.

"아직 바람이 심하잖아. 통조림도 있고, 오늘 저녁은 적당히 때우는 게 좋지 않아?"

"습포도 많이 사둬야 할 거 아냐. 금방 갔다 올게."

겐지로가 탄 작은 배의 엔진음이 빠르게 멀어졌다.

태풍으로 물이 불어 오늘은 물살이 셀 텐데. 더 강력히 말려 붙들어 앉힐걸. 꼼짝도 못한 채 기다리는 처지로서는 걱정이 뭉게뭉게 피어오른다.

구니마사는 어쩐지 불안해졌다. 이런 불안을 겐지로에게는 맛보이기 싫다는 생각이 들었다.

지금까지는 '내가 죽어도, 떨어져 사는 가족들은 말할 것도 없고 죽마고우라는 저 녀석도 아무렇지 않을 테지. 젊은 제자한테 푹 빠져 있잖아' 하고 내심 삐딱한 생각을 했다. 하지만 돌발성 요통이 찾아오고서 깨달았다. 꽁한 생각은 그만 버리자. 녀석보다 내가 먼저 갈 수는 없다. 가서는 안 된다.

구니마사는 되도록 오래 살아 겐지로를 제 손으로 보내주고 싶었다. 물론 겐지로에게는 뎃페도 있고, 동네에 아는 사람도 많다. 그냥 내버려둬도 '고독사' 같은 것은 하지 않으리라. 그렇지만 뭐니 뭐니 해도 겐지로와 같은 시대를 살면서 누구보다 긴 시간을 구니마사와 공유했다. 아내를 먼저 보내고, 자식도 없는 겐지로를 혼자 남기고 떠나는 짓은 할 수 없다. 하고 싶지 않다.

구니마사의 결의와 걱정도 무색하게 겐지로는 한 시간 후 멀쩡히 돌아왔다.

"역시 바람이 엄청났던가봐. 이발소 간판이 날아갔더라."

말은 태평하게 했지만 얼굴빛이 살짝 어두웠다.

"무슨 일 있었어?" 하자 "일은 무슨 일" 하고는 부엌으로 내려갔다. 온 집 안이 들썩거리게 요란한 소리를 내는 걸로 보아 요리를 시작한 것이리라. 대체 어떤 저녁상을 받게 될까 마음의 준비를 하는 참에 겐지로가 쟁반을 들고 방으로 돌아왔다.

머리맡에 놓인 쟁반을 보고 구니마사가 눈살을 찌푸렸다.

"저녁거리 사러 갔었잖아."

"응."

"그런데 왜 인스턴트 죽이야?"

"뭘 일일이 따지냐." 겐지로가 웃었다.

밥 짓기는 실패로 끝난 모양이다. 상점가에서 사온 톳무침과 죽으로 저녁을 때웠다. 구니마사는 몸을 일으킬 수 없었으므로 옆으로 누운 채 숟가락과 포크로 먹었다. "먹여주랴?" 하는 제안은 정중히 사양했다.

먹으면서 관찰한 결과 역시 겐지로의 분위기가 이상하다. 이런 표정이라면 예전에도 많이 본 기억이 있다. 어릴 때 이웃집의 귀한 암탉을 실수로 놓아줬을 때도, 술 먹고 아라카와에 빠져 익사할 뻔했을 때도 이런 얼굴이었다.

식후의 녹차를 빨대로 마신 다음 구니마사가 물었다.

"그래서, 대체 무슨 짓을 저지른 건데?"

"어떻게 알았어?"

"개구리 삼킨 것 같은 얼굴을 하고 있는데, 모를 수가 있냐?"

겐지로가 책상다리를 이쪽저쪽으로 바꿔 앉으며 뜸을 들이더니 "저기 말이야……" 하고 조심스럽게 입을 열었다. "거실 탁자에 딸네에 보내는 물건 있었잖아. 그 안에 어떤 수건이야?"

"상품권이야."

"뭐?"

"송장에는 '수건'이라고 적었지만 실제로는 상품권이야. 손녀 시치고산 축하."

"……얼마짜리?"

"삼만 엔."

"야, 너…… 큰맘 먹었구나."

"어쩌다 한 번이잖아. 거의 만나지도 못하고."

사실은 안 만나주는 것이지만, 하고 구니마사는 속으로 쓸쓸히 중얼거린다.

"그런데 그건 왜 물어?"

"미안! ……수몰됐어." 겐지로가 고개를 숙였다.

"수몰?"

갑자기 무슨 소리인지 알 수가 없다. 겐지로가 빛나는 대머리를 쓰다듬으며 필사적으로 변명을 시작했다.

"아니, 그게…… 장 보러 가는 김에 그것도 보내버리려고 말이야. 그래서 배를 몰고 가는데, 돌풍이 불어 눈 깜박할 새에 퓨잉! ……그야 나도 잡아채려고 잽싸게 손을 뻗었지. 그런데 철썩, 하더니 순식간에 좌악…… 뽀록뽀록뽀록…….

"침착해!"

의성어를 연발하는 겐지로를 말리고, 구니마사는 한숨을 뱉었다.

"미안! 변상할게." 겐지로가 또 고개를 숙였다.

"괜찮아."

"그래도 너, 삼만 엔이면 큰돈이잖아."

굳이 일러주지 않아도, 저금과 연금으로 생활하는 구니마사에게 삼만 엔은 커다란 지출이었다. 하지만 겐지로는 친절한 마음으로 물건을 보내주려 했던 것이고, 불어온 바람을 탓할 수도 없는 일이다. 상품권이 물에 빠진 것은 그저 운이 나빠 생긴 일일 뿐이다.

"괜찮대도. 더 신경 쓸 것 없어. 이 얘긴 이걸로 끝."

그것은 정말 진심이었다.

애초 저쪽에서 원한 것도 아닌 상품권이다. 제대로 배달되었다 해도 뜯어보지도 않고 처박아뒀을지 모를 물건이다.

구니마사가 웃음을 짓는다면 겐지로도 받아들일 수밖에 없었으리라. 조금 마음이 가벼워졌는지 여느 때의 모습을 되찾았다.

목욕을 마친 겐지로가 정수리에서 김을 피워올리며 자기 몫의 이부자리를 깔았다. 그리고 따끈한 물이 담긴 대야와 수건을 가져와 '닦아준다'고 주장했다.

'어차피 신진대사도 뚝 떨어졌으니 그럴 필요 없다'는데도 겐지로는 끝끝내 우긴다. 등을 싹싹 문질러 닦고, 새 습포를 허리에 더덕더덕 붙이고, 또다시 김밥 말듯이 굴려져 요통벨트를 새로 매고 나자 구니마사는 극도로 피로해졌다.

겐지로로 말하자면 '할 일은 다 했다'는, 만족스런 얼굴이다.

"어떠냐, 내가 있으니까 좋지?"

그렇게 멋대로 결론을 짓고는 불을 껐다.

하루 종일 이불 속에 있었으니 잠이 올 리 없다. 마음대로 돌아눕지도 못하므로, 별수 없이 어두컴컴한 방 안에 드러난 겐지로의 옆얼굴을 바라본다.

"저기, 겐."

"응?"

"죽은 다음의 일에 대해 생각할 때 있냐?"

"장례식 걱정이냐?" 졸리는 목소리가 돌아온다. "관둬라, 관둬. 죽은 사람이 본인 장례식에 이래라 저래라 할 수 있는 것도 아니고."

"그게 아니라. 사후 세계 말이야."

대답은 없었다. 대신 드르렁, 하고 코 고는 소리가 들린다.

정말이지 너란 녀석은…….

혼자 평화롭게 잠들던 밤이 그립다. 부아가 치미는지 웃음이 피어오르는지 모를 기분으로, 구니마사는 이갈이까지 추가된 요란한 음향을 견뎠다.

사흘 후 구니마사가 걸을 수 있게 되자 겐지로는 집으로 돌아갔다. 그러고는 통 모습을 비추지 않았다.

아직 무거운 것을 들거나 쭈그려앉지 못하는 구니마사 대신 뎃페가 장을 봐다주었다. 뎃페의 말에 따르면 사부는 '바쁘신 모양'이란다.

"시치고산 주문이 밀려 있는 데다, 설에 내놓을 신작 디자인도 해야 되고요."

시치고산이라…… 구니마사는 물에 잠긴 상품권을 떠올리고 조금 우울해졌다. 선물을 새로 준비해야 하는지, 어차피 이렇게 된 거 그냥 넘어가도 되는지.

요통으로 끙끙거릴 때는 아이가 없는 겐지로를 가엾게 생각했다. 하지만 쓸데없는(거기다 오만한) 참견이었다. 아내와 딸에 손녀까지 있으면 뭘 하나. 그네들과 어찌 소통할지 몰라 우왕좌왕하는걸.

내 코가 석 자잖아.

구니마사는 내심 한탄하고, 차를 홀홀 마시는 뎃페를 바라보았다. 겐지로의 젊은 제자는 여자친구와의 며칠을 만끽한 덕분인지 평소보다 몇 갑절 싱글벙글에 혈색도 좋다.

"그래도 아리타 씨, 잘됐네요. 의외로 빨리 나으셔서."

"자네한테도 폐를 끼쳐서 미안하네."

뎃페가 쾌활하게 손을 내젓는다. "그런 거, 전혀 없습니다. 또 장 보실 거 있으면 언제든 말씀하세요. 사부도 아리타 씨를 도와드리라고 하셨는 걸요."

"하지만 바쁜 시기잖아?"

"전 전혀 안 바빠요." 뎃페가 거듭 손을 내저었다. "사부한테 밑 그림을 보여드렸다가 경만 쳤거든요. '뭐냐, 이건? 숨넘어가기 직전의 금붕어냐? 멍청한 놈!' 하고…… 제 딴엔 도미라고 그린 건데 말이죠. 빨리 혼자서도 어엿하게 작업을 하게 되면 좋겠어요."

뎃페의 찡그린 얼굴에 구니마사가 웃음을 터뜨렸다.

"서두를 것 없어. 자네한텐 시간이 많으니까."

허리는 순조롭게 회복되어 며칠 후에는 산책도 할 수 있게 되었다. 아직 요통벨트는 필요했지만, 물리치료라 생각하고 동네를 한 바퀴 돌았다.

상점가의 장식이 그새 단풍 시즌용으로 바뀌어 있었다. 하늘은 드높고 맑았으며, 바람은 바싹 말라 상쾌했다.

참 좋은 계절이다. 짧은 계절이지만 가을은 닥쳐올 추위에 대비하는 활력이 느껴졌다.

그러고 보면 아이들은 '가을이 좋다'는 소리를 별로 하지 않는다. 구니마사의 입가에 웃음이 떠올랐다. 구니마사도 어릴 때는 여름이 좋았다. 무엇보다 헤엄도 치고 곤충도 잡고 놀 거리가 풍성한 계절이었다. 가을 따위, 오는지 가는지도 모르고 지나갔다. 겐지로는 고구마랑 감자가 맛있다며 좋아했지만.

인생의 가을도 훌쩍 넘어 겨울에 돌입한 덕에 새삼 가을 좋은 줄을 알게 된 걸까.

상점가에서 저녁 반찬을 사오는 길에 모퉁이의 이층집 앞에서 발을 멈추었다. 유리문 너머로 들여다보자 겐지로가 유카타 차림으로 작업대를 향해 앉아 있었다. 그 옆에 정좌해 있던 뎃페가 알아채고 뛰어나왔다.

"아리타 씨, 아직 안 된다고요! 왜 저를 부르지 않으셨어요?"

구니마사의 손에서 봉지를 빼앗아들며 들어왔다 가라고 끌어당긴다.

그 와중에도 겐지로는 고개를 들지 않았다. 작업장으로 올라선 구니마사가 겐지로의 손끝을 엿본다. 오래된 핀셋을 솜씨 좋게 움직이는 일에 완전히 집중하고 있었다. 사방 2센티미터의 흰색 비단이 순식간에 착착 접혀, 작은 나무판 위에 속속 놓인다. 기계처럼 정확한 손놀림이다. 차를 내온 뎃페가 걱정스런 눈빛으로 겐지로를 바라보았다.

"좋은 디자인이 떠올랐다고 하시면서…… 점심도 안 드셨다니까요."

"이런 기세라면 기일 전에 주문을 다 해결하지 않겠어?"

"글쎄, 어떨까요…… 사부의 의욕은 들쭉날쭉한 경향이 있어서, 내일이라도 싫증을 내실지도 모르거든요."

뎃페가 어른스럽게 말하고, 주문서 다발을 헤아렸다.

구니마사가 몇십 분 머무는 사이 겐지로는 결국 한 번도 작업의 손길을 멈추지 않았다. 아마 구니마사가 온 것조차 알아채지 못했으리라. 확실히 이런 집중력을 매일 발휘하는 것은 불가능하다. 곧바로 여느 때의 헐렁이로 돌아와 제자를 실망시키리라.

기복이 심한 겐지로가 사부로서의 위엄과 모범을 보이는 것은 일 년에 불과 몇 번이었다. 그래도 그걸로 됐다고 구니마사는 생각한다. 겐지로의 작품은 언제나 그의 생명을 다 빨아들인 것처럼, 불길하도록 섬세한 아름다움을 띠고 있기 때문이다. 혼을 쏟아붓는 기세로 작업대를 마주하는 겐지로의 모습은 어딘지 무시무시했다.

"쉬엄쉬엄 하라고 전해줘."

집까지 짐을 들어다준 뎃페에게 구니마사는 그렇게 말했다.

아무리 그래도 노후란 참 무료한 것이다.

구니마사는 문고판 시대소설을 탁자 위에 내려놓았다. 노안 탓에 활자를 들여다보는 것도 보통 일이 아니고, 허리도 완치된 것이 아닌지라 멀리 외출할 수도 없다. 작품 세공에 몰두하는 겐지로를 방해할 수도 없으니 구니마사는 참으로 따분한 나날을 보내고 있었다.

이거야, 원. 뭐라도 취미를 만들어놓지 않으면 정말로 노망이 들겠어.

그렇다지만 원래 취미가 없는 인간이었다. 하고 싶은 일이 갑자기 생기는 것도 아니라 우선 저녁이나 하자며 의자에서 일어났다.

"일어설 때가 요주의라고."

허리를 감싸면서 혼잣말하는 것을 깨닫고 고개를 설레설레 흔든다. 거실 창문에서 보이는 하늘이 완전히 어두워져 있다. 해 떨어지는 시간이 빨라졌다. 부엌으로 가 전깃불을 켜고 두부된장국을 끓이고, 반찬 가게에서 사온 우엉조림을 접시에 담았다.

이것만으로는 밥상이 좀 허전한데.

귀찮지만 하나쯤 더 만들려고 냉장고를 뒤질 때 수로에서 작은 배의 엔진 소리가 들렸다. 뒤이어 툇마루 쪽으로 난 거실 유리문이 열리고 "마사, 나도 밥 좀 줘" 하며 겐지로가 집으로 들어섰다.

최고조에 달했던 집중력은 썰물처럼 먼 바다로 물러난 모양이다.

이것 말고도 반찬이 두세 가지 더 필요하군. 구니마사는 조심스럽게 무를 꺼내들었다. 들어올리는 동작도 요주의다.

가지 된장구이, 금눈돔조림, 무 샐러드가 올라간 저녁상을 겐지로는 눈 깜박할 새에 말끔히 비웠다.

"후우…… 배부르다, 배불러. 잘 먹었다."

"뭐 하러 온 거냐, 너는?"

먹고 난 밥상을 치울 생각 따위는 애초에 없는 얼굴로 편안히 앉아 신문을 뒤적거리는 겐지로에게 구니마사가 퉁명스럽게 내뱉는다.

"아, 그렇지. 잊어버릴 뻔했네."

겐지로가 품에서 작은 오동나무 상자를 꺼냈다.

"손녀딸이 올해 시치고산이랬지?"

"응."

"자, 이걸 선물로 보내면 어떠냐."

뚜껑을 열자 쓰마미 간자시가 들어 있다. 기품 있는 분홍색과 금색 공 밑에 흰색과 베이지색의 꽃이 별처럼 흩어져 있다. 어린이용치고는 수수한 색깔이지만 공들여 만든 작품이라는 것은 한눈에 알 수 있었다.

"요새 만들고 있었던 게 이거냐?"

"응. 상품권처럼 자기 입맛대로 골라 살 수 없으니 좀 그렇지만, 그냥 이걸로 봐주라." 겐지로가 미안한 낯빛으로 말했다.

구니마사는 잠자코 간자시를 내려다보았다. 이것을 만들고 있을 때의 겐지로의 진지한 눈동자가 떠올랐다.

구니마사가 아무 말 없자 겐지로는 불안했는지 열심히 부연 설명을 하기 시작했다.

"일단 어떤 기모노에나 어울리도록 한 거야. 뎃페의 아이디어도 채택했지. 봐, 공이랑 꽃을 따로따로도 쓸 수 있는 디자인이라고. 나한테 가져오면 언제라도 떼어줄 수 있어. 이거라면 꽃부분만 따로 성인식 때도 꽂을 수 있잖아."

"성인식이라니…… 너, 대체 얼마나 장수할 작정이냐?"

"아니, 뭐. 나 죽은 다음이라도, 그때쯤이면 뎃페가 어엿한 직인이 되어 간판을 이어나가고 있을 테니까."

겐지로가 웃었다. 구니마사도 따라 웃고 싶었지만 그러지 못했다. 뜨거운 것이 치밀어 가슴이 꽉 막혔다.

"마사? ……역시 마음에 안 드는 거냐."

간자시만 내려다보고 있는 구니마사의 얼굴을 겐지로가 흘끗 쳐다본다.

"이런 거, 만들지 않아도 됐는데." 구니마사는 목소리를 쥐어짰다. "그 상품권은 물속에 잠기기 전부터 종이 쓰레기였다고."

아름다운 간자시로 변할 정도의 가치는 애초 깃들어 있지 않았다.

"왜 그런 말을 해?"

"너도 알잖아. 집사람이고 딸아이고, 날 시치고산에 부를 생각은 아예 없다는 걸. 손녀는 내 얼굴 따위 일찌감치 잊어버렸을 거야. 네가 공들여 이런 거 만들어준다고 해서……."

"그거 나쁜 버릇이다, 마사." 겐지로가 구니마사의 어깨를 톡톡 두드렸다. "그런 식으로, 갖고 싶은 걸 갖고 싶다고 말해보지도 않고 포기하는 거, 너의 나쁜 버릇이라고."

겐지로가 주섬주섬 명함을 꺼내 자신의 이름 옆에 '요시카와 뎃페'라고 볼펜으로 덧붙여 적었다.

"이 명함을 같이 넣어 손녀한테 보내. 제대로 편지도 써서."

알았지, 꼭이야. 겐지로는 몇 번이나 다짐을 받고 작은 배를 타고 돌아갔다.

저녁 먹은 설거지쯤은 하고 가란 말이다.

구니마사는 되도록 똑바른 자세를 유지하면서 부엌을 치웠다. 손끝을 밝히는 형광등이 벌레 날개짓소리처럼 희미하게 징징거렸다. 설거지를 마친 구니마사는 잠시 고민한 끝에 짧은 편지를 썼다.

세이에게
시치고산 축하한다.
세이가 이렇게 자란 것이 할아버지는 기쁘단다.
이 간자시는 할아버지의 오랜 친구가 만든 것이다.
마음에 들면 좋겠구나.
아버지, 어머니, 할머니한테도 안부 전하고.
건강하고 즐겁게 지내거라.

할아버지가

유리 가게 남자가 솜씨 좋게 현관문의 유리를 갈아끼우고 있다.
"어쩌자고 여태 그냥 뒀나?"
작업을 구경하며 겐지로가 문 옆에서 담배를 피우고 있다.
"도둑이 들어도 훔쳐갈 것도 없는데 뭐." 곁에서 구니마사가 말했다.
"아무리 그래도. 느긋한 것도 정도가 있지."

마사와 겐

"원인을 따지자면 네가 부순 거잖아."

바람 끝이 서늘하다 못해 쌀쌀하다. 산간지방은 슬슬 본격적으로 단풍이 들기 시작한 모양이다. 마침내 외풍에 항복한 구니마사가 유리 가게에 전화했던 것이다.

"참, 간자시는 보냈냐? 좀 있으면 시치고산이잖아?"

형세가 불리하다고 파악한 겐지로가 날쌔게 화제를 바꾸었다.

"보냈어."

"연락은?"

"없어."

구니마사는 바람에 체온을 빼앗기지 않도록 팔짱을 질렀다.

"그래도 그걸로 됐어."

환영받지 못했다 해도 상관없다. 제일 보내고 싶었던 물건을 손녀의 품에 보냈으니까. 그것만으로도 만족한다, 그렇게 생각했다.

얼룩 한 점 없는 유리판이 격자문에 꼭 맞게 들어앉았다. 구니마사가 유리 가게 남자에게 대금을 지불하고 겐지로를 돌아보았다.

"안 들어갈래? 쌀쌀한데."

겐지로가 담배를 문 채 쭈그리고 앉아 현관 앞의 빨간 백량금 열매를 바라보고 있다. 새로운 간자시 디자인이라도 떠오른 것일까.

"어이, 겐."

"이봐, 마사……." 겐지로가 고개를 들어 올려다본다. "너, 사후 세계에 대해 생각한 적 있느냐고 물었지?"

"잤던 거 아니었어?" 허를 찔린 구니마사가 무뚝뚝하게 되물었다.

그땐 내가 마음이 약해져 있었다고. 괜히 유치한 이야기를 꺼냈던 것이 후회스러웠다.

겐지로가 골똘한 낯빛으로 뺨을 살살 긁었다.

"난, 생각한 적 없어. 사후 세계 같은 거 없다고 생각해."

"맞는 말이야."

그런데도 구니마사는 조금 쓸쓸해졌다. 죽은 뒤에 또 만날 수 있으면 좋은데, 그렇게는 안 된다는 걸 구니마사도 겐지로도 이미 깨닫고 만 것이다. 그것이 쓸쓸했다.

"내 생각엔 말이지……." 겐지로가 빨간 열매로 눈길을 돌리고 조용히 말을 이었다. "죽은 사람이 가는 곳은 사후 세계 같은 데가 아니라 가까운 사람의 기억 속이 아닐까. 아버지도 어머니도 형제들도 사부도 집사람도, 다들 내 안으로 들어왔어. 가령 네가 먼저 간다 해도, 내가 죽는 날까지 너는 내 기억 속에 있을 거야."

겐지로다운 생각이다. 구니마사가 보일락 말락 미소를 짓는다.

"그 주장대로라면 노망나지 않기를 빌어야 되겠군."

"야, 말본새하곤!"

발끈하는 겐지로를 보며 구니마사가 이번에야말로 소리를 높여 웃었다.

죽고 나서도 가족과 벗의 마음속에 산다. 그렇다, 겐. 좋은 생각이야.

기억 속의 그네들과 더불어 가능한 한 오래오래 살자. 그러면 되는 거다. 지금부터 새로 만날 사람보다는 먼저 간 가족과 벗이 더 많으니까. 일찌감치 그런 나이가 되어버렸으니까.

언젠가, 하고 구니마사는 상상에 잠긴다. 언젠가 기억 속의 너한테서 지금부터 작은 배를 타고 데리러 간다, 하고 무선이 들어오면 좋겠다. 그래서 너와 내가 나란히 작은 배를 타고 누군가의, 이를테면 뎃페의 기억 속 수로를 흘러갈 수 있으면 좋겠다.

그렇다면 구니마사의 생과 사는 더할 나위 없이 행복한 것이 되리라.

"밖에서 담배 피우기엔 괴로운 계절이 됐군."

겐지로가 어깨를 문지르며 몸을 일으켰다.

"집 안에서 피우면 되잖아."

"뎃페가 난리란 말이야. 쓰마미 재료에 담배 냄새 밴다고."

나 녹차나 한 잔 줘, 하며 겐지로가 구니마사의 등을 떠밀었다.

"뻔뻔하기는. 그거야말로 네 집에 가서 마셔."

"싫어. 오늘은 주문서도 뎃페의 면상도 보고 싶지 않은 기분이라고."

"제자한테 아주 꽉 잡혔구나, 한심한 녀석." 구니마사가 관자놀이를 문지른다. "그런데 유리 값은 물어줄 거지?"

"허어…… 너, 그건 아니지. 그땐 어디까지나 인명구조를 위해서……."

정색하는 겐지로를 슬쩍 피하며 구니마사가 현관문을 열었다. 얼마 전에 산 고급 찻잎을 우려 따끈한 차를 끓여줘야지 생각했다.

3

코끼리를 본 날

MASA & GEN

스미다 구 Y동네는 아라카와와 스미다가와 사이에 삼각주처럼 들어앉아 있다. 두 개의 하천을 잇는 운하가 동네 구석구석에 뻗어 있다. 대개는 작은 배가 지나갈 정도의 폭이니 수로라 부르는 것이 적절하리라.

실제로 물길은 Y동네의 또 하나의 길이다. 에도시대에는 각양각색의 배들이 각양각색의 짐을 싣고 이 수로를 종횡무진 오고 갔다.

이를테면 '오메미에 거리 상점가' 뒤쪽의 수로는 다른 데보다 조금 폭이 넓다. 코끼리를 실은 배가 지나갈 수 있도록 수로를 특별히 넓혔기 때문이라 했다.

그 옛날, 당시의 쇼군가마쿠라시대 이후 막부의 우두머리를 일컫는 칭호을 배알하기 위해 코끼리는 남양에서 대륙을 경유해 먼 길을 거쳐 에도 성까지 왔다. 난생처음 코끼리를 본 쇼군은 그 우람함과 영리

함에 크게 감탄하여, 성 밑 마을 백성들에게도 구경할 기회를 주기로 했다. 그리하여 코끼리는 확장된 수로를 통해 Y동네에도 찾아왔다. 사람들은 수로로 난 격자창을 활짝 열고, 진귀한 짐승을 태운 배가 지나가는 광경을 가슴 설레며 구경했다나.

"그건 거짓말 아니냐?"

호리 겐지로가 찬물 끼얹는 소리를 한다.

"오메미에 거리의 수로는 그정도 수심이 안 되거든. 코끼리 같은 걸 태웠다가는 푹 가라앉아 뱃바닥이 득득 긁힌다고."

"옛날엔 깊었어." 아리타 구니마사가 발끈한다.

순하고 육중한 짐승의 눈에 에도시대의 Y동네는 어떻게 비쳤을까. 그것을 상상하는 것은 구니마사의 몇 안 되는 즐거움 가운데 하나이기 때문이다. 시대소설을 읽는 것이 구니마사에게는 거의 유일한 취미였다. 노안이 심해지면서는 그나마 마음대로 진도가 나가지 않지만. 이런저런 시대소설을 읽노라면 에도시대부터 서민들이 모여살았던 Y동네도 때때로 등장한다. 코끼리와 오메미에 거리 뒤쪽 수로의 일화도 소설을 통해 알았다.

겐지로가 웃음을 머금은 목소리로 "그럴지도 모르지" 하고 뒤로 물러났다. 네가 그렇게 우겨대니 별수 없군, 하는 분위기이다. 웬일로 어른스럽게 여유를 부리나 싶어 구니마사는 속이 틀린다. 구니마사나 겐지로나 올해로 일흔세 살. 틀림없는 어른이지만 허물없는 죽마고우이다 보니 걸핏하면 아옹다옹한다.

구니마사가 어렸을 때만 해도 Y동네에서는 집집마다 작은 배를 보유하고 있었다. 전쟁이 있기 전의 일이니까 벌써 칠십 년쯤 전이다. 현재는 육로운송이 발달해 Y동네도 수로를 이용하는 사람은 적다. 관광객을 상대하는 작은 배가 벚꽃놀이나 불꽃놀이 시기에 드문드문 수면에 뜰 정도이다. 구니마사도 직접 배를 몰아본 적은 없다.

겐지로는 선외 엔진이 달린 작은 배를 갖고 있다. 쓰마미 세공 직인인 그는 재료 구입이나 완성품을 운반할 때 배를 이용했다. Y동네의 수로를 누구보다 훤히 아는 것은 겐지로이리라. 그 겐지로가 '수심이 모자라다'면 필경 그럴 테지만, 순순히 수긍하자니 어쩐지 오기가 발동한다.

"그렇대도. 하나에 씨도 배를 타고 시집왔잖아." 구니마사가 말했다.

"시끄러. 내 마누라는 코끼리만큼 덩치가 크진 않았다고."

"그랬던가?"

"너 혹시 노망난 거 아니냐?" 겐지로가 한숨을 뱉고 말을 이었다. "대체 용건이 뭐냐?"

둘은 지금 전화 통화 중이다. 구니마사가 참, 그렇지…… 하고 수화기를 고쳐잡는다.

"좀 보여줄 게 있어서. 지금 가도 돼?"

"상관없는데, 밖이 벌써 어둡잖아. 뎃페더러 배 갖고 마중 가라고 할까?"

"아냐, 멀지도 않은데 걸어서 가지."

요즘 같은 계절에 강바람을 맞으면 요통이 악화된다. 수화기를 내려놓은 구니마사는 코트에 목도리로 무장하고 집을 나섰다. 겐지로에게 보여줄 물건을 소중하게 비단보에 싸서 챙기는 것도 잊지 않는다.

겨울 해는 이미 저물어 있었다.

저녁 어스름에 외출해도 "이런 시간에 어딜 가요? 저녁은요?" 하고 물어보는 가족이 없다. 아내는 구니마사가 일흔이 되자 기다렸다는 듯이 집을 나가 딸네에서 살고 있다. 말하자면 구니마사는 늘그막에 혼자 사는 신세가 되었다. 가족도 돌아보지 않고 일만 해왔던 '결과'라고 머리로는 이해하면서도, 아내에게도 딸들에게도 버림받았다는 사실을 구니마사는 아직 완전히 받아들이지 못하고 있었다.

겐지로도 아내를 먼저 보내고, 아이도 없이 홀몸이지만 쓸쓸함이나 적적함 같은 것은 도무지 찾아볼 수 없다.

3초메 모퉁이의 겐지로네는 오늘 밤도 시끌벅적하다.

겐지로의 제자 요시오카 뎃페, 그리고 뎃페의 여자친구 마미가 부엌에서 저녁 준비를 하고 있었다.

"뎃페 씨, 아이 참, 생선을 너무 자주 뒤집잖아. 센베이 굽는 거 아니란 말야."

"그래도, 잘 익혀야 되잖아."

"그건 그렇지만. 성격 급하다니까."

뭐랄까 간질거리는 대화를 주거니 받거니 하고 있다. 유리문을 밀고 현관에 들어서던 구니마사는 잠시 그대로 서 있다. 생선 굽는 냄새가 콧속으로 흘러들어온다.

현관에서 한 단 올라간 작업장에서 겐지로가 석간신문을 펼쳐놓고 있었다. 오늘의 작업이 때맞춰 일단락되었는지 쓰마미 세공 도구는 깨끗하게 정리되어 있다.

"응, 왔냐?"

겐지로가 구니마사를 발견하고 돋보기를 이마 위로 밀어올렸다. 쓰마미 세공에는 사방 2센티미터의 작은 헝겊을 핀셋으로 집어내 접는 기술이 요구된다. 그런데도 겐지로는 작업 중에는 돋보기를 쓰지 않는다. 어릴 때부터 몸에 밴 일이라 눈을 감고도 할 수 있다는 게 그의 주장이다.

"너 온다고 뎃페가 솜씨 발휘한다네? 조림이나 만들어 간단히 먹으려고 했는데, 달려가서 방어까지 사왔다."

"내 몫도 있어?"

"딱 밥 시간에 쳐들어와놓고 이제 와서 무슨 소리."

겐지로가 웃으면서 신문을 접고, 들어오라고 재촉한다. 구니마사가 코트를 벗어 개어들고, 작업장으로 올라간다.

"그래서, 뭘 보여주겠다는 건데?"

"나중에……" 구니마사가 말머리를 돌려 얼버무렸다.

마미까지 와 있으니 마침 잘됐다 싶었다. 실은 구니마사는 자랑을 하러 왔고, 자랑이란 들어주는 사람이 많을수록 흥이 나는 법이다.

뎃페가 부엌에서 얼굴을 내밀었다. "아리타 씨, 안녕하세요. 사부, 저녁 다 됐어요."

일동이 다실의 좌탁을 둘러쌌다. 마미가 재빠르게 밥과 된장국을 퍼준다. 밥상에는 방어구이 외에도 완두꼬투리와 유부를 넣은 토란조림, 우엉조림과 채소절임이 푸짐하게 올라와 있다.

"잘 먹겠습니다."

무즙이 곁들여진 방어 소금구이는 시꺼멓게 탄 데가 좀 많았지만, 알맞게 기름져 맛이 좋았다.

"이런 칙칙한 반찬들만 먹고 배가 차나?"

겐지로는 나름 걱정하는 눈치였지만 젊은 두 사람은 흡족한 얼굴로 젓가락질을 하고 있다.

"마미 씨는, 오늘은 쉬는 날인가?"

구니마사가 묻자 마미가 고개를 끄덕였다.

"정기휴일이에요."

마미는 Y동네에서 지명률 톱의 미용사이다. 구니마사는 그제야 그날이 화요일이란 것을 깨달았다. 특별히 할 일도 없이 혼자 멍하니 살다 보면 요일 감각이 흐려진다. 젊은 제자와 그 여자친구의 싹싹한 보살핌을 받으며 활기차게 생활하는 겐지로가 더없이 부러웠다.

식후의 차를 마시고 한숨 돌릴 때 겐지로가 또 재촉했다.

"그래서? 뭔데 이렇게 뜸을 들여?"

구니마사가 마침내 비단보를 천천히 펼쳤다. 두꺼운 판지에 끼워진, 일곱 살짜리 손녀의 사진이 나온다. 빨간 기모노를 입고 지토세아메삼, 오, 칠 세 아이를 위한 축하용 가래엿 봉투를 쥔 채 웃고 있다.

"오오, 시치고산 사진이잖아."

"이 간자시, 사부 작품이죠?"

"잘 어울린다!"

겐지로와 뎃페와 마미가 일제히 몸을 내미는 것을 보고 구니마사는 회심의 미소를 지었다.

"딸이 보냈더라고."

"흠, 잘됐잖아." 겐지로가 구니마사의 어깨를 쿡 질렀다. "집사람도 딸도 상대를 안 해준다고 투덜투덜하더니만."

"투덜투덜은, 누가!" 구니마사가 발끈한다. "손녀딸이 간자시가 마음에 꼭 들었던 모양이야. 집사람도 딸도 고마워하면서, 너한테 인사 전하라고 편지에 적혀 있었어."

"사부의 솜씨는 일본 최고니까요." 어째서인지 뎃페가 으쓱거린다.

겐지로도 제자에게 지지 않고 으쓱거린다. "무슨 소리냐, 난 세계 최고라고."

"외국엔 쓰마미 간자시가 없잖아."

구니마사가 의문을 제기하자 '그러니까 일본 최고이자 세계 최고'란다.

손녀 자랑을 하려던 것이 어느새 겐지로의 솜씨 자랑으로 변질된 감이 없잖아 있지만, 어쨌거나 목적을 달성했으므로 구니마사는 기분이 제법 괜찮았다.

사진을 물끄러미 내려다보던 뎃페의 어깨가 축 처졌다. 일 년 열두 달 언제 봐도 씽씽한 것이 매력인데, 어쩐 일일까. 그러고 보니 밥도 한 그릇밖에 먹지 않았다. 여느 때라면 세 공기는 뚝딱 해치웠을 텐데.

"왜 그러나, 뎃페 군? 속이 안 좋은가?" 구니마사가 걱정이 되어 물었다.

"흥, 이 녀석이 안 좋은 건 그보다 더 위쪽 부위라고." 겐지로가 단언한다.

마미가 웃음을 터뜨리려다 뎃페가 노려보자 입을 한일자로 다문다. 그러고는 할 말을 참는 것 같은 표정으로 뎃페를 바라본다.

"무슨 일 있었나?"

구니마사가 사진을 비단보에 다시 싸고 뎃페를 건너다보았다. 겐지로는 간자시를 만드는 일 이외에는 뭐든지 엉성하고 대충대충이었다. 지금도 찻잔에 우메보시를 하나 빠뜨려넣고는 젓가락으로 찌부러뜨려 우메보시 차를 만드는 데 열중하고 있다. 염분 섭취를 줄이라고 했다는 의사의 충고 따위는 까맣게 잊어버린 것이리라. 이러니 제자의 고민을 제대로 들어줄 가능성은 희박했다.

"실은 저, 결혼하고 싶어서요." 뎃페가 방바닥을 부드득부드득 문지르며 말했다.

어린애라고만 생각했는데, 뭐 '결혼'이라고! 구니마사는 그만 "누구랑?!" 하고 내뱉고 말았다.

"당연히 마미 씨지 누구겠어요? 어디 다른 여자라도 있는 것 같이 듣기 그렇잖아요!" 뎃페가 펄쩍 뛴다.

"미안." 구니마사가 고개를 숙인다.

"하지만 뎃페 군, 자네 올해 몇 살이지?"

"스무 살이요. 벌써 어른이라고요."

초롱초롱한 눈동자에 아직 젖살이 남은 뺨. 소년이라 해도 좋을 정도로 앳된 얼굴이다. 구니마사는 일단 "미안" 하고 다시 사과했다.

"그래도 결혼은 너무 빠른 게 아닐까? 자네는 아직 배우는 중이고, 마미 씨 부모님도 '그래라' 하고 덜컥 허락하시지는 않을 거 아닌가."

"전 스물일곱이라 빨리 시집가라고 부모님이 성화이시지만 요." 마미가 끼어들었다.

구니마사는 내심 놀랐다. 아직 스물네다섯 살인 줄 알았는데.

요즘 젊은 사람들은 다들 정말 어려 보인달까, 언제까지고 애 티가 나는군. 이것도 세상이 풍요롭고 평화로운 덕일까.

구니마사는 불현듯 늙수그레한 감회에 잠긴다. 겐지로로 말 하자면 어린 나이에 쓰마미 세공 직인의 제자로 들어가 일을 시 작해서, 도쿄 대공습에서도 살아남았고, 전후의 폐허 위에서 솜 씨 하나로 먹고살아왔다. 십대에 이미 어엿한 어른의 얼굴이었 다. 죽마고우인 구니마사 앞에서야 그 또래다운 표정으로 '고구 마 서리해왔어'라든가 '좋아하는 여자가 생겼어' 같은 소리를 늘 어놓았지만.

"그런데 지난번 뎃페 씨가 저희 집에 인사 왔을 때 아버지가 크게 화를 내셔서……."

구니마사가 추억에 젖어 있는 사이에도 마미의 이야기는 계 속되었다. 미용사로서는 유능하다지만 대화의 템포는 매우 느 린 아가씨였다.

"저, 마미 씨 아버지한테 '갓파^{일본 상상의 물물 동물}'란 소리까지 들 었어요."

한결 풀이 죽은 뎃페를 마미가 위로한다.

"뎃페 씨, 아버진 '갓파'가 아니라 '고왓파^{애송이, 풋내기라는 의미}'라고 하셨거든."

도무지 논평의 여지가 없는 대화이다. 구니마사는 잠자코 녹차만 홀짝거렸다.

"갓파건 고왓파건, 하여튼 비슷한 거잖아."

그때까지 잠자코 있던 겐지로가 불퉁스럽게 입을 열었다. "마미 씨 아버님 말씀대로야. 아직 제대로 간자시도 만들지 못하는데 마미 씨를 어떻게 먹여 살릴 작정이냐?"

"괜찮아요" 하고 이야기를 받은 것은 뎃페가 아니라 마미였다. "제가 버는 것만으로도 둘이 먹고살 수는 있어요."

"마미 씨, 그건 아니지." 겐지로는 자못 성실한 표정으로 말을 이었다. "자네가 미용사로서 훌륭한 솜씨를 가진 것도, 뎃페가 어엿한 직인이 될 수 있도록 뒷받침해주는 것도 알아. 하지만 뎃페가 자네한테 기대어 살아선 안되지."

"사부, 전 마미 씨한테 기대 살겠다는 생각 같은 거……."

"시끄럽다!" 겐지로가 호통을 쳤다. "비빌 언덕이 있으면 알게 모르게 느슨해지는 거야. 그렇게 되면 넌 언제까지고 직인으로서 혼자 설 수 없다고. 게다가 만일 마미 씨한테 버림이라도 받으면 어쩔 거냐? 다음 여자, 또 다음 여자로 갈아타면서 평생 기둥서방이나 할래?"

뎃페가 억울한 듯이 고개를 숙였다. 마미는 엷은 쓴웃음을 머금고 뎃페를 바라보았다. 하지만 겐지로의 말에 일리가 있다고 생각했는지, 그저 할 말이 떠오르지 않았을 뿐인지, 아무 반론도 없었다.

뎃페는 기가 죽은 채 설거지를 하고 마미와 함께 돌아갔다.

"그렇게 심한 말까지 할 건 없잖아. 사부로서 네가 뎃페 군의 편을 들어주면 좀 좋아?" 구니마사가 겐지로에게 쓴소리를 했다.

"너도 결혼은 너무 이르다고 했잖아."

겐지로는 다실과 작업장 사이의 문을 닫더니(쓰마미 재료에 냄새가 밴다고 뎃페가 늘 잔소리를 하는 탓이다) 담뱃불을 붙였다.

"뎃페는 지금이 바싹 노력할 때라고." 겐지로가 동그란 연기를 뱉으며 중얼거린다.

형광등 불빛 아래 맨둥맨둥한 정수리가 희미하게 빛난다. 귀 위쪽으로 몇 가닥 남은 머리칼은 얼마 전 마미가 새로 염색해준 모양으로, 눈이 번쩍 뜨이는 핑크색이다.

나잇값도 못하는 우스꽝스런 꼴을 하고, 머릿속엔 그저 쓰마미 간자시와 먹을거리, 여자, 그리고 자이언츠의 승패뿐인 녀석. 그러면서도 겐지로는 의외로 융통성이 없다. 구니마사가 은밀히 한숨을 뱉는다.

"코끼리 이야기도 그렇고, 넌 생긴 것과는 달리 현실주의자라니까."

구니마사가 한마디하자 겐지로는 눈을 동그랗게 뜨며 담배를 재떨이에 마구 비벼 껐다.

"뭐야, 아직 그걸로 꽁하고 있었냐? 그렇게 코끼리가 보고 싶으면 우에노 동물원으로 가지?"

"난 로망 이야기를 하고 있는 거야." 구니마사도 덩달아 거친 목소리를 냈다. "전통공예의 후계자가 요즘 세상에 그리 흔한 줄 알아? 모처럼 제자가 들어왔는데, 좀더 응원을 해주라고."

"응원? 이게 무슨 스포츠냐?" 쳇, 하고 겐지로가 고개를 외로 꼬았다. "정 하고 싶으면 네가 노란색 응원술이라도 흔들면서 성원을 보내주지그러냐?"

구니마사가 코트와 목도리를 움켜쥐고 벌떡 일어섰다. "머리 숱만 없는 게 아니라 머릿속도 제대로 굳어버렸구나? 넌 오늘부터 '대머리 석두'다!"

"어린애냐?"

어이없어 하는 겐지로를 남겨두고 구니마사는 모퉁이의 이층집을 나왔다. 도중에 손녀의 사진을 놓고 온 것을 알아챘지만 되돌아가기도 어색하고 속도 부글거려 그냥 집으로 와버렸다.

이튿날 오전, 뎃페가 사진을 가져왔다.

"또 싸우셨어요?"

뎃페가 웃음을 참으며 묻는 바람에 체면이 서지 않았다. 도무지 어른스럽지 못했다고 반성은 하고 있었지만 '겐지로 녀석, 아직 화났던가?' 하고 묻는 것도 이쪽에서 먼저 굽히는 것 같아

"음, 아니" 하고 우물우물 넘겼다.

"차라도 마시고 가겠나?"

뎃페가 잠깐 머뭇거리다가 예, 하면서 점퍼를 벗었다. 등판에 큼직한 용이 수놓인 요란한 점퍼였다.

뎃페를 식탁에 앉히고 구니마사가 주전자로 물을 끓인다. 평소 사부의 시중을 드는 습관이 몸에 밴 탓인지 뎃페는 가만히 앉아 있지를 못한다. 구니마사의 허락을 구한 뒤 찬장에서 찻잔 두 개를 꺼냈다. 한때는 동네 양아치들과 어울려 나쁜 짓을 하고 다녔다지만 근본이 선량한 청년이다. 뎃페처럼 눈치 빠르고 상냥한 손자가 가까이 있다면 하루하루가 얼마나 활기차게 바뀔까.

"시대소설에서 읽은 건데 말이지." 구니마사가 불쑥 입을 열었다. "오메미에 거리 상점가 뒤쪽에 제법 널찍한 수로 있지?"

"있죠." 식탁 건너편에서 뎃페가 차를 후후 불며 고개를 끄덕였다. "배 타고 거기 지나갈 때 제 머리통 위에 갈매기가 앉았잖아요."

"정말인가?"

"그렇다니까요. 갑자기 퍼억, 하고 한 마리가 내려앉았는데, 상당히 무겁더라고요."

대체 얼마나 멍하니 있으면 갈매기가 다 내려와 앉는다는 것일까. 혹 뎃페 군은 새들에게도 얕보이고 있는 건 아닐까. 구니마사는 잠시 그런 생각을 한 후, 탈선한 대화의 방향을 바로잡왔다.

"에도시대에 코끼리를 실은 배가 그곳을 지나갔다는 거야. 쇼군을 뵈러, 남쪽 나라에서 찾아온 코끼리 말이야."

"진짜로 진짜요?" 뎃페의 눈이 휘둥그레졌다.

"진짜로 진짜." 구니마사가 뎃페의 말투를 흉내내며 대답했다.

"오오……!"

뎃페는 흥미진진한 얼굴이다. 구니마사가 기분이 좋아져서 지론을 개진한다.

"쇼군도 배알한 코끼리가 지나갔기 때문에 '오메미에 거리' 상점가라 부르게 된 건지도 모르지."

"호오…… 전 또 장님이 눈이라도 뜬 장소御目見 쇼군을 직접 뵙는 등 윗사람을 만난다는 뜻이나, 문자 그대로는 눈이 보인다는 의미인 줄 알았죠."

예의 갈매기가 앉았다 날아가면서 뎃페 군의 뇌수도 훔쳐간 게 아닐까 하는 생각이 언뜻 들었지만 구니마사는 아무 말도 하지 않았다.

"남국에서 왔다면 일본은 추웠겠네요. 에도시대에는 스토브도 없었을 거 아니에요." 뎃페가 천진한 얼굴로 상상의 나래를 편다. "쇼군을 뵈러 간다고 코끼리도 분명 멋을 부렸겠죠? 엄청나게 큰 공이 달린 쓰마미 간자시를 만들어, 상아에 달아줬더라면 예뻤을 거예요. 작은 꽃모양 장식도 늘어뜨리고……."

봐라, 겐지로. 로망이란 이렇게 해서 부풀려나가는 거라고. 구니마사는 만족했다.

"자네는 늘 쓰마미 세공만 생각하는군."

"일류 직인이 되려면 잠잘 때도 간자시를 생각하라고 사부가 말씀하셨어요."

뎃페가 쑥스러운 얼굴로 대답했다. 하지만 곧바로 긴 한숨을 뱉는다. 찻잔 속의 녹차가 파르르 떨린다.

"아리타 씨. 저요, 무지 분해요."

"겐 녀석이 결혼을 반대해서?"

"아뇨, 사부께서 하시는 말씀도 잘 알고, 마미 씨도 천천히 해도 된다고는 하는데요……."

뎃페는 고개를 숙이고, 힘든 말을 꺼내려는 것처럼 입술을 달싹거리다가 이윽고 얼굴을 들었다.

"저, 저희 부모님한테도 결혼을 선언하러 갔거든요."

아니, 이건 또 웬 성급한 전개? 마미 씨 부친도 이미 반대했다면서, 이야기가 복잡하게 꼬이면 어쩌려고…… 구니마사는 놀랐지만 "그래서?" 하고 뒷말을 재촉했다.

"저희 아버지는 '일부 상장' 기업에서 맹렬히 일하는 분이에요."

평소 뎃페와 인연이 없는 어려운 낱말이 흘러나온 덕에 구니마사가 머릿속에서 일부상장一部上場, 하고 한자를 엮는 데 이초 걸렸다.

"마미 씨가 저보다 나이도 많고, 머리색도 밝게 염색했고, 아버지 맘에 안 들 것 같아 일단 저 혼자 갔지만요."

덴페로서는 제법 현명한 판단이었다. 아무리 그래도 그 정도의 염색 머리도 곱게 보지 않는다면 상당히 고지식하고 융통성 없는 인물이란 소리이다. 듬성듬성한 머리칼을 핑크색으로 물들인 겐지로는 어떻게 되겠느냐고.

"아버님이 화를 내셨군?"

"예. 그것뿐이면 괜찮은데, 사부와 쓰마미 간자시까지 나쁘게 말해서……."

"뭐라셨는데?"

"그런 곰팡내나는 걸 만들어서 뭘 하느냐고요. 간자시 따위 요즘 세상에 누가 쓰느냐며, 푼돈 벌이에다 앞이 안 보이는 업종 아니냐고." 덴페는 입술을 깨물며 분을 삭이는 기색이었다. "그런 아버지를 사부한테는 말할 수 없잖아요."

덴페의 기분은 구니마사도 충분히 이해할 수 있었다. 직인들은 자신들의 일을 '업종'이란 말에 적용해본 적이 없으리라. 겐지로도, 이제 발을 내딛기 시작한 덴페조차도, 쓰마미 간자시 제작을 단순한 '일'이라 생각하지는 않을 터였다. 벌이의 많고 적음도 그들에게는 문제가 아니다. 추구하는 것이 즐거우니까, 만들고 또 만들어도 바닥이 보이지 않고 오묘하면서 심오하니까, 매일 핀셋으로 비단 조각을 접는다. 손끝에서 정교하고 화려한 꽃과 학과 도미를 탄생시켜 나간다.

겐지로나 뎃페에게 쓰마미 세공 직인은 직업이 아니라 살아가는 방식이었다.

하지만 뎃페 부친의 기분도 구니마사는 이해할 수 있었다. 구니마사는 은행원으로 몇십 년을 일했다. 국내 정치와 경제의 동향은 물론이고 세계정세에도 주목하면서 조직의 이윤을 위해 일했다. 그렇게 마소처럼 일한 사람들이 있기에 지금의 사회가 있다는 자부심도 갖고 있다. 기본적으로는 쾌적하고 굶주림 없는 사회. 형태 있는 것이라면 무엇이나 사고파는 사회, 그래서 돈만 있으면 손에 넣을 수 있는 사회.

은행에서 일하던 당시, 죽마고우 겐지로가 조촐하게 수공품이나 만드는 것을 내심 하찮게 여긴 적이 한 번도 없었다면 거짓말이리라. 여자들이나 쓰는, 더욱이 시대에 뒤진 물건. 아무리 공들여 만든 것도 상아나 은세공 제품보다는 싼값이다. 하나에 몇천 엔, 최고급품도 삼만 엔이면 살 수 있다. 몇천만, 몇억 단위의 돈도 운용해본 구니마사로서는 가볍게 보는 기분도 없지 않았다.

퇴직하고 보니 이미 할 일은 하나 없고, 아내는 집을 나갔다. 그제야 처음으로 구니마사는 돈으로는 잴 수 없는 가치에 대해 진지하게 생각해보게 되었던 것이다.

"자네 아버지 말씀은 맞지만 또 틀렸기도 하네." 구니마사가 조용히 말했다.

뎃페가 고개를 갸웃한다. "맞지만 틀린 말도 있나요?"

"있지, 있다고 생각해. 자네는 젊은데도 그런 오류에 빠지지 않으니까 훌륭한 거야."

뎃페는 칭찬에 익숙하지 않은지 "그런 거 없대도요" 하고 겸연쩍어했다.

차가 다 식어가고 있었지만 구니마사는 팔짱을 지른 채 생각에 빠졌다.

결혼 운운은 일단 접어두고, 뎃페는 좀더 자신감을 가질 필요가 있다. 겐지로로 말하자면 제자를 너무 엄중하게 키우는 경향이 있다. 더 자유롭게 풀어주고 젊은 감성을 살리면서 창작욕을 북돋아주면 좋을 것을. 겐지로는 그저 풀 반죽과 비단 접기만 시키면서 풀칠이 고르지 못하네, 쓰마미 모양이 안 나네, 하고 자잘한 잔소리만 쏟아냈다.

'기본을 중요시'하는 그 방침은 존경할 만한 직인 정신이고, 혼이 나면서 비로소 제 몫을 하게 된다지만, '칭찬으로 자란다'는 말도 있지 않던가.

이윽고 구니마사가 팔짱을 풀고 입을 열었다.

"뎃페 군. 자네, 쓰마미 간자시를 직접 만들어 팔아보면 어떻겠나?"

"그런…… 사부한테 혼나요." 뎃페가 질겁하며 고개를 설레설레 젓는다. "거기다 전 아직 혼자 만들 수준도 못되고요."

"녀석한텐 내가 운을 떼보지. 재료 구입비라면 얼마쯤은 내가 어떻게 해줄 수 있고. 실제로 만들어서 손님의 목소리를 듣는 것도 훌륭한 수업이거든."

"그럴까요……." 뎃페는 여전히 주저하는 기색이었지만 눈은 반짝거렸다. "사실 간자시가 전망이 없다는 아버지 얘기도 어느 정도 맞는 말이고…… 아리타 씨니까 드리는 말씀인데, 저 디자인 도안을 제법 그리고 있어요."

"호오, 어떤 걸?"

"쓰마미 기법으로 만든 귀걸이, 머리핀, 팔찌나 목걸이 같은 거요. 제 친구들이 하고 다녀도 될 법한 거 말이에요."

"그거 좋잖아?"

그러고 보니 손녀의 간자시에도 뎃페의 아이디어를 채택했다지 않았던가. 젊은이들의 물건은 역시 젊은이에게 맡기는 것이 좋다.

"잘만 되면 결혼 자금에 보탤 수도 있을 테고."

그 말이 떨어지기가 무섭게 뎃페가 거침 없이 "해볼래요" 하고 선언했다.

뎃페의 액세서리 제작 건은 구니마사가 대신 운을 뗐다. 겐지로는 콧방귀를 뀌더니 작은 나무판에 시선을 떨어뜨린 채 "좋을 대로 하라지" 하고 말했다. 그사이에도 핀셋을 쥔 손은 멈추지 않왔다. 12월이 코앞에 닥치면서 새해용 주문품 제작에 쫓기는 중이었다. 조그만 색색의 비단 조각을 하나하나 핀셋으로 접어 쓰마미를 만들어나간다. 작은 나무판 위에 늘어선 쓰마미는 사랑스런 꽃봉오리 같기도 하고 앙증맞은 라쿠간 과자 같기도 했다.

겐지로의 승낙이랄까 묵인을 얻었으므로 뎃페는 곧 오리지널 액세서리 제작에 돌입하게 되었다. 물론 평소의 일과도 고스란히 병행해야 했다.

갑자기 바빠졌는데도 뎃페는 앓는 소리를 하지 않았다. 그저 우직하게 풀을 치대고, 자로 잰 것처럼 정확하게 정방형의 비단을 재단하고, 사부의 식사를 꼬박꼬박 챙겼다.

그러는 한편 중고 기모노 가게에서 쓰마미 재료에 적당한 조각 천을 구입했다. 겐지로는 새하얀 하부타에를 직접 염색해 썼지만, 뎃페에게는 그만한 시간도 기술도 자금도 없었다. 그렇다면 다양한 색깔과 무늬의 기모노 조각 천을 쓰는 것이 최선책이었다. 필요한 돈은 출세하면 갚으라면서 구니마사가 빌려주었다.

뎃페는 자투리 시간이 날 때마다 자신의 디자인 도안을 쓰마미 기법으로 입체화해나갔다. 산뜻하게 귓불에 매달리는 등꽃이나 포도송이 모양의 귀걸이. 자잘한 분홍색 꽃과 연두색 네 잎 클로버에 앙증맞은 베이지색의 새가 매달린 팔찌. 해골과 가시나무와 별똥별이 얽힌 목걸이. 작은 공이 달린 머리핀. 그 공은 뎃페가 코끼리 상아에 달아주고 싶다던 것의 축소판처럼 귀여웠다.

조각 천의 무늬와 색의 배합을 고려하면서 뎃페는 핀셋을 움직였다. 손톱 끝보다 작은 쓰마미를 두꺼운 종이 위에 붙여 입체감을 낸다. 마디가 없는 기다란 손가락이 생각보다 솜씨 좋게 새와 꽃과 별을 만드는 모습을 지켜보며 구니마사는 내심 감탄했다.

겐지로 녀석, 괜찮은 제자를 두었구나. 쓰마미 세공의 장래는 안심인데.

겐지로 또한 말은 안 해도 뎃페의 참신한 디자인 능력을 인정하는 기색이었다. 다만 기술은 아직 부족한지, 결국 겐지로가 새해용 주문품 제작도 제쳐놓고 참견하기 시작했다.

"그게 아니지! 여기는 좀더 길고 가느다랗게 만들면 어떠냐?"

"옛."

뎃페는 진지하고 기쁜 낯빛으로 사부의 충고에 눈과 귀를 집중시킨다.

"그래도 사부, 이건 도미가 아니라 작은 새니까, 눈을 그렇게 뒤룩뒤룩하게 만들면 좀……."

"뭐야, 별로라고?"

"귀엽지 않거든요."

"시건방지기는."

이러니저러니 하면서도 사이가 좋다. 구니마사는 소외감을 느꼈다. 나는 아직 싸우고 난 뒤끝이 남아 겐지로하고도 살짝 삐걱거리는데. 뎃페가 활기를 되찾은 것은 어쨌거나 다행이지만. 구니마사도 그냥 있을 수 없어, 오랜 은행 근무로 갈고닦은 계산기 두들기기 실력을 발휘해 청구서와 영수증을 만들거나, 간자시를 정성껏 포장해 발송했다.

겐지로가 정초용 주문품 제작을 전부 끝내고, 뎃페가 열몇 개의 액세서리를 완성시킨 것은 올해가 사흘밖에 남지 않은 날 저녁이었다.

"날씨가 좋아서 풀이 빨리 말라준 덕이야. 작년엔 정말 비참했잖냐, 뎃페." 겐지로가 다실에 벌렁 드러누우며 말한다.

"NHK 연말 홍백전도 못 봤으니까요. 제야의 종이 울릴 때까지 배랑 자전거를 동원해 사방의 극장으로, 가게로 정신없이 배달했죠."

"그러게 왜 좀더 일찍 일에 착수하지 않느냐고."

혼자 서류 일을 도맡은 구니마사는 요통이 재발하고 말았다. 불평이 절로 흘러나온다. 그믐날과 새해 아침 맞을 준비도 전혀 하지 못했다. 굼뜨고 게으른 사제 덕분에 된장국에 찬밥으로 신년을 맞게 생겼다.

그때 겐지로가 벌떡 몸을 일으켰다. "아, 맞다! 서투를망정 뎃페가 모처럼 반지랑 귓불 장식을 만들었잖아. 내일, 우에노에 장

보러 가는 김에 가볍게 노점 한 판 벌이고 오자고."

"나이스 아이디어입니다, 사부!"

기진맥진해서 방바닥에 널브러져 있던 뎃페도 기운차게 일어났다.

"난 안 가." 구니마사가 말했다.

하다못해 나도 '피어스'란 단어쯤은 알고 있는데 '귓불 장식'이 뭐냐, 귓불 장식이…… 어쨌거나 찬바람 맞으며 길바닥에서 물건을 파는 일은 사절이다. 그렇지 않아도 돌처럼 굳은 허리가 시베리아의 영구동토가 되면 곤란하다.

"왜? 조금은 움직여줘야 한다고." 요통이 뭔지 모르는 겐지로가 무책임하게 내뱉는다.

"같이 장 보러 가세요." 뎃페도 싱글거리며 거든다. "제가요, 오세치새해 첫날 먹는 갖은 조림랑 떡국, 아리타 씨 몫도 만들어드릴게요."

흐음…… 구미가 당기는 제안이다. 구니마사가 고민하고 있을 때 유리문이 열리고 마미가 들어왔다.

"안녕하세요! 뎃페 씨, 아직 일하는 중이야?"

"아니, 끝났어. 마미 씨, 이것 좀 봐."

뎃페가 희희낙락 자신의 작품을 좌탁 위에 늘어놓았다. 실례합니다, 하며 코트도 벗지 않고 다실로 올라온 마미가 귀여운 액세서리를 보고 눈을 반짝거렸다.

"뎃페 씨, 대단하다! 이거 반드시 팔릴 거야. 아니, 뭐랄까. 내가 갖고 싶은데."

"아직 서툴러……."

뎃페는 겸손을 부리면서도 꽤 흐뭇한 눈치다. 마미가 가방에서 휴대전화를 꺼내 사진을 찍는다. 미용실에서 팔면 어떨지 원장에게 보여주겠단다. 즉각 판로까지 개척될 모양이니 일이 척척 잘도 풀린달까. 나란히 붙어앉은 두 청춘남녀를 구니마사와 겐지로는 먼 행성의 광경처럼 눈부시게 바라보았다.

뎃페의 액세서리를 우에노에서 팔 계획이란 말에 마미는 아쉬워했다.

"나도 가고 싶은데…… 하지만 연말은 미용실이 무지 바쁠 때라 도저히 쉴 수 없을 거야."

"팔릴지 어떨지도 모르는데, 뭐."

뎃페가 겸연쩍게 말하고는 작업대에서 뭔가를 꺼내왔다. 그러곤 주먹을 내민다.

"마미 씨한텐 이걸 줄게."

반사적으로 펼친 마미의 손바닥에 빨간 반지가 놓였다. 쓰마미 기법으로 만든 도미 모양의 반지였다. 통통한 금붕어 같기도 하지만 아마 도미이거니, 하고 구니마사가 반지를 곁눈질한다.

손가락 위에 도미가 드러누운 것 같은 디자인이었다. 뒤룩뒤룩한 눈이 유머러스하고, 색깔과 모양은 아이들 장난감 반지 같다. 팔 물건들은 하나같이 귀여운데 왜 정작 마미 씨한테는 이런 기묘한 반지일까. 아무리 도미가 행운을 부른다지만.

그래도 뎃페가 열심히 만든, 세상에 하나뿐인 반지임에는 틀림없다. 구니마사는 두근거리는 심정으로 마미의 반응을 살폈다.

"어머, 좋아라."

마미가 손바닥에 놓인 반지를 들여다보았다. 그리고 옆에 서 있는 뎃페를 올려다본다. 눈빛이 촉촉이 젖어 있다.

"고마워, 뎃페 씨."

"결혼할 때는 더 제대로 된 거 해줄 테니까." 뎃페는 쑥스러움을 감추려는지 짐짓 통명스럽게 말했다.

"아니, 난 이게 좋아."

마미가 반지를 조심스럽게 집어 오른손 약지로 가져간다. 양가의 허락이 떨어진 것도 아니므로 왼손 약지는 사양한 것이리라.

지금이야! 어서, 뎃페 군!

구니마사의 소리 없는 응원이 가 닿았는지 뎃페가 재빨리 마미의 손을 붙들어 반지를 왼손 약지에 끼워준다. 마미는 아무 말도 하지 못하고 뎃페에게 안겼다.

마미를 품어 안은 뎃페와 눈이 마주친다. 구니마사가 고개를 끄덕거리고, 뎃페가 오른손 엄지를 치켜들었다.

"허어…… 난방이 너무 센 거 아니냐?" 겐지로가 여지없이 분위기를 깨뜨린다. "난 그만 자야겠으니까 스토브 끄고, 뎃페도 얼른 가거라."

뎃페와 마미가 부끄러워하며 떨어졌다.

나는 어쩌면 사랑을 알지 못한 채 살다 가는지도 몰라. 구니마사는 막연하게 생각했다. 맞선으로 만난 아내를 나름 소중히 생각했고 분명 애정도 느꼈을 테지만, 이 두 사람 같은 정열은 끝내 맛본 적이 없는 것 같았다.

마미의 손가락에서 새빨간 물고기가 헤엄을 치고 있었다.

연말의 우에노 아메요코우에노의 대표 재래시장 거리는 매우 북적댔다. 신선한 해산물, 가가미모치새해에 신불神仏에게 올리는 두 개의 동그란 찰떡나 가도마쓰새해에 문 앞에 세우는 소나무를 사러 나온 사람들로 길은 만원 전철 이상으로 혼잡했다. 인산인해, 그야말로 입추의 여지도 없다는 말이 딱 맞았다. 인파에 지레 질려버린 구니마사도 이 가게 저 가게에서 들리는 기세 좋은 외침에 점차 기분이 들떴다.

아무리 그래도 이렇게 붐벼서야 장을 볼 엄두도 나지 않았다. 결국 요리 재료는 근처 슈퍼마켓에서 조달하기로 하고, 세 사람은 빈손으로 시장에서 철수했다. 철수하는 것조차 만만치 않아 당장은 옆길로 빠지는 것도 불가능했다.

가까스로 큰길로 탈출했을 즈음에는 세 사람 다 볼만하게 후줄근해져 있었다.

"심각하게 체력이 소모됐어."

구니마사가 이마로 내려온 백발을 쓰다듬으며 불평을 토한다.

얼마나 부대꼈는지 뎃페는 점퍼 속에 입은 플란넬 셔츠가 벗겨지기 직전이었다. 겐지로로 말하자면 귓가에 남은 얼마 안 되는 두발이 정전기를 일으켜 가닥가닥 곤두서 있다. 핑크색인 탓도 있어 흉악한 멕시코도롱뇽처럼 보인다.

"뭐, 자, 자. 미아가 되지 않은 걸로도 감지덕지잖아. 그럼 뎃페의 물건을 팔아 떡값에 보태볼까." 겐지로가 느긋하게 앞장섰다.

뎃페는 이리저리 휩쓸리는 와중에도 액세서리를 싼 보자기는 꼭 품고 있었다. 세 사람은 인파에 밀려 우에노 공원 앞까지 왔다. 역에서 가까워 활기도 있고, 즉석 노점을 열기에는 최적의 장소이다.

파출소에서 보이지 않는 곳을 골라 넓은 보도 한쪽에 자리를 잡는다. 공원의 나무들을 등지고 구니마사와 겐지로가 화단에 걸터앉았다. 뎃페가 두 사람 앞에 쭈그려 앉아 보자기를 땅바닥에 펼친다. 액세서리에는 가격표가 하나하나 붙어 있었다. 머리핀 이백 엔, 제일 큰 물건인 목걸이는 천오백 엔, 공들인 데 비하면 파격적으로 싼값이다.

햇병아리니까 당연하다며 겐지로가 매긴 가격이란다. 얼마나 더 해야 풋내기 취급을 면할지, 뎃페 군도 참 안됐다. 구니마사는 내심 측은한 마음이 들었다.

"보고 가세요……."

서툴게나마 뎃페가 손님을 부르기 시작하자 때때로 발걸음을 멈추는 사람이 나타났다. 백발을 하나로 묶은 품위 있는 중년 부인이 "어머, 예쁘다" 하면서 보자기 앞에 쪼그리고 앉았다.

"쓰마미 세공 같은데."

"옛, 쓰마미 세공 직인 견습생입니다."

"젊은 사람이 믿음직스럽네? 그럼 이거 하나 살까."

부인이 공 달린 머리핀을 집어들었다. 백발에 잘 어울릴 것 같다.

"감사합니다!"

뎃페가 일어나서 꾸벅 인사하고, 구니마사와 겐지로를 돌아보며 싱긋 웃는다. 그뒤에도 여중생부터 아주머니까지, 폭넓은 연령층의 고객이 뎃페의 노점에 들렀다. 한 시간도 가기 전에 피어스와 팔찌가 하나씩 팔렸다.

"제법 호평인데." 겐지로가 자동판매기에서 사다 준 뜨거운 캔커피를 마시며 구니마사는 말했다. "독립할 날도 머지않은 거 아니야?"

"쳇, 이 정도로 우쭐거린다면 뎃페도 그것밖에 안 되는 녀석이란 소리야."

속으로는 흐뭇한 주제에 겐지로 너야말로 참 솔직하지 못한 녀석이다.

피어스가 하나 더 팔렸을 때 사건은 일어났다. 시노바즈 거리 쪽에서 심상찮은 풍모의 사내(십중팔구 '조폭') 둘이 나타났던 것

이다. 한쪽은 사십대 언저리의 바위 같은 체격, 또 한쪽은 이십
대의 민첩해 보이는 사내였다.

마침 몇 발짝 떨어진 쓰레기통에 빈 커피캔을 버리러 갔던 겐
지로가 곧바로 알아채고 얼른 돌아와 속삭였다.

"뎃페, 짐 챙겨라."

뎃페가 재빨리 보자기를 묶고 일어서려는 것을 보고 두 '조폭'
의 걸음이 빨라졌다.

"어이, 거기, 청년……이랑 노인! 누구한테 허락받고 거기서
장사하시나?"

나이 많은 쪽 사내가 묻는 순간, 겐지로가 날카롭게 말했다.

"도망쳐!"

도망치라니, 어디로? 머뭇거리는 구니마사의 팔을 끌어당겨
겐지로가 달리기 시작한다. 뎃페도 보자기에 싼 것을 품에 안고
뒤를 따른다.

"아야야, 난 허리가 아프다고, 겐."

"붙들려서 얻어터지면 더 아프거든."

겐지로는 뒤도 돌아보지 않고 속도를 높였다. 험악한 외침과
발소리가 뒤를 따라온다.

"기다려! 어디 소속이냐?"

어째서 조폭한테 조폭 취급을 받아야 하느냐고. 구니마사는
분개했지만 겐지로와 뎃페의 꼴을 떠올리고 이내 이해했다. 얼

마 남지 않은 머리카락을 핑크색으로 물들인 대머리 노인. 등판에 용이 새겨진 요란한 점퍼를 걸친 똘마니 스타일의 청년. 확실히 건전한 시민으로 보이지는 않는다.

"죄송하대도요! ……그런데 저희, 그냥 직인이거든요!"

뎃페가 비명을 지르다시피 변명하며 구니마사와 겐지로를 가볍게 추월해 뛰어갔다.

"너 이놈, 사부를 놔두고 저만 살겠다고 도망가? 괘씸한 놈!"

겐지로도 별수 없이 호흡이 거칠어져 있다. 구니마사로 말하자면 이미 숨이 끊어질 지경이다. 겐지로에게 팔을 꽉 붙들리지만 않았다면 당장 길바닥에 드러눕고 싶은 심정이었다.

뎃페를 선두로 세 사람은 우에노 공원 안을 우왕좌왕, 이리 달리고 저리 달렸다.

어느새 해가 기울고, 조폭들도 포기했는지 쫓아오는 움직임이 없었다.

겐지로와 뎃페가 무릎에 손을 짚고 어깨를 들썩였다. 구니마사는 허리가 아파 쪼그려 앉지도 못한 채 직립부동 자세로 가슴을 헐떡거렸다. 겨울 날씨가 무색할 만큼 턱에서 땀이 뚝뚝 떨어진다.

"앗, 동물원!"

뎃페의 중얼거림에 얼굴을 들자 정면에 우에노 동물원의 입구가 있었다.

"그러면 코끼리나 보고 갈까."

겐지로는 벌써 평정을 되찾고 휘적휘적 입구로 향한다. 경이로운 심폐 기능이다.

"한가하게 코끼리나 볼 때냐? 또 붙들리기 전에 빨리 가자."

물론 겐지로가 순순히 그 말을 들을 리 없다. 입장권 세 장을 사 구니마사와 뎃페에게도 건넨다. 구니마사는 하는 수 없이 동물원으로 발걸음을 옮긴다.

"여기 온 거, 초등학교 소풍 이래 처음이에요. 십 년 만이네." 뎃페가 두리번거리며 말했다.

"난 딸아이가 유치원 다닐 때 오고 처음이니까, 사십 년쯤 됐나?"

구니마사가 코트 주머니에서 손수건을 꺼내 이마의 땀을 닦았다.

정체불명의 동물들이 내는 울음소리. 주위는 짐승들의 기척과 냄새로 충만하다. 스피커에서 잠시 후 금일 영업이 끝난다는 안내가 흘러나온다.

"저요, 판다를 본 적 없거든요."

"너, 소풍 왔었다면서, 자면서 걸어다녔냐?"

겐지로가 무안을 주자 뎃페는 억울한 표정을 짓는다.

"그럴 리가요! 자고 있었던 건 판다라고요. 그늘에 드러누워 있었던 모양인데 몰랐어요. 다음에 마미 씨랑 같이 와서 볼 거예요."

셋은 관람객이 기다랗게 늘어선 판다 우리 앞을 그냥 지나쳐 안으로 안으로 나아갔다.

코끼리는 문에서 직진한 곳에 있었다. 한 마리밖에 보이지 않는다.

"상아가 없는데요. 빠져버렸나?" 뎃페는 약간 실망한 기색이었다.

"아니, 아프리카 코끼리와는 달리 아시아 코끼리의 암놈은 상아가 입 밖에 나오지 않은 경우가 많다는군."

구니마사가 안내판을 읽고 가르쳐주었다. 뎃페가 새삼 신기한 눈길로 코끼리를 바라본다. 때때로 손을 흔들거나 "어-이!" 하고 말을 건다.

"어지간히 크다."

겐지로의 말에 화답하는 것처럼 코끼리가 코를 크게 한 번 출렁거렸다.

"아무리 그래도 우리 마누라는 이렇게 거구는 아니었다고."

너 아직도 꿍하니 기억하고 있었던 거냐. 구니마사는 어이가 없어 웃음을 터뜨렸다.

"역시 코끼리를 싣고 Y동네의 수로를 가는 것은 무리였을까."

이쯤에서 굽힐 생각으로 그렇게 말하자 겐지로가 의외로 고개를 가로저었다.

"아냐, 거기 지나간 거 맞아."

겐지로가 코끼리를 보던 눈길을 돌려 구니마사를 바라보았다.

"생각났는데, 쓰마미 세공 도안에 코끼리가 있다고. 난 사부한 테 만드는 법을 배웠어. 사부는 또 그 사부한테 배웠다고 했고. 분명 에도시대에 수로를 지나가는 코끼리를 본 직인이 도안으로 남긴 것일 테지."

머나먼 남쪽 나라로부터 찾아온 코끼리. 사람들의 호기심과 찬탄 속에서 수로를 지나가는 위풍당당한 그 모습.

Y동네의 수로는 언제나 꿈을 실어나른다. 전설의 짐승을, 사랑하는 여성을, 과거에서 미래로 구전되는 희망을.

"다음에 가르쳐줄 테니 뎃페 너도 잘 배워둬라. 신식 디자인뿐만 아니라 전통 도안도 익혀야지."

뎃페가 함박웃음을 지으며 "옛" 하고 고개를 끄덕였다. 그러고는 다시 어린애처럼 울타리에 몸을 걸치고 열심히 코끼리를 관찰하기 시작했다.

4

꽃도 폭풍우도

MASA & GEN

평온한 정초를 맞은 스미다 구 Y동네의 하늘은 구름 한 점 없이 맑았다.

평온치 못한 것은 아리타 구니마사의 마음속이다. 절반쯤 포기하고는 있었다지만, 떨어져 살고 있는 아내와 딸한테서는 끝내 연락이 없었다. 섣달 그믐날 저녁 8시에 전화가 울려 얼른 수화기를 들어쥐자 호리 겐지로였다.

"응, 나다. 내일 아침에 안 올래? 오세치 먹으러 와."

"가지. 딸이 보낸 돼지고기조림도 가져갈게." 애써 낙담을 감추고 대답해두었다.

실은 구니마사가 직접 만든 돼지고기조림이었다. 서점에 죽치고 서서 요리책을 보고, 분량과 조리법을 암기했다. 이 나이에도 기억력이 건재한 것을 흡족해하며, 상점가에서 사온 덩어리 고기를 굵은 면실로 묶어 파를 넣고 조렸다. 평소 요리를 열심히 하는 편은 아니지만 제법 맛있게 되었다고 자부할 만했다.

황혼 별거 중인 아내도, 아내가 눌러앉아 지내는 딸네도, 구니마사와 더불어 정초를 보내는 일은 사절하고 싶은 것이리라. 통화가 끝나자 구니마사는 어두컴컴한 부엌에서 돼지고기조림을 썰어 플라스틱통에 담고, NHK 연말 홍백전도 보지 않고 이층으로 올라갔다.

내가 어차피 혼자 새해를 맞으리란 걸 겐지로는 일찌감치 내다봤던 것일까. 저도 독거노인인 주제에. 구니마사는 이불 속에서 뒤치락거린다. 불쌍한 놈 취급을 받았나 싶어 잠은 오지 않고 '겐지로네 오세치엔 뭐랑 뭐가 있을까. 난 다른 건 몰라도 멸치조림은 꼭 있어야 하는데' 따위의 잡념만 뭉게뭉게 피어올라, 결국은 제야의 종소리가 희미하게 들려올 때까지 뒤척뒤척했다.

이윽고 밝은 새해 아침. 5시 반에 절로 눈이 떠진 구니마사는 몇 시쯤 겐지로네에 도착하는 것이 좋을지 이불 속에서 생각했다. 너무 일찍 가서 몹시 기대했다는 인상을 주는 것은 자존심이 상했다. 그렇다고 너무 늑장을 부리는 것도 실례인 데다, 오세치를 제때 먹지 못할 수도 있다. 새해 첫날부터 전자레인지에 해동시킨 밥에 돼지고기조림만 곁들여 혼자 한 술 뜨는 신세는 되기 싫었다.

고민한 끝에 8시에 집을 나서기로 했다. 겐지로네까지는 걸어서 오 분. 아침 8시 5분에 남의 집을 방문하는 것은 상식 밖이지만, 상대는 일평생 상식이란 것과 악수해본 적도 없는 겐지로이다. 뭐 어떠랴.

　그로부터 8시까지의 두 시간 반은 하염없이 길었다.

　우선 목욕을 하고 이를 닦았다. 평소에는 쓰지 않는 헤어드라이어로 머리를 말려 잘 정돈했다. 청결한 셔츠와 스웨터와 바지를 입었지만 아직 6시 20분. 시간이 절망적으로 느리게 흘러간다. 가까스로 밖이 어슴푸레 밝아왔다. 날이 춥기는 해도 맑을 것 같다. 현관에 쭈그려앉아 신고 나갈 가죽구두를 닦고, 우편함에 꽂힌 두툼한 신문을 가져다 식탁에서 꼼꼼히 읽기 시작했다. 별쇄의 신년 특집판에는 정치가와 연예인의 대담이며 각지의 새해 첫 참배 추천지가 실려 있었다.

　7시 30분쯤 우편배달부의 오토바이 소리를 듣고, 연하장을 가지러 갔다. 고무줄로 묶여 우편함 속에 들어 있는 그것은 눈물겹게 얄팍했다. 옛 직장 동료한테서 몇 통. 친척한테서 몇 통. 하나같이 본문도 수신인도 '프린트'된 것이다.

　딸한테서도 가족사진이 들어간 연하장이 날아왔다. 손녀의 시치고산 때 찍은 사진인 듯했다. 손녀야 귀엽지만, 사위 얼굴 따위는 쳐다보기도 싫고, 아내가 야무지게 같이 찍혀 있는 것도 부아가 치민다. 아내는 딸네에 잠시 '얹혀사는' 것이 아니라 엄연히 '한 가족'이 되어 있는 듯했다. 구니마사는 연하장을 앞뒤로 구석구석 뜯어보았다. 몇 번을 내리훑어도 손글씨가 한 글자

도 없었으므로, 혹 불에 쬐면 글씨가 나타나는 잉크인가 싶어
시험해볼 뻔했다.

남남도 아닌데 너무하지 않은가. 그 연하장이 뚜렷이 웅변하
고 있었다.

'정초에 혹시라도 이쪽에 오는 일이 없도록. 이걸로 만족하고,
집에서 혼자 얌전히 보내라고요.'

내 인생은 뭐였을까. 가족을 위해, 조직을 위해 몇십 년을 일
하고 일흔을 넘긴 지금, 남은 것은 열 장도 안 되는(그나마 체면치
레로 보내는) 연하장뿐인가. 나는 전부 직접 손으로 써서, 서른 장
은 보냈는데.

구니마사는 식탁에 앉은 채 힘없이 고개를 떨어뜨렸다. 문득
양말에 구멍이 난 것을 발견했다. 이층으로 올라가 새 양말로
갈아신고, 그 김에 발톱도 깎았다.

겨우겨우 8시가 되었다. 정확히는 7시 58분이었지만 '눈이 침
침해 시곗바늘도 잘 안 보여서 말이지' 하고 들어주는 사람도
없는 변명을 중얼거리며, 플라스틱통을 챙겨 집을 나섰다.

두툼하게 껴입었는데도 찬바람이 몸을 파고들었다. 요즘엔 정
초에 연을 날리는 아이들도 없구나, 따위의 싱거운 생각을 하며
맑게 갠 하늘을 올려다보고는 발걸음을 옮긴다.

3초메 모퉁이의 겐지로네는 조림과 떡국 냄새가 따뜻하게 퍼
지고 있었다. 김 서린 유리문을 밀자 "새해 복 많이 받으세요!"

마사와 겐

하고 요시오카 뎃페가 기운찬 인사를 던졌다.

"음, 자네도 복 많이 받아. 그런데 일찍 왔네?" 구니마사가 신발을 벗고 다실로 올라섰다.

"옛, 어젯밤에 여기서 잤어요. 저것들 만드느라고요." 뎃페가 흐뭇한 얼굴로 좌탁 위의 요리를 가리켰다.

찬합에 보기 좋게 담긴 오세치와 먹음직스런 조림류. 사부가 기분 좋게 새해를 맞을 수 있도록 분투한 기색이 역력하다.

"조림은 마미 씨가 만들었어요. 마미 씨도 어제 늦게까지 일했지만, 아마 조금 있으면 올 거예요."

뎃페의 여자친구 마미도 겐지로네서 설날 아침상을 둘러쌀 모양이다. 구니마사는 딸이 만들어 보냈다며 플라스틱통을 뎃페에게 건넸다.

"겐지로는?"

"주무세요. 이제 깨워야죠. 찹쌀떡 구워야 하니까요. 아리타 씨는 찹쌀떡 몇 개인가요?"

"으음, 두 개?"

"옛! 아, 앉아 계세요."

구니마사가 코트와 목도리를 개어 내려놓고, 권하는 대로 자리를 잡았다. 뎃페가 계단 밑에서 이층을 향해 "사부! 찹쌀떡 몇 개 드세요?" 하고 외친다. 짐승 잠꼬대 같은 소리가 멀리서 들려온다. 뎃페가 "옛!" 하고는 다시 바쁘게 움직인다. 오븐토스터에 찹쌀떡을 늘어놓고, 떡국을 데우고, 어묵이며 무채 초무침 따위를 냉장고에서 꺼낸다.

마미가 도착한 것과 거의 동시에 겐지로가 입이 찢어지게 하품을 하며 이층에서 내려왔다. 설날 아침인데도 겐지로는 늘 입고 뒹구는(더욱이 볼만하게 흐트러진) 유카타 차림이다. 마미와 신년 인사를 나누던 구니마사는 흘낏 눈에 들어온 겐지로를 보고 저도 모르게 눈구석을 비볐다.

귀 위에 몇 가닥 남아 있던 겐지로의 머리털. 작년 연말까지만 해도 핑크색이었던 그것이 새파랗게 변해 있었다.

"그, 그, 그……."

빨간 머리란 말은 들어봤고, 난색 계열의 염색이라면 그나마 이해할 수 있다. 하지만 파란 머리?! 지구인의 머리색치고는 너무 기발하지 않은가. 나이도 먹을 만큼 먹은(구니마사와 마찬가지로 올해 일흔넷이 될 참이다) 녀석이. 구니마사는 머릿골이 띵해지며 잠시 말문이 막혔다.

"응, 왔구나. 마사, 올해도 잘 부탁해."

겐지로가 느긋하게 웃고, 유카타를 가볍게 가다듬으며 곁으로 와 털썩 앉는다. 상쾌해야 할 새해 아침, 복장을 단정히 하려는 생각은 없는 게 분명하다. 유카타 속에 입은 낙타색 내복이 얼핏 보였다. 게다가 식전부터 술 마실 의욕만은 충천하여 "어-이! 뎃페, 술 데워줘" 하고 부엌을 향해 소리친다.

푸르스름한 멕시코도룡뇽의 낯빛 같은 겐지로의 두발을 직시할 용기가 구니마사에게는 도저히 없다. 시선을 슬쩍 피하며 나직하게 묻는다.

"대체 왜, 그런 색깔로 염색한 거야?"

"왜라니, 때때로 색을 바꿔줘야지, 안 그러면 재미가 없잖아."

네가 신호등이냐? 구니마사가 한숨을 내쉬었지만 떡국을 가져온 뎃페의 의견은 다른 모양이다.

"마미 씨가 염색했는데요, 이번에도 진짜 잘 어울리죠? 애니메이션에 나오는 '악의 총독' 같지 않아요?"

사부가 만화영화의 악역 같은 게 자랑이냐고 따져묻고 싶었지만 뎃페는 싱글벙글한다. 마미는 한술 더 떠 "사부님은 모발이 아주 부드러워서 염색이 잘 돼요" 하면서 흐뭇한 눈빛으로 자신의 작품을 바라보고 있다.

"모근이 상해서, 빈약하고 탄력 없는 머리털만 나오는 게 아니고?"

구니마사는 심술궂은 말을 내뱉지 않고는 견딜 수 없었다. 겐지로는 구니마사가 부러워하는 것을 많이 지녔다. 쓰마미 세공 직인의 기술, 그의 작품을 찾는 고객들, 살짝 엉뚱하기는 해도 충실한 제자, 그 제자의 싹싹한 여자친구 마미 씨까지. 나이를 먹으면서 겐지로 주변에는 더한층 사람이 모여든다. 구니마사가 겐지로보다 낫다고 내세울 것이라고는 머리숱뿐이다.

겐지로가 모근이 상하거나 말거나 수시로 이런 짓을 하는 것도 그깟 머리털, 다 빠져서 대머리가 되면 또 어떠냐는 여유에서 비롯된 과시가 아닐까. 피해망상인 줄은 알면서도, 풍성한 백발 말고는 가진 게 아무것도 없는 자신을 에둘러 비웃는 것만 같아 구니마사는 안절부절못하고 있었다.

그러한 구니마사의 심경을 겐지로를 비롯한 세 사람이 알 리 없다. 따끈한 정종으로 건배를 하고, 요리를 먹기 시작했다. 구니마사가 만든 돼지고기조림도 호평을 받았다.

"아리타 씨 따님이 만드신 거래요."

"호오, 맛 좋은데."

"젓가락질을 멈출 수가 없어!"

겐지로와 뎃페와 마미 사이에서 돼지고기조림을 담은 접시가 빈번히 오고 갔다.

"무조건 먹기 시작해버렸지만……." 마미에게 돼지고기조림을 빼앗긴 겐지로가 다테마키으깬 생선살을 섞어 부친 계란말이를 우물거리며 말했다. "모처럼 신년 포부라도 한마디씩 할 걸 그랬나?"

"이제 와서 포부는 무슨…… 너나 나나, 남은 일은 죽는 것뿐이잖아."

구니마사가 멸치조림에 중점적으로 젓가락을 옮기면서 삐딱하게 내뱉었다.

"넌 허리를 좀 단련하라고." 겐지로가 느긋한 얼굴로 되받았다. "그러면 한 번쯤 더 좋은 시절 맞을 수도 있어."

"싫다, 귀찮아."

"전 훌륭한 쓰마미 세공 직인이 되고 싶어요!"

뎃페의 젊음이 눈부시다.

"그리고…… 마미 씨랑 결혼할 수 있으면 더 좋고요……."

"뎃페 씨도 참……." 마미가 뺨을 붉힌다. "전 사부님 머리를 무지개 색으로 염색하고 싶어요."

이보다 더 기괴한 머리통으로 만들어서 어쩌려고. 구니마사가 자신의 잔에 술을 채웠다.

"저기, 아침 먹고 마미 씨랑 아사쿠사에 첫 참배 가거든요. 두 분도 같이 가실래요?"

뎃페의 말에 겐지로가 솔깃한 표정을 짓는다.

"그러게. 마사, 너는 어쩔래?"

"사양하겠어."

정월 초하루에 아사쿠사의 센소지라니, 사서 고생을 하는 것이나 마찬가지이다. 인파에 부대끼다 쓰러져 덜컥 가게 될지 누가 알랴. 배례하러 갔다가 도리어 받는 꼴이 되면 얼마나 우스울까.

"자, 그럼 나도 안 가." 겐지로가 말했다.

"왜? 넌 뎃페 군이랑 같이 가면 되잖아."

"늘어지게 잠이나 자면서 설날을 보내는 것도 보람차니까. 뎃페, 배 갖고 가도 된다."

"예, 그렇게 할게요."

아라카와와 스미다가와 사이에 위치한 Y동네에는 구석구석
수로가 흐른다. 아사쿠사로 가자면 수로를 이용하는 것이 제일
빨랐다.

뎃페와 마미가 옷을 두툼하게 껴입고 다정하게 집을 나섰다.
작은 배의 엔진음이 수로에서 멀어진다.

겐지로는 배가 부른지, 방석을 베고 밥상 옆에 벌렁 드러누웠
다. 하는 수 없이 구니마사가 남은 요리를 거두어 냉장고에 넣
었다. 설거지까지 마치고 다실로 돌아오자 겐지로는 눈을 감고
있었다.

시각은 아직 점심 전. 오늘은 자동차 통행도 적어, Y동네는 매
우 조용하다.

집에 가도 딱히 할 일이 없다 싶어 구니마사는 겐지로의 발치
에 정좌했다.

"그래서?" 겐지로가 불쑥 입을 열었다.

조는 줄 알았는데, 실눈을 뜨고 구니마사를 보고 있다.

"뭐가 '그래서'야?"

구니마사가 되묻자 겐지로가 자리를 박차고 일어나 앉았다.

"아니, 네가 거 뭐 썹은 표정으로 입을 꾹 다물고 있으니까 그
렇지. 정초부터 무슨 일이 있었느냐고."

"아무 일도 없어."

"보나마나 또 삐친 거겠지. 왜, 딸네에서 정초에 오란 소리도 없어서?"

"내가 어린애야?" 구니마사가 시치미를 뗀다.

"그러냐?" 겐지로가 실실 웃으며 턱을 긁었다. "네가 만든 돼지고기조림, 맛있었다."

"아, 아, 아, 아니, 왜……." 이번에는 시치미를 떼려야 뗄 수가 없다. "왜 내가 만든 거라고 생각하는데?"

"그야 네 손맛이니까."

딸이 보냈네 뭐네, 괜한 허세를 부리는 게 아니었는데. 너무 허망하게 들통이 난 것에 구니마사는 심한 굴욕감을 느꼈다.

"갈래" 하고 일어서자 겐지로가 "야, 야, 야……" 하고 불러세운다.

"우리도 첫 참배 가자."

"싫다."

"센소지에 가자고는 안 했어. 덴진사마 신사에 가자고."

덴진사마는 Y동네에 있는 조촐한 신사였다. 구니마사와 겐지로는 어릴 때부터 덴진사마의 엔니치특정 신불의 탄생일 등을 기념하여, 신사나 절에서 제례를 지내고 노점을 여는 특별 행사에 놀러 다녔다. 첫 참배도 대개는 이곳으로 갔다.

겐지로가 재빨리 다갈색 기모노로 갈아입고, 작업장에 걸어두었던 하마야잡신을 쫓기 위해 쓰는 화살로, 현재는 정월에 행운을 비는 물건으로 쓰임를 내려들고 게다일본 나막신를 신었다. 구니마사도 별수 없이 겐지로를 따라나섰다.

잘 닦아 윤을 냈던 구두코는 겨울 길 위에서 금세 뿌얀 먼지를 뒤집어썼다.

겐지로는 하마야를 오비일본옷의 허리띠에 꽂은 채 흐느적흐느적 걷는다. 겐지로와 같이 있으면 동네 사람들이 곧잘 말을 걸어왔다. 구니마사뿐이면 새해 인사 한마디로 끝날 텐데, 웬일인지 겐지로를 보면 사람들은 절로 웃음을 지으며 두어 마디 덧붙이게 마련이었다.

"오오, 나란히 어딜 가시나?"

"겐 씨, 올해도 우리 가게에 자주 들러줘."

"돼지고기조림은 맛있게 됐어요, 아리타 씨?"

헉, 그렇게 물은 서점 주인에게 어디까지나 악의는 없었으리라. 말문이 막힌 구니마사 곁에서 겐지로는 웃음을 참는 얼굴이다.

"마사, 너 서점에서 책은 안사고 조리법만 읽었나?"

"이 동네엔 프라이버시란 게 없다는 걸 깜박했군. 다음에 요리할 땐 옆 동네 서점까지 가야 되겠어."

"야한 책 사러 가는 어린애도 아니고." 겐지로가 너털웃음을 터뜨렸다.

덴진사마는 북적댔다.

좁다란 참배로 양쪽으로 노점이 늘어서 있고, 참배객들의 줄이 배례전의 새전함으로부터 도리이_{신사 입구에 세운 두 개의 기둥문}를 지나 길까지 이어져 있다. 차례가 돌아오려면 상당히 시간이 걸릴 듯했다. 구니마사와 겐지로는 줄 맨 끝에 섰다.

줄은 몹시 천천히 움직였다. 앞쪽에서 배례전에 달린 방울 흔드는 소리가 끊임없이 들린다.

"뎃페한테 충고해주는 걸 잊었네."

"뭐, 쓰마미 세공에 관해서?"

"아니, 아니. 센소지에는 후드 달린 옷을 입고 가야 한다고. 거긴 한참 멀리서 새전을 던지는 사람들이 있잖아. 잘만 하면 후드에 골인이거든."

"남의 새전을 가로채려고?"

"후드에 들어온 몫만큼 대신 빌어주면 되지 뭐."

겐지로는 새해 벽두부터 최상의 컨디션으로 독자적 지론을 개진하고 있다. 구니마사는 어이가 없어 입을 다물었다. 줄은 가까스로 도리이를 지나, 참배 전에 손과 얼굴을 씻는 곳까지 왔다. 겐지로가 손을 씻고 입을 헹구더니, 물을 졸졸 뱉는 용의 머리를 쓰다듬는다.

영검이 있다고 알려진 것도 아닌데 그건 또 왜 쓰다듬는 거냐. 맨둥맨둥한 머리통에 친근감이 들어서? 구니마사가 슬그머니 눈길을 돌렸다.

얌전히 줄을 서 있을 턱이 없는 겐지로는 작년에 썼던 하마야를 봉납하고 사무소신사의 행정을 처리하는 곳에서 새 하마야를 샀다. 그 김에 사과 사탕을 하나 사서 저만 핥고 있다. 구니마사는 물론 조용히 제자리를 지킨다. 사람이 많아 그다지 춥지는 않았다.

"너도 노점 구경하고 오지그래?" 한참 만에 돌아온 겐지로가 말했다.

사과 사탕 덕에 혀가 빨갛게 물들어 있다. 빛나는 정수리. 파란 머리에 새빨간 혓바닥. 거의 요괴 수준이다. 아는 사이로 보이기 싫어 구니마사는 계속 무시로 일관했다.

"아직 뚱하고 있냐?" 겐지로가 눈치를 살피며 말을 이었다. "그럴 거면 괜한 고집 부리지 말고 너도 불러달라고 처음부터 곱게 딸네에 부탁하지 그랬어."

"쓸데없는 참견 마."

"그럴지도 모르지만." 겐지로가 조금 난처한 것처럼 허공을 올려다본다. "저기, 줄곧 궁금했는데…… 너 애초 제수씨랑 틀어진 원인이 뭐냐?"

"그걸 알면 이 고생 안 하지." 구니마사가 이라도 갈고 싶은 얼굴로 말했다. "알아챘을 땐 둘 사이에 대화도 없고, 집사람 태도가 이미 쌀쌀맞았어."

"바람피우다 들통 난 거 아니냐?"

"내가 너야?"

"난 그런 짓 안 해. 뭐, 하나에가 세상 뜨고 나서 좀 놀기는 했지만." 겐지로가 우쭐거렸다.

조용히 부글부글하던 구니마사의 뱃속에서 마침내 분노가 폭발했다.

"하나에 씨가 세상을 뜬 건 사십대잖아. 만약 더 오래 살았다면, 네 바람기가 발동해서, 분명 하나에 씨도 너한테 정이 떨어졌을 거다."

"뭐라고?"

"난 집사람이랑 오십 년 가까이 살았다고. 아이들도 있으니까 필사적으로 일했어. 상사한테 굽실거리고, 일 못하는 부하 직원들 뒤치다꺼리하면서…… 그랬는데, 집사람도 딸도 지금에 와선 날 모르는 척한다고. 건들건들 너 하고 싶은 일만 하면서 살아온 네가 내 기분을 알아?"

말이 좀 과했다는 것은 도중에 이미 자각했다. 할 말을 모조리 토해낸 구니마사가 슬그머니 겐지로의 눈치를 살핀다. 겐지로는 팔짱을 지른 채 땅바닥만 내려다보고 있다. 앞에 서 있던 사람이 걱정스런 얼굴로 힐끔 뒤를 돌아보았다.

"네 말에도 일리는 있어. 그래도 뭐, 새해 첫날부터 싸우지는 말자." 겐지로가 낮게 중얼거렸다.

둘은 입을 꾹 다문 채 감질나게 천천히 줄이 줄어드는 것을 기다렸다.

아무리 죽마고우라지만, 못할 말을 해버리고 말았다. 구니마사는 후회했다. 겐지로는 '싸우지는 말자'고 말한 사람치고는 상당히 열이 오른 기색이다. 벌겋게 달아오른 불퉁스런 얼굴을 보니 사과할까 싶다가도 입이 떨어지지 않는다.

겐지로가 하나에 씨를 얼마나 소중하게 여겼는지 다 알면서. 그럴 수만 있다면 하나에 씨가 오래오래 살아주기를, 겐지로가 얼마나 빌었는지 다 알면서.

구니마사는 처음으로 겐지로에게 하나에 씨 이야기를 듣던 날을 떠올렸다.

지금부터 약 오십 년 전. 1950년대의 어느 날이다.

전쟁으로 불타 허허벌판이 된 Y동네도 그즈음에는 빠르게 복구되고 있었다. 일본 전국이 바야흐로 고도 경제성장기에 돌입한 것이다. 일하면 일한 만큼 돈이 들어왔으므로 사람도 거리도 활기에 차 있었다.

구니마사는 당시 부모님과 함께 지금과 똑같은 장소에 살고 있었다. 대학을 졸업하고 봄부터 은행에서 근무를 시작해 의욕이 충만한 상태였다. 겐지로로 말하자면 3초메 모퉁이 집에다 쓰마미 세공 직인으로 막 독립한 참이었다. 도쿄 대공습으로 가족을 잃고, 살아남은 사부도 노환으로 전해에 세상을 떠나, 마침내 천애의 외돌토리였다.

갓 독립한 직인에게 그리 굵직한 주문이 들어올 리 없었다. 그런데도 겐지로는 색색의 쓰마미 간자시를 만드는 데 묵묵히 전념했다.

구니마사도 겐지로가 마음에 걸리기는 했지만 어쨌든 은행 일이 바빴다. 큰돈을 맡아 움직이는 일이었다. 경제활동에 공헌하고 있다는 실감이 구니마사의 심신을 뜨겁게 만들었다. 예부터 내려오는 직인의 세계에 몸담은 겐지로를 살짝 무시하는 느낌도 있었는지 모른다.

첫 여름보너스를 받았을 무렵에는 겐지로의 존재는 거의 잊어버리다시피 하고 있었다. 게다가 모친이 맞선 이야기를 꺼내는 통에 기대 반 쑥스러움 반으로 다른 데 신경 쓸 형편이 아니기도 했다.

오봉-8월 15일 전후, 선조의 명복을 빌며 성묘하는 기간 휴가를 하루 앞둔 저녁, 모처럼 고된 일에서 해방된 구니마사는 일층의 다다미 넉 장 반짜리 방에 모기장을 치고 드러누워 있었다. 집 뒤를 흐르는 수로에서 물이 철썩거리는 소리가 들렸다. 먼 바다에서 무적이 울리고 잠이 덜 깬 갈매기가 탁한 소리로 울었다.

밤낚시라도 나가는지 배 몇 척이 엔진음을 내며 지나갔다. 당시는 거룻배가 많았으므로 노 젓는 소리도 들렸다.

구니마사가 한참을 뒤척거리다 간신히 잠이 들려는 찰나, 통통거리는 엔진음이 다가와 집 뒤쪽에서 멈추었다. 이내 수로에서 집으로 이어지는 돌계단을 밟는 발소리가 들리고, 덧문 밖 툇마루에 털썩 앉는 검은 그림자가 보였다. 아니나 다를까, 겐지로였다. 달이 떴는지 겐지로의 그림자가 모기장 앞까지 길게 늘어져 있다.

"웬일이야?"

반쯤 잠에 취해 묻자 겐지로는 응, 하고 한마디 내뱉고는 잠잠하다. 늘 시끄러운 녀석인데 별일도 다 있다.

"그런 데 앉아 있으면 모기 물려. 들어와."

겐지로가 순순히 게다를 벗고, 모기장 자락을 걷은 뒤 재빨리 들어왔다.

"오랜만이다."

그렇게 입을 연 겐지로는 그새 좀 수척해진 탓인지 (분하지만) 제법 핸섬한 얼굴이 되어 있었다.

"은행 일은 어때?"

"돈 세는 속도가 빨라졌어. 남의 돈이기는 하지만."

구니마사가 얇은 홑이불을 걷어내고 몸을 일으켜, 머리맡의 스탠드를 켰다.

"뭐 용건 있냐?"

겐지로는 정좌한 채 무릎에 놓인 자신의 손만 내려다보고 있다. 어딘지 우물거리는 기색이다.

마사와 겐

146

"뭐야, 나 졸리는데."

"미안, 좀 상의하고 싶은 게 있어서."

"뭔데?

"실은, 좋아하는 여자가 생겼어."

그 말에 구니마사가 모기장 너머로 천장을 올려다보았다.

"또냐."

"아냐, 이번엔 달라. 진짜로 반했다고."

"매번 진짜라고 하잖아."

겐지로는 천성이 '반하기 쉬운' 기질로, 사귀는 여자라며 구니
마사에게 소개한 적도 몇 번 있었다. 몇 달 뒤에는 어느새 다른
여자를 데리고 다녔지만. 헤어지네 못 헤어지네 하며 여자가 칼
을 들고 달려들어, 거품을 물고 도망쳐온 겐지로를 집에 숨겨준
일도 있었다.

"그래서? 어떤 여잔데?"

"호리키리에 살아. 우리랑 동갑이고, 이제 막 초등학교 선생이
된 참이야."

호리키리라면 아라카와 건너에 있는 동네이다. 너 배 있답시
고 동네 밖까지 원정을 다니는 거냐. 구니마사는 어이가 없었다.

"넌 여자 덕에 밥 먹고살 작정이냐? 나가우타가부키 무용의 반주용
으로 발전한 샤미센=味線 음악 사범부터 공무원까지, 화류계 쪽이나 직장
있는 여자만 골라 손을 대더니. 이번엔 선생이라고?"

"아직 손은 안 댔어. 아니, 대고 싶었지만 어쩌다 보니……."

이건 좀 드문 패턴이다. 겐지로의 연애사건으로 말하자면 열이면 열 '정사情事'로부터 시작되는데, 손도 대지 않은 여자한테 '반했다'고 단언하다니 지금껏 없던 일이다. 겐지로가 누구인가! 야생동물급의 본능과 생명력으로 하루하루 살아가는, 손을 댐으로써 비로소 '반했다'고 뇌가 인식하는 사내였다. 그런데도 여자들이 모여드니 야생동물의 위력이란 참 대단한 것이다.

겐지로의 주장에 따르면 하나에(그가 반했다는 여자의 이름이다)는 더없이 성실한 아가씨란다.

5월 어느 화창한 날, 겐지로는 아라카와 강변에 있었다. 그날따라 기분 전환도 할 겸 작은 배로 굳이 아라카와를 건너, 맞은편 강변에서 풀칠 작업을 하고 있었다.

"지금 생각하면 그게 운명이란 거였어." 겐지로가 감개 깊은 얼굴로 말한다.

곱게 물들인 천을 펼쳐 강바람에 말리고 있을 때 비단잉어 무늬의 무명수건이 날아왔다. 타고난 반사신경과 점프력으로 겐지로가 강물에 떨어지기 직전의 수건을 붙잡았다. 둑 쪽을 돌아보자 연두색 원피스를 입은 여자가 손을 흔들고 있었다.

"고맙습니다. 그거, 제 거예요."

여자가 위태로운 발걸음으로 둑을 내려왔다. 가까이서 보니 날씬하고 키가 컸다. 한눈에도 좋은 가정에서 자란 듯한, 단정한 얼굴의 여자였다.

겐지로는 어쩐지 주눅이 들어 잠자코 수건을 건넸다. 여자는 거듭 고맙다고 말하고, 수건을 받아들더니 스카프처럼 머리에 둘러쓴 뒤 턱 밑에서 가볍게 묶었다.

"열심이시네요. 염색하시는 거예요?"

"염색도 하기는 하지만, 난 쓰마미 세공 직인이에요."

"어머나, 전쟁으로 대가 끊긴 줄 알았는데요." 여자가 흥미진진한 눈빛으로 바람에 너울거리는 천 자락을 바라보았다. "다음에 아이들 데리고 견학을 가도 될까요?"

그 일을 계기로 둑길을 산책하는 하나에와 친하게 이야기를 나누게 되었단다.

"'아이들'이래서, 젊은 여자가 벌써 애를 많이 낳았나 했는데, 선생님이었던 거지."

겐지로가 뿌듯한 얼굴로 설명했지만 구니마사는 두통에 휩싸였다.

"잠깐, 잠깐, 겐. 바람에 날아온 밀짚모자를 주워준 인연으로 사랑에 빠졌다면 이해가 되지만, 무명수건을 머리에 둘러쓰다니, 그건 또 무슨 말이지? 젊은 여자치고는 묘하잖아?"

"묘할 거 없어." 겐지로는 발끈하며 반론을 펼쳤다. "하나에는 합리적 사고의 소유자라고. 밀짚모자로는 땀을 못 닦지만, 수건으로는 땀도 닦고 햇빛도 가릴 수 있거든. 그야말로 일석이조이지."

과연 그럴까. 구니마사는 석연치 않았지만 일단 뒤로 물러났다.

하나에는 정말로 학생들을 데리고 쓰마미 세공을 견학하러 겐지로네를 찾아왔다. 그리고 해질 무렵 아라카와의 둑길을 산책하는 것이 어느덧 둘의 일과가 되었다. 풀칠 작업 따위는 이미 겐지로의 안중에 없었다. 사랑이 겐지로의 마음을 하나에에게 한 땀 한 땀 박아버려, 꼼짝도 할 수 없었다. 그는 목줄 묶인 개처럼 하나에의 뒤를 졸졸 따라갈 뿐이었다.

하나에도 겐지로가 싫지 않은 기색이었으므로 한번은 겐지로도 더는 참지 못하고 잎이 무성한 벚나무 아래로 밀어붙이고 덥석 입을 맞추었다. 품에 안은 하나에의 여린 몸에는 전혀 힘이 들어가 있지 않았다(혹 하나에가 저항했다 해도 겐지로에게는 산들바람 수준이었겠지만). 겐지로는 하나에한테 완전히 빠져 있었다.

입술을 떼고 마주 보니 하나에가 눈을 부릅뜨고 있었다.

"어이, 괜찮아?" 겐지로가 걱정이 되어 물었다.

하나에는 그제야 정신이 돌아온 사람처럼 "네, 그저 너무 놀라서……" 하면서 고개를 끄덕였다. 그리고 선언했다.

"우린 이제 결혼할 수밖에 없어요."

"그건 또 왜?" 겐지로가 저도 모르게 물었다.

물론 겐지로의 이야기를 듣고 있던 구니마사의 입에서도 "그건 또 왜?" 하고 똑같은 질문이 튀어나왔다.

"어떠냐, 느닷없는 전개라 너도 얼떨떨하지?"

"으음, 그러게. 뭐랄까, 그러니까…… 입맞춤을 거룩한 행위로 숭상하는 종교라도 있는 거냐? 하나에라는 아가씨는 그 종교의 신도인 건가?"

"아니, 하나에 집안은 정토진종일본 불교의 한 종파이야."

"그게 아니라, 내 말은 입맞춤이 왜 곧장 결혼으로 연결되느냐 그 말이야."

"하나에의 부친이 말도 못하게 엄격하다잖아. 초등학교 교장 선생님이라는데, 남녀교제 같은 거 언어도단이래. 결혼할 때까지 입맞춤은 말할 것도 없고 남자랑 같이 걷는 것도 안 된다고 교육받고 자랐다나봐."

"근데, 너랑 아라카와 강변도 걸었다며?"

"나한텐 연애였는데 그녀한테는 어디까지나 그냥 산책이었던 거지."

야생동물과 나란히 걸었으면서…… 위기의식이라고는 없는 여성같으니. 그러고도 교사 노릇은 제대로 하는 걸까. 순진해도 너무 순진하고, 남자를 몰라도 너무 모른다. 구니마사는 하나에의 언동에 현기증을 느끼며 뒷말을 재촉했다.

"어쨌든 하나에는 입맞춤을 한 이상 나랑 결혼한다고 마음먹었어."

"첫날밤에 결혼의 진실을 알게 되면 졸도하지 않겠냐?"

"그땐 그때고. 어쨌거나 나도 이의는 없으니까 하나에 집에 인사하러 갔거든."

하나에의 부친은 격노해, 애견 로크(견종 : 아키타, 성질 : 매우 사나움)의 공격을 조장 및 방치한 것은 물론 끝내는 대량의 소금까지 뿌려 내쫓더란다. 하나에는 학교 출퇴근 외에는 집에서 한 발짝도 나올 수 없게 되었고 그나마 출퇴근도 모친이 따라다닌다나.

"그럼 다 틀린 이야기네, 뭐."

구니마사가 홑이불을 다시 덮으려 할 때 "야! 그렇게 바로 포기하면 어떡해!" 하고 겐지로가 빽 소리를 질렀다.

"어떡하냐니, 이건 네 문제잖아. 네가 턱턱 입맞춤이나 하고 다니니까 이렇게 되는 거 아냐. 난 몰라."

"좀 별난지는 모르지만, 세상살이 때 안 묻고, 명랑하고, 미인이고, 하나에는 훌륭한 규수라고. 책임지고 결혼하지 않으면 나도 남자 체면에 말이 아니란 말야."

"세상살이 때 안 묻고, 명랑하고, 미인이고, 별나지 않은 처녀도 얼마든지 있어. 아서라, 번거롭다."

애초 책임은 무슨 책임이냐고. 입맞춘 것밖에 없는데, 한심하기는.

하지만 겐지로는 구니마사의 홑이불을 붙든 채 놓지 않았다. 하는 수 없이 구니마사는 다시 이야기를 듣는 자세를 취했다.

"저쪽 부모님 허락도 없이 무슨 수로 결혼한다는 거야?"

"둘이 도망갈 거야."

"하나에 씨는 호리키리 쪽에서 선생님을 한다며? 도망가면 학교는 어떡하고?"

"응, 말을 잘못했다. 하나에를 우리 집으로 업어올 거야."

"뭐라고?"

"Y동네 3초메라면 강을 건너 호리키리도 통근할 수 있는 거리잖아."

"그야 그렇지만 하나에 씨의 아버지가 노발대발해서 달려올걸."

"일 저질러버리면, 이쪽이 임자라고." 겐지로가 심술궂게 웃었다. "입맞춤 곧 결혼이라고 믿을 정도로 엄격하게 키운 부친이 잖아? 한 이불 덮고 누운 이상 무조건 백년해로다, 뭐 이렇게 나오지 않겠어?"

"넌? 진짜 그걸로 괜찮고?" 구니마사가 살짝 걱정스러워져서 캐물었다. "그렇게 순진한 처자를 데려다가…… 네가 바람이라도 피우면 어떻게 될지 몰라. 결혼만 한다고 능사가 아니야. 상대랑 평생, 행복하게 사는 게 '책임을 지는' 거라고."

구름이 달을 가려 실내가 갑자기 어두워졌다.

"이봐, 마사. 전쟁으로 부모형제를 잃고 나서 요 십 년 동안, 내가 무슨 생각을 하면서 살았는지 알아?"

스탠드 불빛이 비치는 겐지로의 얼굴에서 표정이 사라졌다.

"왜 난 죽지 않았을까…… 그것만 줄곧 생각했어."

구니마사는 더럭 무서워졌다. 여느 때와는 판이한 고요한 목소리가 저세상에서 울려오는 낮은 신음처럼 느껴졌다.

그것은 번영도, 불탄 폐허 위에 덧바른 것처럼 새로 생긴 동네도, 구니마사가 매일 헤아리는 지폐도, 전부 환상이라는 선고처럼 들렸다.

"꽃과 풀, 새와 물고기, 달과 별을 손끝으로 접어 제아무리 아름다운 간자시를 만들어도…… 난 허무해. 허무해서 견딜 수가 없어. 시꺼먼 뜬숯처럼 변해 뒹굴고 있던 어머니의 모습이, 그 어머니 품에 안긴 채 죽어 있던 동생들의 모습이 눈에 밟히고 또 밟힌다고. 그 수많은 죽은 자들 앞에서 내가 만드는 간자시 따위, 똥 같은 거야. 겉만 그럴싸한, 아무 쓸데도 없는 거라고."

"그렇지 않아." 구니마사는 필사적으로 말했다.

누구보다 가깝고 소중한 벗이 이런 생각을 하는 줄은 짐작도 못한 채 의기양양 앞만 보고 살던 스스로가 부끄러웠다.

"난 그렇게는 생각하지 않아, 겐."

"이대로 있다간 나 미칠 것 같아. 가족을 갖고 싶어. 성실하고 명랑하고 밝은 여자랑 살고 싶다고."

"무명수건을 머리에 둘러쓰고, 입맞춤 신앙이 있는 여자라도 좋아?"

"좋아. 좀 묘해도 상관없어…… 반했거든."

겐지로가 소리 없이 웃었다.

그때 정말로 겐지로가 하나에한테 반했는지는 의문이었다. 구니마사는 생각했다. 단지 마음이 약해졌을 타이밍에 마침맞게 하나에와 만났을 뿐은 아닐까.

하지만 결혼한 이후의 겐지로의 사랑은 의심할 여지가 없었다. 함께 보내는 시간이 쌓일수록 겐지로와 하나에의 사랑은 더욱 깊어졌다. 그들은 언제나 같이 웃고, 싸우고, 서로에 대한 믿음이 담긴 눈길로 마주 바라보았다.

겐지로의 열의에 못 이겨 결국 구니마사도 연인들의 도주, 정확히는 하나에 강탈 작전에 한몫 끼게 되었다.

학교는 여름방학이었다. 양친의 감시가 철저해 하나에의 외출은 평소보다 압도적으로 어려우리라 예상되었다. 구니마사와 겐지로는 이마를 맞대고 궁리한 결과 수건을 위조하기로 했다.

하나에가 곧잘 머리에 둘러쓰는 무명수건들에는 제각각 구석에 'H'라는 머리글자가 수놓여 있다는 것이 겐지로의 증언이었다. 겐지로는 근방 가게에서 무명수건을 사다가 기억을 토대로 글자를 새겼다. 직인다운 솜씨를 유감없이 발휘한 것이다. 쪽빛 바탕지에 흰 줄무늬가 들어간 무명수건이었다.

"하나에도 분명히 이거랑 비슷한 걸 갖고 있었던 것 같아."

완성된 수건을 가지고 구니마사는 겐지로가 모는 작은 배로 아라카와를 건넜다. 구니마사는 혼자 둑에 올라, 한낮의 햇빛이 쏟아지는 호리키리 동네를 걸었다.

젠지로가 일러준 곳에 과연 이층집이 서 있었다. 마당에 가지가 잘 뻗은 소나무가 있고, 대형견(녀석이 '로크'일 테지)이 늠름하게 버티고 서 있는 것이 보였다.

"실례합니다…… 실례합니다!" 구니마사가 대문 밖에서 목청껏 외쳤다.

잠시 후 현관이 열리고 중년 부인이 얼굴을 내밀었다. 하나에의 모친이리라.

"네, 누구신가요?"

구니마사는 낙담했다. 하나에가 나왔으면 일이 수월했으련만. 그래도 이왕 여기까지 온 거…… 기회는 딱 한 번뿐이다. 이런 사태에 대비해 수건을 준비해오지 않았던가.

구니마사가 용기를 쥐어짜 최대한 선량한 미소를 떠올렸다.

"조금 전 저 앞에서 수건을 주웠습니다. 마침 지나가던 아이들한테 물었더니 아마 이 댁 따님 것일 거라고 해서요."

"어머, 일부러 이렇게 친절하게…… 죄송합니다."

하나에의 모친이 슬리퍼를 대충 꿰어 신고, 로크를 어르면서 마당으로 나왔다. 로크가 이빨을 드러내고는 낮게 으르렁거리며 구니마사를 노려본다. 구니마사는 각오를 굳혔다.

하나에의 모친이 대문을 열자 구니마사가 고개를 꾸벅 숙이고 수건을 건넸다.

"어떻습니까. 따님 것이 맞는지요?"

하나에의 모친이 수건을 펼쳐 자수를 확인한다. 구니마사는 구두코의 먼지를 터는 척하며 쪼그려 앉았다. 그리고 모친의 시선을 피해 슬쩍 로크 앞에 왼손을 내밀었다.

처음부터 전투태세였던 로크가 반사적으로 손을 덥석 물었다. 엄지와 검지 사이의 부드러운 살에 엄니가 푹 박힌다. 구니마사의 입에서 "억!" 하고 비명이 터져나왔다. 살점이 뜯겨나가는 것 같은, 예상을 초월한 격통이다.

"앗, 큰일이네! 로크, 안 돼, 떨어져!"

하나에의 모친이 황급히 로크의 머리를 때려 쫓은 덕에 구니마사의 손에 구멍이 두 개 뚫리는 것으로 끝났다. 하지만 피가 콸콸 쏟아졌다. 너무 아파서 감각도 없었다.

하나에의 모친이 줄무늬 수건으로 신속히 지혈했다.

"어떡하지요, 정말 죄송합니다."

"아뇨, 괜찮습니다. 제가 갑자기 움직이는 바람에 개가 놀란 것이겠죠."

"어쨌든 안으로 들어오세요. 처치를 해드릴 테니까요."

하나에의 모친은 미안해 어쩔 줄 몰라 하며 구니마사를 집 안으로 들였다. 제1관문 돌파. 불쌍한 로크는 현관 옆 개집에서 완전히 풀이 죽어 있다. 겐지로 덕분에 로크도 구니마사도 호되게 당하는 중이다.

"하나에, 하나에!"

모친이 이층을 향해 외쳤다. 다행이다. 이 대목에서 하나에 씨가 아니라 고리타분한 정조 관념의 소유자인 부친이 등장했더라면 작전이 실패할 뻔했다. 구니마사가 가슴을 쓸어내린다.

"무슨 일이에요, 엄마?"

계단을 내려온 하나에를 보고 구니마사는 내심 고개를 끄덕였다. 청초한 미모 저변에 타고난 쾌활함이 수맥처럼 흐르는 아가씨이다. 겐지로가 좋아할 만하다.

"로크가, 이분께 상처를 입혔어. 어서 구급상자를 가져와. 그리고 무라타 선생님 좀 모셔오고."

하나에가 자리를 벗어나서는 안 된다. 구니마사는 초조해졌다.

"신경 쓰지 마십시오. 제가 늘 진찰을 받는 선생님께 봐달라고 할 테니, 소독만으로 충분합니다."

소독만으로 충분할 출혈은 아니었지만 죽마고우가 결혼을 하느냐 못하느냐의 갈림길이다. 구니마사는 고통을 참으며 하나에의 모친에게 손을 맡겼다.

"안색이 아주 안 좋으세요. 차 한 잔 드세요."

하나에가 차가운 녹차를 내왔다. 피를 본 탓인지 어질어질하던 참이다. 사양 않고 들이켜고 한숨 돌린다.

"어라, 안경이 없네." 애초 끼지도 않은 안경이지만 구니마사는 짐짓 태연한 얼굴로 말했다. "밖에 떨어뜨렸는지도 모르겠네요. 죄송하지만 좀 찾아봐주시면 안 될까요?"

하나에의 모친이 바람처럼 현관으로 달려나간다. 원래 심성이 좋은 사람이리라.

으흠, 이리하여 제2관문도 돌파. 마침내 단둘이 남는 데 성공했다.

"하나에 씨."

이름을 부르자 옆에 앉아 있던 그녀가 몹시 놀라는 기색을 보였다.

"괜찮습니다. 전 호리 겐지로의 친구, 아리타 구니마사라고 합니다."

"겐 씨의……." 하나에의 눈에 금세 눈물이 글썽인다. "겐 씨는 어떻게 지내고 있나요? 아버지가 심한 말을 해서 내쫓은 뒤로 만나지도 못하고……."

"잘 있어요."

모친이 돌아오기 전에 용건을 마쳐야 했다. 구니마사의 말이 빨라진다.

"당신과 결혼하고 싶대요. 그럴 각오가 있거든 날짜가 15일로 바뀐 밤 1시, 빈손이라도 좋으니까 아라카와 둑으로 와주세요."

"알겠습니다."

즉석에서 대답이 돌아왔다. 구니마사가 외려 머쓱해질 지경이다.

"제가 젠의 친구란 말을 믿으세요? 혹시 사기꾼이거나 납치범인지도 모르잖아요."

"그렇다면 어쩔 수 없는 일이고요."

"젠은 또 어떻고요? 진심이라고 믿는 겁니까? 부모님 승낙도 없이 무조건 당신과 결혼하겠다는 남자인데요."

"우린 이미 맺어져 있으니까요."

결연한 말투였다. 구니마사는 손의 통증도 잊고 잠시 입만 삐끔거렸다.

"찬물을 끼얹는 것 같아서 미안합니다만, 입맞춤만으로는 맺어지는 게 아닌 거예요."

"어머, 그런가요?" 하나에가 눈을 반짝거리며 몸을 내밀었다.

"그렇습니다. 그러니까 좀더 신중히 생각하는 게 좋지 않나 하고요."

"걱정해주셔서 감사합니다." 하나에는 정말로 고마운 듯 말했다. "그래도 제 마음은 이미 젠 씨와 맺어져 있어요."

하나에의 얼굴이 숭고하게 빛난다. 이것이 고양된 사랑 한복판에 있는 인간의 모습인가.

구니마사는 머리가 띵해 더는 아무 말도 할 수 없었다.

"아무리 찾아봐도 안경은 없는 것 같은데요." 하나에의 모친이 미안한 얼굴로 돌아왔다.

"아, 죄송합니다. 주머니 속에 있었습니다." 구니마사가 있지도 않은 연기력을 발휘해 양복 주머니를 두드려 보인다. "그러면 피도 멎었으니 이만 실례하겠습니다. 신세 많았습니다."

"저기, 성함과 연락처를 여쭤봐도 될까요. 정식으로 사과하러 가겠습니다."

그 말을 "아뇨, 아닙니다. 그럴 필요까지는 없습니다" 하고 물리치고, 허둥지둥 하나에의 집을 나왔다. 로크가 너무 혼나지 않기를 속으로 빌면서.

모퉁이를 돌기 전에 뒤돌아보자 하나에의 모친이 아직도 구니마사를 향해 고개를 숙이고 있었다. 그 옆에서 하나에는 기품 있는 표정으로 이쪽을 바라보고 있다. 눈이 마주치자 하나에가 힘차게 고개를 끄덕였다.

줄은 도리이와 배례전 중간께까지 와 있었다.

겐지로는 여전히 아무 말도 없었다. 상당히 화가 난 모양이다.

구니마사는 풀이 죽어 자신의 손을 내려다보았다. 로크에게 물린 상처는 오래도록 엄지와 검지 사이에 훈장처럼 남아 있었다. 하지만 반세기가 흐르는 사이 결국은 그 흔적도 사라졌다.

로크는 그뒤로도 하나에의 친정 문지기로 활약하고 천수를 다한 걸로 알고 있다.

하나에 씨는 로크를 많이 아꼈다. 양친도 물론 매우 소중히 생각했다. 그래도 그날 밤, 그녀는 모든 것을 버리고 겐에게로

왔다.

8월 15일, 달이 아름다운 밤이었다.

구니마사는 더 버틸 수 없어, 별것 아닌 자존심을 버리고 사과하기로 했다.

"이봐, 겐."

"뭔데."

불퉁스런 대답에 구니마사는 움찔하며 말문이 막힌다. 수십 년 우정이 오늘로 끝이라고 생각하자 의지가지없는 기분이었다.

또 밀려온 침묵을 견디지 못해 옆에 선 겐지로를 곁눈질한다. 겐지로는 여전히 부루퉁하다. 입을 한일자로 다물고 고개를 외로 꼰 채 '너랑은 말도 섞기 싫다'고 온몸으로 웅변하고 있다.

구니마사가 조그맣게 한숨을 뱉었다. 어떻게든 화해를 시도하려고 자신이 줄기차게 흘끔거리는 것도, 입을 뗄 타이밍을 찾고 있는 것도, 겐지로는 일찌감치 알아챘을 것이다. 그런데도 시치미를 떼고 있다니 도무지 어른스럽지 못하다. 일흔을 넘긴 사내가 할 짓이냐.

포석이 깔린 참배로에서 냉기가 올라왔다. 구니마사는 가볍게 발을 구르며 조금 전 벗어난 도리이 쪽을 돌아보았다. 참배객 행렬이 꼬리에 꼬리를 물고 신사 밖까지 늘어서 있었다.

구니마사는 가벼운 우월감을 느끼며 고개를 돌렸다. 자신의 뒤쪽으로 줄이 길어질수록 괜히 기분이 좋아졌다. 기다린 보람이 있었다. 구니마사와 겐지로는 드디어 배례전에 가까워져 있었다.

이런 거북한 상태로 겐지로와 나란히 서 있는 것은 괴로웠다. 어서 이 자리를 면하고 싶은 마음이 간절했다. 그러면 지금이라도 혼자 가버리면 될 일이지만, 소심한 구니마사는 선뜻 그러지도 못한다. '계속 퉁퉁 부어 있을 거면 부어 있든지, 나도 몰라' 하고 한마디해주고 싶은 것을 꾹 참고 '어차피 새해 참배는 해야 되잖아, 나만 가버리면 이 녀석이 또 얼마나 난리가 나겠어' 하고 우물쭈물할 뿐이다.

그때 겐지로가 줄을 벗어났다. 설마 일껏 기다려놓고, 너만 돌아갈 작정이니? 당장이라도 여길 뜨고 싶은 건 내 쪽인데? 구니마사는 놀란 데다 어쩐지 자존심이 상해 "어이, 어디 가?" 하고 물었다.

"소변."

겐지로가 등을 돌린 채 툭 내뱉고 사무소 쪽으로 걸어갔다.

뭐야, 뭐, 도대체…… 혼자 남은 구니마사가 분통을 터뜨렸다. 저 변덕쟁이 녀석한테 늘 당하기만 한다. 휴전 호소도 무시하고 변소에 가는 놈이 세상에 어디 있느냐고? 오줌은 꼭 지금 눠야 하는 거냐.

겐지로는 좀처럼 돌아오지 않았다. 때마침 줄이 줄어드는 속도가 빨라지고 있었다. 새전함이 점점 가까워진다. 어쩌자고 이

타이밍에 변소를 간단 말이냐. 게다가 오줌 한 번 누는 데 무슨 시간이 그렇게 오래 걸리는 거야. 네 녀석의 오줌은 끊어지지 않는 폭포라도 되냐. 구니마사는 안절부절 조바심치며 배례전과 사무소 쪽을 번갈아 쳐다보았다.

그리고 먼 옛날에도 이런 기분으로 사람을 기다린 적이 있었다는 것이 떠올랐다.

그렇다, 이미 반세기 전의 8월 15일 밤의 일이다.

젊은 구니마사와 겐지로는 작은 배를 몰고 아라카와를 건너, 호리키리 쪽 강변에 닿았다. 달이 아름다운 밤이었지만 늦도록 후덥지근해, 검은 수면이 기름처럼 번들거리고 있었다. 기분 탓인지 둑에 자란 풀들도 축 늘어진 것처럼 보였다.

이날 밤, 하나에가 집을 나와 겐지로에게 오기로 되어 있다.

아리타 가에서는 14일 오후, 자택으로 승려를 불러 오봉 독경을 치렀는데 뜬금없이 겐지로도 나타나 동석했다. 구니마사의 양친이 석연찮은 얼굴로 "겐지로는 오봉 공양을 하지 않아도 되느냐" "성묘는 다녀왔느냐" 하고 물었지만 겐지로는 예, 예, 하고 건성으로 끄덕거릴 뿐이었다.

독경이 끝나자 겐지로가 냉큼 구니마사를 밖으로 끌어냈다. 그길로 아라카와의 둑을 내려가 작은 배에 오르려 한다. 얼떨결에 끌려온 구니마사가 발을 멈췄다. 아직 해가 쨍쨍하다.

"어디 가는데?"

"하나에 데리러."

"약속 시간은 오후 1시가 아니잖아. 새벽 1시라고."

"미리 가 있어야지. 혹시 하나에가 기다리다 지쳐 그냥 가버리면 어떡해."

아무리 그래도 너무 일렀다. 아라카와가 큰 강이기는 하지만 황하나 아마존 강은 아니다. 반나절 전부터 건너갈 필요는 없었다. 구니마사가 겐지로를 말렸다.

"기분은 알겠는데, 야, 좀 침착해라. 거기다 대체 왜 나까지 따라가야 되는데?"

"쌀쌀맞은 소리 할 거냐? 죽마고우라는 녀석이."

그래, 그 죽마고우로서, 나는 이미 차고 넘치는 역할을 하지 않았나? 구니마사는 붕대가 감긴 왼손에 눈길을 떨어뜨렸다. 로크에게 물린 상처는 아직도 욱신욱신 쑤셨다. 이런 꼴을 당하면서까지 임무를 완수했으니 이쯤에서 그만 빠지고 싶은데 겐지로가 드물게 처연한 눈길로 빤히 쳐다보고 있다.

할 수 없군, 같이 가줄까.

구니마사가 가볍게 고개를 가로젓고, 시간이 남아돌아 어정거리는 겐지로에게 지시했다.

"하나에 씨가 탈 거니까 배를 청소해두라고. 도중에 떠내려가기라도 하면 큰일이니까 엔진도 점검하고."

겐지로는 순순히 말을 따랐다. 엔진에 오일을 바르고 배 구석구석을 열심히 닦으며 하나에 맞을 준비에 여념이 없다. 그 사이 구니마사는 강가에 앉아 있었다. 손이 심심해서 조약돌로 물수제비를 떴다. 겐지로는 의욕 충천해 엔진이 헛돌아갈 정도로 오일을 치고, 뱃바닥이 닳도록 과격하게 빗자루를 쓸어댔다.

마침내 작업을 마친 겐지로가 구니마사 옆에 털썩 앉았다. 하지만 다음 순간 벌떡 일어나, 입고 있던 청색 유카타를 벗어던지고 훈도시 남자의 음부를 가리는 폭이 좁고 긴 천 차림이 되었다. 구니마사가 영문을 몰라 겐지로를 올려다보았다. 겐지로는 강물로 휘적휘적 들어가 건너편 강가를 향해 헤엄치기 시작했다.

구니마사는 얼이 빠져 그 광경을 바라보았다. 당시는 아직 공해란 말도 귀에 익지 않을 때로, 아라카와의 물도 맑았지만 흐름 또한 그 이름에 걸맞게 거칠었다 아라카와荒川의 '荒'는 거세다, 거칠다는 의미. 겐지로는 하류 쪽으로 조금씩 떠내려가면서도 무사히 건너편에 닿았다. 그런 다음 지체 없이 몸을 돌려, 팔뚝으로 물살을 헤치며 되돌아오기 시작했다.

구니마사는 목덜미에 쏟아지는 뙤약볕을 견디며 잠자코 기다렸다. 이윽고 물 밖으로 나온 겐지로가 온몸에서 물을 떨어뜨리며 숨차게 버티고 섰다.

"……뭘 하는 거냐, 넌?" 구니마사가 어처구니가 없어 물었다.

"가만히 있을 수가 있어야지." 겐지로가 말했다.

그만한 체력이라면 배가 필요 없잖아. 하나에 씨는 목말을 태워 강을 건너지 그러냐. 구니마사가 속으로 웃었다. 겐지로는 훈도시 바람으로 강변에 벌렁 드러누웠다. 그리고 땡볕에 달궈진 돌 위에서 엎치락뒤치락하면서 젖은 몸을 말렸다.

마침내 겐지로가 천천히 몸을 일으키더니, 유카타를 걸치고 오비를 묶으며 말했다.

"자, 날짜 바뀔 때쯤, 여기서."

그러고는 재빨리 둑으로 올라가 휘적휘적 걸어 사라진다.

정말 뭐냐고, 대체. 강가에 혼자 남은 구니마사가 큼직한 돌 몇 개를 집어 힘껏 강으로 던졌다. 왜 나까지 동행해야 하느냐고. 도무지 넌 왜 이리 터무니없는 녀석이냐.

그런데도 구니마사는 의리를 저버릴 수 없었다. 괘종시계가 자정을 알릴 즈음, 다시 아라카와로 향했다. 겐지로는 벌써 배에서 기다리고 있었다. 한낮과 똑같은 청색 유카타 차림이었다.

최소한의 예의는 갖춰야 할 것 같아 나는 빳빳하게 풀 먹인 흰 셔츠를 입고 왔는데, 신랑인 네가 유카타라니, 이래도 되는 거냐.

어쨌거나 이제 와서 왈가왈부해도 부질없는 짓이다. 구니마사와 겐지로를 태운 작은 배는 이미 건너편 강가를 향해 나아가고 있었다.

새벽 1시를 지나도 하나에 씨는 오지 않았다. 강가에 붙들어 맨 작은 배의 옆구리를 잔물결이 쉴 새 없이 때리고 간다. 때때로 물 밖으로 튀어오른 붕어 비늘이 달빛에 번득인다.

집을 빠져나오는 데 품이 드는 것일까. 양친에게 발각된 것은 아니겠지. 구니마사는 안절부절 조바심치며 첫 보너스로 산 손목시계를 달빛에 확인했다. 바늘이 답답할 정도로 천천히 움직인다. 새벽 1시 5분이다.

"야, 마사. 너 틀림없이 여기서 1시라고 하나에한테 말했어?" 기다리다 지친 겐지로가 입을 열었다.

"말했어." 구니마사는 퉁명스럽게 대답했다.

떠맡길 땐 언제고 의심까지 하기냐. 정말이지 억울하다.

"하나에 씨가 뭔가 착각한 건 아냐?"

"뭐라고? 하나에를 멍청한 여자 취급하지 마."

"그런 말은 하지 않았어. 걱정되면 네가 좀 살펴보고 오든지."

"내가 어슬렁어슬렁 갔다가 하나에의 아버지와 로크의 밥이 되라고?"

"그게 뭐 어때서? 난 네 덕분에 이미 로크의 밥이 됐잖아."

구니마사와 겐지로가 아옹다옹하고 있을 때, 심야에 어울리지 않는 화사한 목소리가 들렸다.

"오래 기다리셨죠, 안녕하세요."

올려다보자 둑 위에 하나에가 서 있다. 기쁜 얼굴로 미소를 짓고서 구니마사와 겐지로를 향해 손을 흔들고 있다. 달빛을 받은 하나에는 참으로 예뻤다. 강까지 뛰어왔는지 뺨이 발그레했다. 하얀 반소매 셔츠가 희미하게 빛나고, 윤기가 감도는 긴 머리는 칠흑 같다.

구니마사는 선녀의 강림이라도 목격한 기분으로 강가에 뻣뻣이 서 있었다. 파란색 스커트 자락을 펄럭거리며 하나에가 둑을 내려오기 시작했다. 위태로운 발걸음이다. 저러면서 과연 아이들한테 체육을 가르칠 수 있을까. 아니나 다를까, 하나에의 발끝이 커다랗게 휘청했다. 넘어지는 것은 간신히 면했지만, 그다음부터는 거의 발이 풀린 채 비트적거리다 강가에 내려섰다.

옆에서 역시 장승처럼 서 있는 겐지로의 옆구리를 구니마사가 쿡 질렀다. 겐지로가 퍼뜩 정신을 차리고 하나에에게 다가갔다. 거의 몽유병자 같은 발걸음이다. 한밤중인데도 한껏 눈이 부신 얼굴로, 겐지로는 잠자코 하나에의 가방을 받아들었다. 네모나고 작은 여행가방이다. 소지품이 전부 들어가기에는 턱도 없는 크기이다. 정말로 빈손으로, 하나에는 몸만 달랑 겐지로에게로 온 것이다.

사랑만 믿고서.

하나에의 진심이 고스란히 엿보여 구니마사는 뜨거운 무언가가 복받쳐왔다. 저런 미인의 사랑을 얻은 죽마고우가 부럽고 또 자랑스러웠다.

젠지로가 남은 손으로 하나에의 손을 끌어 배에 태웠다. 강가에 선 구니마사 앞을 지나갈 때 하나에가 가볍게 고개를 숙였다. 구니마사도 묵례를 하고, 둘의 모습을 지켜본다. 하나에는 흔들리는 배에 당황해하는 눈치였지만 곧 한가운데 자리 잡고 앉았다. 젠지로가 밧줄을 풀고 엔진의 시동을 걸었다.

일대에 엔진음이 부릉부릉 울린다. 하나에의 양친과 로크가 쫓아오기라도 할까봐 구니마사는 초조했다. 뱃고물에 선 젠지로가 "마사, 빨리!" 하고 재촉했다. 구니마사는 신발이 젖는 것도 아랑곳 않고 강물로 몇 걸음 들어가, 움직이기 시작한 배에 뛰어올랐다.

젠지로의 작은 배가 아라카와를 천천히 가로질러 나아간다. 은색 보름달빛이 수면으로 쏟아져 마치 꿈속의 물길을 건너는 것 같다.

뱃머리에 앉아 정면을 보던 구니마사가 이제 안심, 이라고 선언하려고 뒤를 돌아보았다. 젠지로가 엔진 옆에 서서 키를 쥐고 있었다. 하나에는 몸을 조금 틀어 젠지로를 올려다보고 있었다. 두 사람은 마주 본 채 말없이 대화를 하고 있었다.

서로의 사랑에 관해. 양친을 버리고 온 고통에 관해. 부모형제를 잃고 가족을 원하며 헤맸던 쓸쓸함에 관해. 지금부터 기다리고 있을, 희망과 행복이 넘치는 나날에 관해.

두 사람이 주고받는 뜨거운 눈빛이 아라카와의 강물을 부글

부글 끓여버릴 듯하다. 구니마사는 험, 흐음, 하고 고개를 가로
젓고 다시 정면을 향했다. 도대체, 대관절, 난 왜 여기 있는 거냐
고. 턱없는 훼방꾼이잖아.

수로변을 따라 밝혀진 집집의 불빛이 그들의 앞길을 조용히
비추고 있었다.

배를 타고 시집을 온 하나에는 3초메 모퉁이 집에서 겐지로
와 살기 시작했다. 부친의 반대를 무릅쓰고 집을 뛰쳐나왔으므
로 결혼식다운 결혼식은 물론 없었다. 아라카와를 건너 Y동네
에 닿은 날 밤, 겐지로네 다실에서 산산쿠도 결혼식에서 신랑 신부가 세 단
으로 얹은 술잔을 세 번씩, 전부 아홉 번 주고받는 일를 어설프게 흉내냈을 뿐이
다. 겐지로는 여전히 유카타, 하나에도 배에 탈 때의 복장 그대
로였다.

주홍칠을 한 술잔 같은 것이 겐지로네에 있을 리 없어, 둘은
조그만 도기 술잔에 따른 술에 번갈아 입술을 적셨다. 구니마사
는 아직 해방되지 못한 채 즉석 결혼식에 참석해야 했다.

"내일, 구청 가서 혼인신고를 하자."

겐지로의 말에 하나에의 얼굴에 기쁨이 번졌다. 잘됐다, 잘됐
어…… 구니마사가 흐뭇하게 고개를 끄덕일 때 겐지로가 손짓
으로 '그만 가'란다. 머릿속에는 이미 하나에와의 첫날밤뿐인 게
지. 그렇게 도와줬건만 일이 무사히 끝났다 싶으니 바로 훼방꾼

취급이냐.

약간 마음이 상하려 했지만 신혼 초야를 방해할 수야 없는 일이다. 구니마사는 어른스럽게 퇴장했다. 겐지로와 하나에가 어떤 밤을 보낼지 되도록 상상하지 않으려 애쓰면서. 인적 없는 심야의 골목길에 긴 그림자를 늘어뜨리며 구니마사는 터덜터덜 집으로 돌아갔다.

하나에는 세상을 떠날 때까지 겐지로와 행복하게 살았다. 아마 행복했을 것이라고, 적어도 가까이서 지켜봤던 구니마사는 생각한다.

쉬는 날 놀러 가면 겐지로와 하나에가 이층 창가에 바싹 붙어 앉아 있었다. 창틀에 팔꿈치를 짚은 하나에가 밖으로 몸을 내밀고 "어머, 구니마사 씨!" 하고 불렀다. 올려다보면 둘이 나란히 얼굴을 붙이고, 싱글거리며 손을 흔들고 있다.

자식 이기는 부모 없다더니 하나에의 양친은 결국 결혼 일 년 만에 화를 풀고, 때때로 강을 건너 겐지로네에 놀러 오게 되었다. 겐지로는 그때마다 솔선해서 배를 내어 그들을 마중하고 배웅했다. 로크도 따라왔다. 배에서는 불안한 기색이던 로크는 강가에서 기다리는 하나에를 발견하면 꼬리를 프로펠러처럼 회전시키며 달려와 품에 안겼다.

겐지로와 하나에는 사이가 좋았다. 쓰마미 간자시밖에 모르는 겐지로를 대신해 하나에가 교사 생활을 하는 한편 경리를 담당했다. 둘은 구니마사 앞에서도 곧잘 싸웠다. 대개는 하나에가 "술값이 너무 많이 나가요" "어째서 이런 비싼 하부타에를 샀어요?" 하고 포문을 열었다. 겐지로는 "휘발유를 넣어줘야 손도 움직이지" "좋은 재료를 써야 좋은 물건이 나온대도" 하고 반론하지만 결국 항복하고 우물우물 입을 다물었다.

구니마사도 겐지로보다 일 년 늦게 결혼했지만 아내와 거의 싸우지 않았으므로 두 사람의 치열한 말다툼에는 어이가 없었다. 하지만 이런 게 진짜 부부일지도 모른다는 생각도 들었다. 겐지로와 하나에는 서로 하고 싶은 말을 다하고 나면 언제나 개운한 얼굴로 멀쩡하게 밥을 먹기 시작했다.

"미안해요, 구니마사 씨 앞에서."

하나에가 부끄러운 웃음을 지으면 겐지로는 "나 참, 엉뚱한 마누라를 얻었다니까" 하면서도 썩 싫지 않은 얼굴이었다.

하나에가 병으로 쓰러졌을 때 겐지로는 자신의 고객을 통해 알음알음으로 훌륭한 의사가 있다는 병원에 입원시켰다. 결코 포기하지 않고 최대한의, 그리고 최선의 치료를 받게 했다. 겐지로는 돈을 아끼지 않았다. 오싹할 정도로 무서운 얼굴로 쓰마미 간자시를 만들고 또 만들어 치료비를 염출했다.

그즈음 만들었던 쓰마미 간자시는 처절할 만큼 아름다워서 겐지로의 대표작이 된 것도 상당수 있다. 마이코나 분라쿠 인형의 머리에 꽂힌 간자시는 지옥 불처럼 요염한 불꽃을 피워올렸다. 칠흑의 머리칼 위에서 그것들은 마치 살아있는 듯 약동했다. 젠지로의 혼을 먹고, 얄궂게도 하나에의 생명력까지 빨아들인 것처럼.

하나에가 마지막에 일시 퇴원했던 때의 일을 구니마사는 또렷이 기억한다. 젠지로와 하나에는 손을 잡고 길을 걷고 있었다. 근처 상점가에 장이라도 보러 가는 길이었으리라. 우연히 둘의 모습을 발견한 구니마사는 어쩐지 선뜻 말을 걸지 못한 채 조금 떨어진 곳에서 바라보았다. 하나에는 야위었지만, 곁에 있는 젠지로를 즐거운 표정으로 올려다보고 있었다. 젠지로는 하나에의 걸음에 보조를 맞춰 천천히 발걸음을 옮겼다.

눈과 눈을 마주치는 두 사람의 옆얼굴. 그토록 사랑과 믿음이 담긴 눈빛을 구니마사는 본 적이 없었다. 젠지로와 하나에의 마음은 작은 배로 아라카와를 건넜던 밤부터 조금도 변하지 않았다. 아니, 더욱 맑고 단단한 결정체가 되어 있었으리라. 소중한 것을 품은 듯 부드럽게 맞잡은 손. 서로의 미래를 신뢰하고 이끌어주는 손. 젠지로의 손은 하나에를 보물처럼 배에 태우던 그 밤과 달라진 것이 없었다.

멀어지는 두 사람의 뒷모습을 구니마사는 귀중한 무언가를 발견한 기분으로 지켜보았다.

마침내 폭포가 고갈했는지 젠지로가 돌아왔다. 수건으로 손

을 닦으며 콧노래를 흥얼거리고 있다. 조금 전까지 부루퉁해 있
던 모습은 거짓말처럼 사라지고, "생각해봤는데 말이야" 하고 대
뜸 입을 연다. 겐지로와 하나에를 모욕한 꼴이 되어 어떻게 사
과할까 전전긍긍하던 구니마사는 어리둥절해졌다. 너의 분노는
오줌과 더불어 몸 밖으로 배출되는 시스템이냐?

때마침 참배 순서가 돌아왔다. 겐지로는 말을 중단하고 방울
을 요란하게 흔들더니 새전함에 오 엔짜리를 던졌다. 파앙, 파
앙, 하고 손바닥이 찢어질 기세로 손뼉을 치고 배례를 한다.

"야, 좀 조용히 참배해라."

구니마사가 나직이 쏘아붙이자 겐지로는 한쪽 눈만 떴다.

"걸핏하면 조는 게 신령님들이거든. 큰 소리를 내서 일단 깨운
다음에 소원을 비는 게 좋다고."

정말일까…… 구니마사는 후하게 오백 엔짜리를 새전함에 넣
고, 손을 모으고 눈을 감았다. 딱히 빌고 싶은 말이 떠오르지 않
아 "겐 녀석이 시끄럽게 굴어서 죄송합니다" 하고 사죄하는 걸
로 끝나버렸다.

겐지로는 재빨리 배례전을 벗어나 사람들로 북적거리는 경내
를 가로지른다. 묘한 타이밍에 화장실에 가서 구니마사를 안절
부절 조바심치게 만들어놓고는, 정말이지 제멋대로이다. 게다가
미리 재기라도 한 것처럼 참배 차례에 딱 맞춰 돌아온 것 또한
얄밉기 그지없다. 괜한 걱정을 한 것이 억울했다.

신사 뒤쪽을 돌아 거리로 나온 겐지로를 좇아 구니마사는 옆에서 나란히 걸었다.

"뭘 생각해봤다는 건데?"

　꺼내다 만 이야기의 뒷말을 슬쩍 유도한다.

"네 일에 관해서, 정확히 말하면 너희 부부의 일." 겐지로가 말했다.

"호오, 우리 부부 사이에 관해 생각했다고? 화장실에서? 오줌을 누면서 말이지?" 구니마사가 최대한 삐딱하게 되받았다.

"뭐, 그렇게 뾰족하게 나오지 말고. 장소는 좀 그렇지만, 변소란 게 원래 무슨 일을 생각하는 데는 최적이라고." 겐지로가 파란 머리를 긁적거리며 말을 이었다. "그래서 말인데, 넌 그 삐딱한 성질이 문제라고. 제수씨가 돌아오기를 바란다면 꾸물꾸물하지 말고 데리러 가면 되잖아? 특별히 어디 남자가 생긴 것도 아니잖아."

"그런 할머니를 누가 상대해준다고?"

　말은 그렇게 하면서도 속이 뜨끔했다. 구니마사 자신은 '귀찮게 바람 같은 걸 왜 피우냐'는 체질인지라 '아내의 바람'이라는 가능성에 대해서는 단 한 번도 상상해본 적이 없었다.

　혹 아내에게 남자가 있다면 어떡하지. 질투인지, 사내로서 자존심이 상처를 받는 데 대한 두려움인지, 갑자기 아랫배가 더부룩해졌다.

겐지로가 알아채고 "괜한 얘길 꺼내서 미안" 하며 머리를 숙였다. "어쨌거나 제수씨를 한 번 만나고 와라. 별거한 지 꽤 됐잖아? 만나면 개운해질지 또 알아? 의외로 저쪽에서도 네가 데리러 오기를 기다리는지도 모르잖아."

사과를 해야 할 쪽은 구니마사인데 겐지로에게 선수를 빼앗겨 김이 샜다. 구니마사는 "아, 음" 하고 입속말을 우물거리며 겐지로의 말을 곱씹어 보고 있다.

사실 일리가 있는 말이다. 아내도 덜컥 집을 나가기는 했지만, 이쪽이 잠잠하니 오기가 나서 버티는지도 모른다. 그렇다면 내가 움직여야 일이 풀린다.

구니마사는 걸으면서 팔짱을 질렀다. 하지만 맘먹고 데리러 갔는데 아내가 '싫다'고 하면 어떻게 되는 거지. 내 체면만 깡그리 찌부러지는 건데. 사위 앞에서 괜히 한심한 꼴만 보여주는 게 아닐까.

결론을 내지 못한 채 퍼뜩 보니 겐지로네 앞이다. 이런, 집에 돌아갈 작정이었는데 무심코 겐지로를 따라오고 말았다.

오래 서 있었던 탓인지 시장기가 몰려왔다. 이왕 이렇게 된 거, 점심이나 먹고 가자. 음식도 아직 남아 있고 말이야.

구니마사는 거침없이 집 안으로 들어가, 제 집 부엌인 양 익숙하게 떡국을 데우고 찹쌀떡을 구웠다. 그러는 사이 아사쿠사에 갔던 뎃페와 마미도 돌아왔다. 오븐토스터에 서둘러 찹쌀떡을 추가한다.

뎃페가 미안해하면서 부엌으로 들어왔지만, 가끔은 남이 차려주는 밥상도 받아보라며 다실로 돌려보냈다.

오세치 찬합을 펼쳐 늘어놓고, 남은 돼지고기조림도 접시에 덜자 준비가 끝났다. 네 사람이 밥상을 둘러싸고 늦은 점심을 먹기 시작한다.

뎃페가 떡국 그릇을 한손으로 쥐고 열변을 토했다.

"하여튼 센소지는 어마어마하게 붐볐어요. 뭐, 사람 뒤통수밖에 안 보여서, 그야말로 '입추의 여유가 없다', 바로 그거죠."

"뎃페 씨, 그거 '입추의 여지가 없다'."

마미가 상냥하게 가르쳐주자 뎃페가 "그런가? 에헤헤, 대박인데" 하고 얼굴을 붉히며 몸을 비비 꼰다. 대체 뭐가 '대박'이란 걸까. 그런 기본적인 관용어도 모르는 것이 그렇게 경사스런 일이란 말일까? 구니마사로서는 뎃페의 언어감각이 구석구석 커다란 수수께끼였지만, 실례가 되지 않게 적당히 맞장구를 쳐두었다.

겐지로가 찹쌀떡을 질겅질겅 씹으며 물었다. "붐빈 것치고는 빨리 왔잖아?"

"기다리는 게 바보짓처럼 느껴져서요. 멀리서 새전만 던지고 왔어요." 뎃페가 말했다.

"뎃페 씨, 줄 서는 거 싫어하니까, 그렇지?" 마미가 너그럽게 미소를 짓는다.

줄 서는 게 싫으면 왜 새해 첫날에 센소지에 가느냐고. 구니마사로서는 뎃페의 행동도 구석구석 커다란 수수께끼였지만 이 또한 아무 말도 하지 않았다.

"이래서 넌 안 된다니까." 겐지로가 답답하다는 표정을 지었다. "네 새전은 신령님 손에 닿기도 전에 앞사람 후드에 들어갔을 거야."

"괜찮아요. 어차피 오 엔짜리였고, 그 사람이 제 몫까지 빌어줬다고 생각하면."

과연 그 사부에 그 제자. 새전액도 똑같은 데다 하는 말도 닮은꼴이다.

"줄 서는 건 싫어하지만 그밖의 일엔 대범한 것이 뎃페 씨의 장점이잖아."

마미는 또 한 번 너그럽게 미소를 짓고, 충분히 시간을 들여 어묵을 씹었다. 정말로 대범한 것은 마미 쪽이고, 뎃페는 대범한 것이 아니라 대충대충이 아닌가. 구니마사는 그렇게 생각했지만 역시 발언은 피했다.

뎃페와 마미는 "에이…… 점수가 너무 후한 거 아냐?" "아냐, 그런 거 아니래도" 하면서 간질거리는 기류를 형성하기 시작했다. 대낮에, 다실에서, 겐지로와 나도 있는데…… 눈을 마주친 채 몸까지 찰싹 붙이는 젊은 연인들로부터 구니마사는 은근히 시선을 돌린다. 뎃페와 마미는 "자, 아앙……" 하고 서로의 입에 콩조림을 넣어주고 있다.

이른바 '오글거린다'는 게 바로 이거구나. 구니마사가 머릿속의 '요즘 젊은 애들 어휘 사전'을 펼쳐, 어디선가 주워들었던 그 단어와 눈앞의 광경을 연결했다. 겐지로로 말하자면 사랑의 중병에 빠진 제자를 방치하고 신문을 읽고 있다. 돋보기를 콧등에 걸치고도 안 보이는지 종이와 얼굴의 거리가 달과 지구만큼 떨어져 있다.

뎃페와 마미 덕에 실내 온도가 삼 도는 상승한 느낌이다. 구니마사는 저고리를 벗어 갠 다음 옆으로 밀어놓았다. 젊은 두 사람에게서 흘러나오는 핑크빛 분위기를 차단하고, 구니마사는 아내를 데리러 갈지 말지 다시 고민하기 시작했다.

생각해보면 구니마사에게도 뎃페와 마미처럼, 겐지로와 하나에처럼, 아내와 단란하던 시절이 있었다.

아내 기요코와는 맞선으로 만났다.

아주 얌전하고 참한 아가씨라잖아, 하고 모친이 적극 권한 자리였다. 양친의 염원이라면 그저 아들의 안정된 생활뿐이었다. 좋은 대학을 나와, 좋은 기업에 취직해, 좋은 가정을 이루는 것. 온 나라가 전쟁에 휘말려 대혼란을 겪는 걸 목격한 탓도 있고, 전후에 사회가 복구되고 경제도 갈수록 상향세를 타는 걸 실감

한 점도 이유가 되었으리라. 지식을 축적하고 돈을 벌고 편안한 가정을 이루는 것이 행복으로 잇닿는 지름길이라 양친은 신봉하고 있었다.

그러므로 양친으로서는 겐지로를 조금 못마땅하게 여기는 면도 있었을 것이다. 아들과는 어릴 때부터 한동네에서 자란 사이이니 집에 놀러 오면 반겨주었고, 실제로 두루두루 마음도 써주었다. 하지만 겐지로의 자유분방한 태도에는 내심 눈살을 찌푸리고 있었다.

구니마사는 그런 양친에게 살짝 실망감이 들었지만 대놓고 반발하지는 않았다. 양친이 그리는 평온한 인생은 비록 따분한 인생과 종이 한 장 차이일망정 틀린 생각은 아니었기 때문이다. 겐지로처럼 저 좋을 대로 행동하고, 그러면서도 평생 먹고살 수 있는 재주, 일, 거기다 사랑하는 여자까지 손에 넣는 인간은 그 야말로 한 줌도 되지 않는다. 구니마사는 어디까지나 분수를 알았다. 그는 겐지로와는 달리 '큰 그늘 밑'에 들어가야 하는 타입이었다. 조직에 속해 건실하게 살아가는 인간이었다. 그것이 체질에 맞는다는 것을 그는 제대로 알고 있었다.

신상명세서와 사진도 제대로 보지 않은 채 구니마사는 맞선 자리에 나갔다. 양친의 마음에 든 아가씨라면 누구라도 좋다고 생각했다. 겐지로와 하나에의 신혼 생활을 보면서 자신도 슬슬 결혼을 의식하던 차였다. 기왕 보는 맞선이니 퇴짜는 맞지 말자,

그 정도의 마음가짐이었다.

맞선 장소는 시내 호텔이었다. 호텔에 딸린 너른 일본 정원에 제법 대규모 연회도 가능한 일본 가옥이 있었다. 그곳의 방 한 칸에 구니마사와 기요코는 마주 앉았다. 다다미 열 장짜리 방으로, 도코노마다다미 방 정면에 바닥을 높여 만들어 족자나 화병을 장식하게 한 곳에 싸리꽃 그림이 걸려 있었다. 장지문을 열어젖혀둔 툇마루에서는 정원의 연못이 보였다. 그야말로 그림처럼 전형적인 맞선 자리였다.

중매인은 모친의 먼 친척 아주머니였던 걸로 기억한다. 양가의 모친과 중매인이 방바닥에 손을 짚고 끝없이 인사를 주고받는 사이 구니마사는 검게 번들거리는 큼직한 좌탁 건너편에 정좌한 처녀를 가만히 살펴보았다.

하늘색 후리소데일본 미혼 여성들이 성장용으로 입는, 소맷자락이 긴 기모노 차림으로, 기모노에도 오비에도 화려한 자수가 들어가 있다. 사진에서 얼핏 본 인상대로 피부가 뽀얗고 약간 통통한 아가씨였다. 나이는 스무 살쯤일까. 구니마사의 조심스런 시선을 알아차렸는지 기요코가 고개를 숙이고 뺨을 붉혔다. 모친의 말마따나 얌전하고 심성이 고와 보였다.

나쁘게 말하면 평범하고 재미없어 보이는 여자로군…… 용모 면에서는 하나에와 비교하면 하늘과 땅 차이다. 그래도 할 수 없지. 눈에 띄게 밉상도 아니니 이쯤에서 타협하는 것이 현명하리라.

양가 어른의 인사 대항전이 겨우 끝나고, 가이세키 요리 다회에서 차를 내기 전에 나오는 가벼운 식사가 나왔다. 결례가 안 될 속도로 사키즈케 요리 전에 나오는 간단한 안주를 먹어치운 구니마사는 그다음에 나온 국그릇을 바라보며 한숨을 쉬었다. 대낮부터 찔끔찔끔 굼뜨게 나오는 요리라니, 썩 식욕도 일지 않는다.

하지만 맞선은 여전히 한창이었다.

"기요코 씨는 고등학교를 우수한 성적으로 졸업한 후, 집안일을 돕고 있어요." 중매인이 웃는 얼굴로 말했다. "요리교실에도 다니고 있고, 재봉은 프로도 못 따라갈 정도의 실력이고, 정말이지 어디에 내놔도 손색이 없는 아가씨랍니다."

과연 참신함을 극도로 배제한 것 같은 프로필이다. 구니마사는 또 한 번 하나에와의 차이를 생각할 수밖에 없었다.

하나에는 겐지로가 모는 작은 배를 타고 학교에 출근했다. 수업을 마치고 해가 저물 무렵, 때때로 밤이 되어서야 버스나 나룻배를 타고 돌아왔다. 집 안은 쓰마미 세공 재료와 하나에의 학교 교재 따위로 빈말로도 깔끔하다고는 할 수 없었다. 그런데도 두 사람 다 특별히 불편을 느끼는 기색은 없었다. 저녁 장보기도 교대로 담당하는 눈치였다.

요리와 재봉…… 그런 것만 하면서 기요코는 따분하지 않을까. 전쟁도 끝나고 모처럼 새로운 세상이 도래했는데 신부수업에만 전념해서 후회는 없을까. 열심히 신부수업을 한 보람도 없이 남편을 잘못 만나기라도 하면 어쩔 셈일까.

하지만 늘 집을 지키며 집안일을 제대로 해준다면 구니마사로서는 고마운 일이다. 양친이 나이 든 후에도 기요코라면 자기 부모님처럼 보살펴줄 것 같다. 그러면 구니마사도 바깥일에만 집중할 수 있으리라. 나처럼 건실한 남자랑 결혼하면 신부수업에 전념해온 기요코도 불만은 없을테지, 하고 구니마사는 벌써 마음속에서 '씨'도 떼어버리고 허물없이 이름만 부르고 있었다.

그렇다 해도 주위 사람들만 열심히 떠들어댈 뿐, 정작 기요코의 목소리는 들을 기회도 없다. 구니마사는 이것저것 궁리한 끝에 취미가 뭔지 물었다. 결국 무난하고 따분한 질문이 되어버렸다.

독서예요, 하고 기요코가 말했다. 질문 못지않게 무난하고 따분한 대답이다. 워낙 조그맣고 짤막한 대답이라 목소리의 인상도 어렴풋하다.

이야기가 거기서 끊기고 새 화제가 싹틀 조짐도 없어, 구니마사는 구운 방어를 발라 먹는 데 전념했다. 기요코는 요리를 제대로 음미하면서 깨끗이 먹어치우는 기색이었다. 식욕이 있는 건 건강하다는 증거. 하지만 나오는 대로 다 먹으니까 통통한 것 아니겠어.

구니마사는 마음을 졸이며 기요코의 젓가락질에 주목했다.

기요코의 젓가락은 입과 접시 사이에서 아름다운 궤도를 그리고 있었다. 의외로 손이 자그마한 것을 알아차렸다. 손등은 볼록하고 도톰해 복스럽지만, 손가락이 가늘고 모양이 좋다. 짤막한 손톱이 꽃조개 같다.

귀여운데…… 구니마사는 처음으로 기요코에게 적극적인 호감을 느꼈다. 기요코가 생선구이 접시에 곁들여진 긴 생강을 손끝으로 집어 사각사각 깨물었다. 구니마사와 눈이 마주치자 장난하다 들킨 어린애처럼 부끄러워한다.

그 순간 구니마사는 그녀와 결혼하기로 결심했다. 맞선을 보고 집으로 돌아가는 길에도, 정식으로 상견례를 하고 예물이 오고 갈 때도, 결혼식 준비가 본격적으로 진행될 때도, 들뜨거나 설레는 감정은 전혀 없었다. 하지만 그런 것보다 훨씬 강한 확신이 구니마사에게는 있었다.

이 여자와 함께라면 평범할지는 몰라도 원만한 가정을 이룰 수 있으리라. 사랑보다는 성의로 맺어진, 평화로운 가족이 될 수 있으리라.

확신은 기본적으로는 틀리지 않았다고 말할 수 있겠다.

결혼해서 구니마사의 집으로 들어온 기요코는 참으로 바지런히 움직였다. 요리교실에 다녔다는 실력답게 음식 맛은 훌륭했고, 함께 사는 양친에게도 싹싹하게 잘해 관계가 좋았다.

구니마사의 모친은 '우리 집에선 이렇게 개킨다'며 빨래 개는 법을 새 며느리에게 전수했다. 기요코는 반듯하게 정좌한 채 진지한 얼굴로 고개를 끄덕이고, 단 한 번에 시어머니의 방식을 체득했다. 구니마사의 부친은 기요코가 끓여내는 녹차를 좋아했다. 온도도 맛도 딱 알맞다며, 툇마루에서 바둑을 둘 때마다 며느리의 녹차를 찾았다. 바둑 묘수풀이를 해가면서 늘어놓는 부친의 지난 시절 이야기에도 기요코는 싫증내지 않고 귀를 기울였다.

구니마사가 퇴근하면 기요코가 현관에서 맞아주었다. 조그만 손이 코트와 양복저고리를 받아들면 가녀린 손가락이 묵직한 옷감에 살짝 파묻혔다. 그 모습을 볼 때마다 구니마사는 얼른 자신들의 침실로 가고 싶어졌다(물론 양친에게 귀가 인사를 하는 것이 먼저였지만).

구니마사의 귀가가 대체로 늦었으므로 양친과 기요코는 먼저 저녁을 먹는 일이 많았다. 하지만 언제 돌아와도 구니마사의 저녁은 따끈하게 데워져 있어, 손만 씻고 식탁에 앉으면 곧바로 먹을 수 있었다.

좋은 아내를 얻었어. 구니마사는 매우 만족했다. 겐지로 부부의 일도 거의 떠올리지 않게 되었다. 때때로 왕래는 있었지만 하나에와 기요코를 비교하는 일은 없었다. 기요코는 겐지로 부부에게도 명랑하고 자상하게 응대했다. 기요코도 구니마사 본인, 그리고 구니마사와의 생활에 만족한 것처럼 보였다.

맞선 자리에서 취미가 독서라고 했던 말은 그저 무난한 대답이 아니라 진실이었다. 기요코는 새 이불 말고는 혼수다운 혼수를 거의 해오지 않았다. 어차피 구니마사의 집에 놓을 장소가 없었기 때문이다. 하지만 책만은 많이 가져왔다. 소설책과 도감이 특히 많았다.

구니마사는 침실에 어설픈 솜씨로나마 손수 책꽂이를 만들어주었다. 기요코는 몹시 기뻐하며, 고심 끝에 선정한 애독서들을 꽂았다. 무게를 이기지 못하고 십 년도 못 가 휘어버려 결국 버려야 했지만, 기요코는 두고두고 "당신이 만들어준 책꽂이가 제일 쓰기 편했어요"라고 말했다.

《세설》이 얼마나 훌륭한 작품인지를 기요코는 역설했다. 구니마사로서는 기요코가 그토록 절찬하는 다니자키 준이치로라는 소설가의 매력을 도무지 알 수 없었다. 친구에게 아내를 양보하는 기행을 저지른 풍기 문란한 사내라고만 생각되었다.

하지만 도감은 재미있었다. 식물도감뿐 아니라 곤충, 광물, 광석도감도 있었다. 웬 도감이 그리 많은지 묻자 기요코는 "어릴 때 벌레를 잡거나 돌 줍는 걸 좋아했거든요" 하고 부끄러운 듯 대답했다.

엉뚱한 여자라고 생각했다. 그러고 보니 기요코는 망창에 달라붙은 사마귀도 훌쩍 집어내어 앞뜰 풀밭으로 돌려보내곤 했다.

기요코는 '참하다'는 한마디로 설명할 수 있는 인간은 아니었다. 부드럽고 선이 둥근 몸속에 그녀만의 세계가 펼쳐져 있었다. 당연한 사실을 뒤늦게 깨닫고 구니마사는 놀라움에 사로잡혔다. 기요코가 보는 세계, 느끼는 세계를 더 알고 싶어졌다. 기요코가 무엇을 소중히 여기고 무엇을 좋아하는지 알면 알수록 기요코를 생각하는 마음은 깊어졌고, 구니마사는 마침내 그것이 사랑이란 것을 인정했다.

그것은 성의 운운하는 점잔 빼는 말로 표현되는 것과는 차원이 달랐다. 격한 슬픔과 기쁨과 놀람과 분노, 그리고 공포까지도 모조리 뒤섞어 부글부글 끓인, 혼자서 불현듯 "우아아……!" 하고 외치고 싶어지는, 어떻게도 해볼 수 없는 감정. 사랑.

결혼하고 오 년 사이에 기요코는 딸 둘을 낳았다. 아기는 거짓말처럼 조그맣고, 젖내가 나고, 대개 울거나 자거나 했다. 일이 바쁜 탓도 있었지만 구니마사는 딸을 어떻게 대해야 하는지 잘 몰랐다. 갓 태어난 딸의 손에도 작디작은 손톱이 달려 있었다. 기요코의 것과 꼭 닮은 손과 손가락과 손톱. 사랑스럽기는 했지만 목욕 한 번 시킨 적도 없고 기저귀 갈아주는 방법도 모른 채로 세월은 흘렀다.

아이들이 크면서 집이 비좁아지자 양친 품을 떠나 새 집을 장만할 생각도 했다. 하지만 나고 자란 Y동네를 벗어날 결단이 서지 않아 망설이는 사이 양친이 차례로 병으로 쓰러졌다. 이사라는 복안은 없던 일이 되었다. 구니마사는 여전히 집과 은행을 오갔고, 육아와 양친의 간병은 기요코 혼자 도맡았다.

기요코가 불평불만을 흘린 적이 없었으므로 구니마사는 아내에게는 그런 것이 없는 줄로만 알고 있었다.

그렇다, 불만을 호소해온 적은 없었던 것이다. 구니마사는 회상에서 벗어나 혼자 고개를 끄덕인다.

겐지로네 다실에서는 뎃페와 마미가 간질거리는 기류를 형성하고 있다. 어느새 아사쿠사에서 사온 팥과자 상자와 찻잔 네 개가 좌탁 위에 놓여 있다. 뎃페와 마미가 오중탑 모양의 과자를 서로의 입속에 넣어주고, 겐지로는 도깨비방망이 모양의 과자를 한 입 베어문다.

"그래서?" 겐지로가 입속의 과자를 삼키고 물었다. "혼자 히죽히죽했다가 먼 곳을 바라봤다가 하더니, 결론은 나왔냐?"

"흠." 구니마사가 헛기침을 하고 방석 위에서 자세를 고쳐 앉았다. "한 번, 딸네 집에 가서 집사람을 만나고 오려고 해."

"진짜로요? 사모님도 분명히 기다리고 계실 거예요." 뎃페가 들뜬 사람처럼 몸을 내밀었다.

"아니…… 그래도…….." 마미는 눈치를 살피며 우물거린다. "집을 나간 후 연락도 거의 없다고 하셨잖아요? 그렇다면 가만히 놔두는 편이…….."

"무슨 말을 하는 거야, 마미 씨! 아리타 씨가 안됐잖아!"

보기 드물게 뎃폐가 마미에게 반론했다.

"만약에 마음을 더 다치게 되면 어떡해. 그게 더 안된 일이잖아. 떨어져서 그럭저럭 지낼 수 있다면 굳이 찾아가지 않는 게 낫다고 생각해."

젊은 두 사람한테도 불쌍한 놈 취급을 받는구나. 구니마사는 스스로가 한심해서 고개를 떨어뜨린다.

마미의 말에도 일리가 있다. 아내의 진의를 물었다가 이 나이에 매몰찬 퇴짜를 맞는 일은 구니마사도 사양하고 싶었다. 하지만 어정쩡하게 덮어두는 것도 싫었다.

같이 사는 내내 아내는 불만을 비친 적이 없었다. 그런데도 어느 날 불쑥 딸네로 가버리다니 너무 제멋대로 아닌가. 말을 해주지 않는데 그 속을 어찌 알겠는가. 아내의 소행은 전조도 없이 몇백 년 만에 돌연 분화한 화산이나 마찬가지로, 당하는 쪽 입장에서는 그야말로 커다란 재난이다.

"역시, 가보기로 하겠어."

구니마사는 짐짓 차분하게 선언하고, 겐지로의 집을 뒤로했다. 마음먹은 이상 이것저것 준비가 필요했다.

겐지로가 현관까지 따라나왔다.

"너 말이야, 잘 안 풀려도 비관해서 강물에 몸을 던지거나 하면 안 된다. 기다릴 테니까, 제대로 Y동네로 돌아오라고."

재수 없는 말을 아무렇지도 않게 잘도 지껄인다. 애당초 웬 아이 취급이냐고.

죽마고우의 참견을 반은 고맙게 반은 성가시게 여기며 구니마사는 집으로 돌아왔다. 도중에 상점가에 들러 Y동네 명물인 '조릿대 잎사귀 사탕'을 샀다. 딸네에 가져갈 생각이었다.

조릿대 잎사귀 사탕은 에도시대에는 사탕을 조릿대 잎으로 싼 것이었다는데 지금은 무슨 영문인지 작은 배 모양의 사탕이 되어 있었다. 단것이 별로 없던 시절이라면 몰라도 요즘 세상에 누가 이런 촌스러운 사탕을 좋아하랴만. 물론 구니마사는 그 사실을 전혀 깨닫지 못하고 있었다.

딸네에 전화를 걸자 사위가 대뜸 받는다. 사내 녀석이 촐랑촐랑, 전화 받는 게 그렇게 즐겁냐. 사위의 이름 따위 죽어도 입에 올리고 싶지 않다. 이런저런 잡생각이 떠올라 구니마사는 뭉그적뭉그적 입을 뗐다.

"아아, 자넨가. 나, 후키요 아비인데."

"아버님!" 연락을 받으리라고는 생각도 못 했던지 사위는 놀란 기색이었다. "새해 복 많이 받으십시오."

"음, 자네도. 그래서 말인데."

뭐가 '그래서 말인데'인지는 모르겠지만 구니마사는 빠른 속도로 한번에 말을 해버렸다.

"내일 그쪽에 갈까 하는데 시간이 어떤가?"

"내일요? 아, 예…… 뭐, 전 집에 있습니다."

너는 꼭 없어도 되거든. 구니마사는 내심 혀를 찼다. 사위가 수화기 건너편에서 뭐라고 속닥거리기 시작했다. 가족들과 의논하는 눈치였다. 사내대장부가 그런 것 하나 스스로 결정하지 못하냐, 스스로? 구니마사는 이번에는 사양 않고 혀를 찼다.

"여보세요."

하필 그때 딸의 목소리가 들렸다.

"내일이라니, 갑자기…… 무슨 용건으로?"

오랜만에 듣는 목소리였는데 잘 지내는 모양이다. 딸과의 대화에 도무지 익숙해지 못한 구니마사는 더한층 뭉그적거린다.

"으음, 아니, 딱히 용건이 있는 건 아니지만."

"그럼 오지 않아도 돼."

아버지한테 그게 무슨 말버릇이냐.

"아니, 잠깐만. 용건이라면 있어!" 구니마사는 용기를 쥐어짜 말했다. "네 엄마는 대체 언제 돌아온다니, 정초인데 얼굴도 비치지 않고. 그래서 내가 간다."

"글쎄…… 그러니까, 오지 않아도 된대도."

"간다면 가는 거야…… 엄마는 잘 지내냐?"

"내일, 온다면서? 직접 확인하면 되잖아." 딸이 커다랗게 한숨을 내쉬었다.

"그건 그렇지만."

"아버진 늘 '갑자기'에 '멋대로'야. 이쪽 사정 같은 거 전혀 생각하지 않는다고."

"그것도 그런지 모르지만, 그래도……."

전화는 이미 끊어져 있었다.

구니마사는 조용히 수화기를 내려놓고, 어두컴컴한 부엌에서 어깨를 내려뜨렸다. 딸의 분위기로 추측하건대 우호적 회견은 도저히 기대하기 힘들 것 같다.

최소한 손녀에게라도 잘 보이기 위해 구니마사는 지갑에서 되도록 깨끗한 지폐를 골라냈다. 조그만 용돈 봉투가 있으면 좋으련만 사둔 것도 없고, 지폐를 잘 접어 티슈에 쌌다. 궁상스럽다고 싫어하려나.

저녁은 녹차에 말아 간단히 때웠다. 대중목욕탕에 가고 싶었지만 새해 첫날부터 영업하는 곳은 없었다. 구니마사는 욕실에 목욕물을 받았다. 혼자 살면서부터 어쩐지 물이 아까워서 집에서는 별로 목욕을 하지 않았다. 하지만 이번만은 어쩔 수 없다. 영감 냄새를 피웠다가는 돌아오려고 마음먹었던 아내도 외면하리라.

구석구석 공들여 씻고, 욕조에 한참 몸을 담근다. 쏟아지는 전구 불빛에 목욕물이 번들거렸다.

불현듯 먼 어느 밤의 빛나게 일렁이던 수면이 떠올랐다. 강물이, 작은 배가, 각자의 앞길이, 희망을 싣고 가 행복으로 잇닿으리라 믿었던 시절. 겐지로와 하나에가 3초메 모퉁이 집에서 살고, 기요코가 티 없는 눈으로 구니마사를 향해 웃어주던 시절.

꽃도 폭풍우도 뚫고 나아가면 언젠가 평온한 노후가 기다리고 있을 줄만 알았는데 구니마사는 여전히 폭풍우가 몰아치는 한복판에 서 있다.

빛나던 청춘은 일찌감치 추억으로 변해, 구니마사의 기억 너머에서 원뢰처럼 희미하게 으르렁거릴 뿐이었다.

5
우리 시대 무책임남

MASA & GEN

1월 2일, 아리타 구니마사는 또 새벽 5시 반에 어김없이 눈이 떠졌다. 물론 딸네를 가기에는 턱없이 이른 시간이다.

시간을 죽이기 위해 최대한 느린 걸음으로 편의점에 다녀왔다. 부엌으로 가, 편의점에서 사온 조각 찹쌀떡을 두 개 오븐토스터에 넣는다. 찹쌀떡은 서글프도록 곧바로 구워졌다. 간장을 뿌려 김에 말아 이것 또한 최대한 천천히 씹는다.

정초만 되면 노인들이 찹쌀떡을 먹다 사망했다는 사고가 곧잘 보도되었다. 구니마사도 불의의 사고 예방 차원에서 최근 일이 년은 찹쌀떡을 먹기 전에 진공청소기부터 식탁 옆에 챙겨두고 있었다. 목이 막혀 캑캑거릴 때 이런 굵은 관을 순발력 있게 덥석 입에 물 수 있을지는 과연 의문이지만. 구석 청소용의 가느다란 노즐은 이미 행방불명된 지 오래였다.

찹쌀떡도 금세 먹어치우고 말았다. 최근의 조각 찹쌀떡은 작아도 너무 작다. 구니마사는 별수 없이 전날 밤에도 한 목욕을 또 했다.

서랍장에 내내 처박혀 있던 양복으로 갈아입고, 고민 끝에 짙은 색 넥타이를 맨다. 헐렁한 복장으로 갔다가 사위한테 '결국은 한가한 노인네' 취급을 받기는 싫었다. 가죽구두도 새로 닦았다.

가져갈 것이라고는 조릿대 잎사귀 사탕과 손녀의 용돈뿐이지만 그래도 은행원 시절에 썼던 검은 가죽가방을 들고 가기로 했다. 벽장에서 끄집어내보니 볼만하게 곰팡이가 슬어 회색이 되어 있다.

구니마사는 바깥 툇마루에 앉아 마른 행주와 젖은 행주로 가방을 닦기 시작했다. 오늘도 날씨가 좋다. 겨울 햇빛이 쏟아지는 좁은 뜰에 뭉게뭉게 곰팡이가 날아간다. 그대로 들이마시면 몸에 해로울 테지만 이 나이에 새삼 그런 걱정이 무슨 소용인가 싶어 마스크도 쓰지 않고 작업에 몰두했다.

행주 두 장을 번갈아 사용하며 여덟 번쯤 닦자 마침내 가방이 검은색을 회복했다. 나중에 또 곰팡이가 슬지도 모르지만, 뭐 어떠랴. 구니마사는 시간을 죽인 것에 만족했다.

딸 일가는 요코하마에 살고 있다. 여기서 말하는 딸이란 이제 사십대 중반이 된 큰딸 후키요이다. 후키요는 서른넷에 결혼할 때까지 건설회사에서 일했다. 구니마사는 내심 애가 타던 터라 딸의 결혼 소식에 안도했었다. 상대는 같은 회사 후배로, 입사 직후 후키요가 그의 연수를 담당했단다. 하필 연하남이라니…… 구니마사는 내키지 않았지만 이 기회를 놓치면 딸이 평생 결혼을 못 할 것 같아 불평은 되삼켰다.

사위의 이름은 '아키요시'이지만, 무슨 놈의 한자가 이리 복잡하냐고 괜히 심통이 나서 속으로는 멋대로 '지로'라 부르고 있다. 말이 나온 김에 덧붙이면 둘째딸인 미쓰에는 후키요보다 훨씬 먼저, 이십대 초반에 결혼해 현재 미야자키 현에 살고 있다. 둘째 사위는 '다이스케'이지만 이것도 어쩐지 마음에 들지 않아, 오기로라도 제대로 부를쏘냐 하고 일찍이 '다로'라 명명한 터였다. 그러니까 결혼이 늦었던 맏사위가 '지로'가 된 것이다.다로太郎는 장남을 의미하는 한편, 지로次郎는 일반적으로 둘째 자녀에게 붙이는 이름.

미쓰에 부부에게는 아이가 없고, 상당히 멀리 사는 탓도 있어 구니마사와는 거의 교류가 없었다. 후키요는 결혼 후 몇 년 동안 아이가 생기지 않다가 지금은 '세이라'라는 귀여운 일곱 살짜리 딸아이가 있다. 이 이름도 구니마사는 마음에 들지 않아, 부르기가 왠지 멋쩍었다. 그래서 손녀와 직접 대면하는 얼마 안 되는 기회에는 '세이'라고 줄여 부르고, 머릿속에서는 그저 '손녀'라는 호칭을 쓰고 있었다.

드디어 9시 반. 구니마사는 가죽구두를 신고, 검은 가방을 들고 집을 나섰다. 스미다 구 Y동네의 좁은 골목을 빠져나와 평소보다 자동차 통행량이 적은 대로를 건너 역으로 향한다.

딸네 주소는 메모해왔지만 어쨌거나 지금까지 놀러 오란 소리 한번 없었던 덕에 초행길이다. 물론 요코하마의 지리에도 밝지 못했다. 주소가 요코하마 시니까 요코하마 역에서 내리면 되겠거니 하고 구니마사는 때마침 플랫폼에 들어온 게이세이오시아게 선에 올라탔다. 운 좋게 게이큐 본선本線으로 이어지는 전철로, 이대로 요코하마 역까지 데려다줄 모양이었다.

가는 길은 지긋지긋하도록 멀었다. 전철 안은 가와사키다이시 가와사키 시의 유명한 절로 새해 첫 참배를 가는 가족들과 커플들로 혼잡했다. 창밖의 풍경은 단조로운 잿빛 일색이다. 구니마사는 전철 손잡이를 잡고, 자리를 양보받는 일이 없도록 최대한 등을 꼿꼿이 폈다. 굳이 그런 노력을 하지 않아도 어차피 승객들은 이야기꽃을 피우거나 우는 아이를 달래기에 바빠 아무도 구니마사에게 신경 쓰지 않았지만.

Y동네 밖으로 나가는 것은 꽤 오랜만이었다. 출퇴근이 없어지면 이다지도 행동반경이 좁아지는가. 칙칙하고 평범한 차창 밖 풍경이 신선하게 여겨질 지경이다. 이전에는 발 디딜 틈도 없는 초만원 전철로 집과 일터를 왕복했는데, 그에 비하면 이 정도 혼잡은 천국 수준이건만 구니마사는 벌써 피로를 느끼고 있었다.

예상대로 가와사키에서 사람들이 우르르 전철에서 내렸지만, 내린 만큼(혹은 그보다 더 많이) 또 올라탔으므로 구니마사는 여전히 자리를 차지하지 못했다. 빈자리로 이동을 시도했지만 살집 좋은 중년 부인에게 선수를 빼앗겼다. 그리하여 요코하마 역에 내렸을 때 구니마사는 살짝 다리가 후들거리고 있었다.

게이힌규코 요코하마 역의 플랫폼 벤치에 앉아 긴 한숨을 뱉었다. 수많은 사람이 한눈도 팔지 않고 분주한 걸음으로 플랫폼과 계단을 오고 간다. 구니마사는 그 광경에 고무되어 벤치에서 일어섰다. 플랫폼에 있던 역무원에게 주소가 적힌 메모를 보여주며 몇 번 출구로 나가야 하는지 물었다.

"아오바 구라면, 좀 먼데요. 전철을 타셔야 됩니다."

충격적인 정보였지만 역무원에게 고맙다 말하고, 일러준 대로 JR 일본의 국철로 갈아탔다. 노선명이 뭐였는지는 듣고도 바로 잊어 버렸다. 에도 태생이라는 긍지가 있는 구니마사로서는 이만큼 도쿄를 벗어나면 어차피 어느 노선이건 땅끝을 달리는 로컬선이었다.

시골 냄새가 풀풀 나는 역에서 사철로 갈아탔다. 차내에 흐르는 차장의 목소리에 열심히 귀를 기울인 결과 지금 타고 가는 것이 도큐덴엔도시 선이란 것을 알았다. 문 위에 붙은 노선도를 본 구니마사는 집 근처에 덴엔도시 선이 지나간다는 사실을 발견하고 또 한 번 충격을 받았다. 애초 이걸 탔으면 여기까지 한 번에 왔단 소리가 아닌가. 집을 나선 지 이미 두 시간이 경과했다. 빙빙 돌고 돌아온 꼴이다.

가까스로 목적지 역에 도착한 구니마사는 개찰구를 나와 망연자실했다. 언덕 지대에 무수한 단독주택들이 늘어서 있었다. 뭐가 요코하마란 거냐. 바다가 없는 건 둘째치고, 이건 어디로 보나 산이잖아. 구니마사는 은밀히 이를 갈면서, 주소만 믿고 딸네를 찾아가는 일을 산뜻하게 포기했다. 이런 판박이 같은 집만 줄줄이 있으면 이 동네 사람들도 미아 되기 딱 좋겠어.

역사 건너편에 붉은 간판의 빵집이 보였다. 셔터는 내려져 있지만, 고맙게도 초록색 공중전화가 설치되어 있다. 구니마사는 미리 메모해온 번호로 전화를 걸었다.

전화를 받은 이는 후키요였다.

"나다. 지금 역에 도착했다. 미안하지만 마중 좀 나와줘."

"정말로 왔어? 점심은 어떻게 할 건데?"

손목시계를 보자 11시 반이 넘었다.

"필요하다면 뭐 좀 사가고."

저조한 기분을 노골적으로 드러내는 딸에게 주눅이 들어 구니마사가 머뭇머뭇 말을 꺼냈다.

"뭐, 집에 있는 걸로 괜찮다면 그럴 필요 없고. 어차피 아버지, 별 맛도 없는 걸 사올 테니까."

그러면 왜 군이 점심 얘기를 꺼낸 거니, 심술궂기는. 하는 짓이 나이 들고 난 후의 제 엄마랑 똑같잖아. 구니마사는 부글부글한 속을 애써 가라앉히며 "그러면 기다리마" 하고 수화기를 내려놓았다.

개찰구로 돌아가 역 앞의 조그만 교차로를 멍하니 바라보고 있자 십 분쯤 지나 은색 자동차가 나타났다. 가족층을 대상으로 한, 차내가 널찍하고 트렁크도 넉넉한 자동차이다. 운전석에서 지로가 내려 "아버님, 여기예요, 여기요!" 하면서 손을 흔든다. 지로 군, 살쪘구나…… 원래도 순한 인상이었지만 뺨이 한결 반들반들해지고 뱃살에도 관록이 붙었다. 아내와 아이와 장모에게 둘러싸여 태평세월을 누리는가 싶어 구니마사는 배알이 뒤틀린다. 물론 그런 심사는 꼭꼭 숨기고 "음, 고생시켜서 미안하네" 하면서 자동차로 다가간다. 지로 혼자 나온 모양이었다. 어디 앉을까 잠시 망설였지만 지로가 권하는 대로 조수석에 올라탔다.

의외로 신경질적인 후키요의 내면이 차내에 고스란히 반영되어 있었다. 불필요한 물건은 전혀 눈에 띄지 않고, 쓰레기 하나 떨어져 있지 않았다. 뒷거울에 부적이라도 걸려 있으면 "호오, 이쓰쿠시마 신사에 다녀왔나?" 따위의 대화라도 시도해보련만. 하는 수 없이 "잘 지냈나?" "예, 덕분에요. 전 너무 건강해서 탈이죠. 아버님은요?" 하는 의례적인 대화를 주고받았다.

자동차가 주택가의 오르막길을 올라갔다. 혼자 역으로 돌아가는 일은 절대 불가능하리란 확신이 들었다. 몇십 채씩 늘어선 닮은꼴의 집들이 현기증을 일으켰다. 혹시 기요코도 돌아오고 싶은데 역으로 가는 길을 몰라 별수 없이 주저앉아 있는 건 아닐까.

하지만 상상은 어디까지나 상상이고, 현실은 늘 그보다 씁쓸하다.

엷은 분홍색 외벽에 흰 창틀의, 구니마사의 눈에는 '기괴'하게만 보이는 집 앞에서 지로가 자동차를 세웠다. "자, 먼저 들어가세요" 하고는 지로가 현관 옆구리의 손바닥만 한 주차장에 조심스럽게 주차를 시도한다. 구니마사는 머뭇거리며 문패를 확인하고 인터폰을 눌렀다.

딩동…… 하고 김빠진 소리가 났지만 아무 반응도 없다. 본격적으로 의아한 생각이 들 때 가까스로 주차를 마친 지로가 "어? 아무도 안 나오나요?" 하며 대문을 열고, 앞장서서 현관문에 손을 뻗는다. 덩굴풀 무늬를 새기고 장식 녹청으로 멋을 낸 대문이다. 구니마사는 따분해져서 자동차 쪽으로 눈길을 던졌다. 은색 자동차는 그야말로 신기神技에 가깝게 주차장에 딱 맞춰 들어가 있다.

현관은 애초 잠겨 있지 않았던 모양으로, 스르르 열렸다. 정초인데 소나무 장식도 없네, 하고 속으로 중얼거리며 구니마사도 집 안으로 들어섰다.

남의 집 냄새가 났다. 정확히 말하면 집 안의 냄새를 덮기 위한, 달착지근한 방향제 향내였다.

"어-이, 아버님 오셨어."

지로가 안을 향해 소리치며 짧은 복도를 직진했다. 복도 끝 유리문 건너편이 거실인 듯했다. 구니마사는 가죽구두를 벗고, 지로가 꺼내준 분홍색 꽃무늬 슬리퍼를 신고, 거실을 엿보았다.

기요코와 후키요가 소파에 앉아 쿠키를 먹고 있었다. 시선은 하코네 에키덴정초 하코네 지역에서 벌어지는 유명한 장거리 릴레이 경주을 방영 중인 TV에 꽂혀 있다. 손녀 세이라는 지겨웠는지 식탁에서 그림책을 펼쳐놓고 있었다.

"어서 와요." 기요코가 시선을 움직이지 않은 채 말했다. "이건, 산에서 승부가 나는 전개인데."

"그러게." 후키요도 화면을 바라본 채 대답했다. "얘, 세이라. 할아버지 오셨다."

세이라가 구니마사를 힐긋 보더니, 부끄러움을 타는지 서먹서먹해서 그런지 곧바로 고개를 숙였다.

"안녕하세요."

가까스로 흘러나온 작은 목소리에 구니마사가 대답했다.

"잘 있었니."

그러고는 아내와 딸 쪽을 슬쩍 보고 손녀의 정면을 피해 맞은편 의자에 앉았다. 지로가 눈치 빠르게 부엌으로 향하며 "아버님, 커피 드릴까요?" 하고 묻는다. 실은 녹차가 좋았지만 구니마사는 "으음, 좋지" 하고 대답했다.

아이가 있는 집으로는 보이지 않을 만큼 실내는 말끔하게 정돈되어 있었다. 물이 끓는 소리. TV 속의 환호성. 그림책을 보는 척하면서 구니마사를 흘끔거리는 세이라.

구니마사가 "아, 참" 하고 가방을 열어, 조릿대 잎사귀 사탕과 티슈에 싼 천 엔짜리 지폐를 꺼냈다.

"선물이랑 세뱃돈이다."

"고맙습니다." 세이라는 사탕에는 눈길도 주지 않고 티슈 쪽으로 손을 뻗었다. 내용물을 확인하고, 억지로 신이 난 것 같은 목소리로 "엄마…… 할아버지가 천 엔 주셨어!" 하고 보고한다.

"어머, 고마워라. 세이라도 고맙다고 인사해야지."

"벌써 했어!"

도착해서 오 분도 안 되어 비장의 패를 다 써버렸다. 구니마사는 스스로 한심하단 생각을 하며 지로가 내온 커피를 입으로 가져갔다. 지로는 세이라 옆, 구니마사 맞은편에 앉아 역시 커피를 마시고 있다. 평소 블랙으로 마시는지 밀크도 설탕도 내놓지 않는다. 쓰디쓴 시커먼 액체를 구니마사는 홀홀 들이켰다.

"뭘 읽니?" "시치고산 사진 봤다" 하고 나름 열심히 말을 걸어도 세이라는 "으응……" "흐음……" 하고 웅얼거릴 뿐이다. 아이 버릇을 어떻게 가르친 거냐. 그런데도 지로도 후키요도 아이에게 아무 소리도 하지 않는다. 지로는 마냥 싱글거리고, 후키요는 숨을 죽인 채 TV 화면만 노려보고 있다.

구니마사는 "사탕은 안 먹니? 맛있는데" "시치고산 때 세이가 꽂은 간자시는 할아버지 친구가 만들어준 거다" 하고 줄기차게 말을 걸며 가까워지려 노력했지만 세이라는 난처한 얼굴로 후키요의 눈치만 본다.

그래서 구니마사도 결국 알아차렸다. 후키요가 구니마사에게 쌀쌀맞으니까 세이라도 할아버지한테 어떻게 대해야 하는지 모르는 것이다. 말하자면 모든 것은 후키요를 저런 버릇없는 딸로 키운, 구니마사와 기요코의 책임이다.

그 책임 소재의 절반인 기요코는 이 사태를 어떻게 생각할까. 구니마사가 소파에 앉아 있는 기요코를 바라보았다. 때마침 기요코가 몸을 일으켰다.

"찹쌀떡이라도 구울까요? 당신은 두 개면 되지요?"

또 찹쌀떡이냐 싶었지만 아내가 말을 걸어준 것이 기뻐 구니마사는 "음" 하고 고개를 끄덕였다.

잠시 후 오븐토스터가 찡, 소리를 내고, 치즈를 얹어 구운 조각 찹쌀떡이 커다란 접시에 담겨 식탁에 놓였다.

"어른은 두 개, 세이라는 한 개." 기요코가 말했다.

구니마사와 지로와 세이라가 접시에 손을 뻗어, 후후 불어가며 찹쌀떡을 먹는다. 호오, 치즈를 얹으니까 상당히 맛있는데…… 하지만 이렇게 대충 차린 점심에 지로 군은 불만 없는 걸까.

물론 당사자는 태평한 얼굴로 찹쌀떡을 우물거리고 있다.

기요코는 치즈가 뿌려진 찹쌀떡 네 개를 따로 담은 뒤 그 접시를 들고 소파로 돌아갔다. 계속해서 하코네 에키덴을 관전하면서 기요코 모녀가 찹쌀떡을 먹는다.

모두가 다 먹었을 때 후키요가 마침내 "그래서?" 하고 입을 열었다. 구니마사와는 잠시도 더 한 공간에 있기 싫으니 빨리 결말을 내자는 분위기를 풍풍 뿜어낸다.

"아버지 왜 왔는데?"

"아니, 다들 잘 지내나 궁금해서."

"잘 지내고 있어, 봤으니까 알았겠지만. 다른 용건은?"

"아니, 별로."

"그러면 그만 가. 여보, 미안하지만 아버지를 다시 역까지 모셔다드려."

오랜만에 만난 아버지한테 이게 무슨…… 구니마사는 격앙하여 "후키요!" 하고 소리쳤다. 하지만 흥분한 나머지 혀가 엉켜 실제로는 "후니요!"가 되고 말았다.

"뭔데?" 후키요가 유들유들하게 되받았다.

어릴 때는 야단을 치면 얌전해졌는데 이제 부친의 위엄 따위는 통하지도 않는구나. 구니마사는 머쓱해졌지만 헛기침을 한 번 하고 차분하게 입을 열었다.

"네 엄마가 줄곧 너희 집에 눌러앉아 있잖아. 그건 어떻게 생각하니?"

"뭐, 세이라도 봐주고, 그래서 나도 파트타임으로 일을 나갈 수 있으니까 좋은데."

"그렇지?" 하고, 후키요가 기요코와 마주 보며 미소를 주고받는다. 지로도 덩달아 식탁에서 고개를 끄덕이고 있다. 구니마사의 형세가 대단히 불리하다.

"하지만……." 구니마사도 굽히지 않고 반격을 시도했다. "네 엄마가 오랫동안 집을 비우고 있는 탓에 난 이만저만 불편한 게 아니야. 갑자기 나가버렸으니, 사정도 모를뿐더러……."

"엄마는 아버지 편리하라고 존재하는 사람이 아니거든." 후키요가 말했다.

"갑자기도 아니고요." 기요코도 새침하게 덧붙인다. "집을 나간다는 건 이전부터 생각하고 있었고, 당신한테도 이미 이야기했어요."

"언제?!" 구니마사가 비명처럼 외쳤다.

그런 말을, 기요코와 한 기억은 없었다. 기요코는 어느 날 "후키요한테 가요" 하고 나간 채 돌아오지 않았던 것이다. 며칠 동안 손녀를 봐줄 생각인 줄로만 알았는데.

"자, 자……." 지로가 양손을 살랑살랑 흔들어 긴박한 공기를 누그러뜨린다. "저희는 오늘 어린이왕국에 가려고 했는데, 아버님도 같이 가시면 어때요?"

어린이왕국? 그게 뭔데? 거기 가면 동심으로 돌아가, 늙은 몸뚱이도 근심을 잊고 가뿐히 뛰어다니기라도 한대? 혹 '동심으로 돌아간 것까지는 좋은데 거기서 한 뼘도 성장을 못 하는 사람들이 사는 왕국, 다시 말해 양로원이죠' 따위의 악의에 찬 비유 표현인가? 나를 속여 양로원에 끌고 갈 속셈이라면 큰 실례라고. 노인이라도 정신은 나날이 성장할 수 있고, 육체도 청년들한테 뒤지지 않을 만큼 아니 그 이상으로 시시각각 변화를 보이니까.

만일 목적지가 양로원이라면 '쓸데없는 참견'이라고 호통을 쳐줘야지. 구니마사는 굳게 결의하고 지로가 운전하는 은색 자동차에 올라탔다. 후키요가 조수석, 구니마사와 기요코가 세이라를 사이에 두고 뒷좌석에 앉았다.

하코네 에키덴에 그토록 집착할 땐 언제고, 기요코 모녀가 선선히 TV를 끈 것이 놀라웠다(TV는 어디까지나 구니마사를 무시하기 위한 방편이었던 모양이다). 세이라는 잔뜩 들떠 있었다.

이 거북한 분위기를 걷어낼 정도로 어린이왕국은 좋은 곳일까. 은근히 기대한 보람도 없이, 이십 분쯤 자동차를 달려 도착한 그곳은 낮은 산 사이에 있는, 그저 기복이 제법 많은 광대한 공원이었다. 사이클링 코스, 화단, 아이스링크, 목장 등이 그 안에 펼쳐져 있다.

양로원이 아닌 것은 다행이지만 지극히 평범한 '시민의 휴식처'랄까. 세이라는 입장하자마자 부모의 손에 이끌려 목장 쪽으로 가버렸다. 구니마사와 기요코는 옆에서 보면 남남인지 부부인지 판단이 안 될 미묘한 거리를 유지하며 그뒤를 따라갔다.

도중에 '어린이왕국의 유래'라는 안내판을 대충 읽은 결과 구니마사는 이곳이 제2차 세계대전 중에 사용된 육군의 탄약고였다는 사실을 알게 되었다.

살상용 탄약이며 폭발물 따위를 보관했던 장소에서 지금은 아이들이 평화로이 뛰어노는가.

불에 타 폐허가 된 저 옛날의 Y동네에서 겐지로와 살아서 재회했던 가을날의 일이 떠올랐다. 이 자리에서 구니마사가 전쟁의 기억을 함께 회상할 수 있는 사람은 기요코뿐이지만, 정작 기요코는 마른 겨울 나뭇가지만 올려다보며 철의 장벽처럼 서 있다. 어차피 기요코도 전쟁이 끝났을 때 불과 예닐곱 살이었고 구니마사도 시골로 피난해 있었으니, 나눠 가질 기억이라고 해야 체험담이 아니라 후일담 같은 것이지만.

구니마사가 폴짝폴짝 걸어가는 세이라를 바라보며 말했다.
"후키요는 하나 더 낳을 생각은 없대? 그야 나이를 생각하면 좀 힘들지 몰라도, 세이도 남동생을 갖고 싶을 거 아니겠어."

부부 공통의 화제라고는 손자 이야기뿐인 듯해 무심코 꺼낸 말이었다. 하지만 그것이 기요코의 노여움을 산 모양이었다.

"당신은 언제나, 언제나, 그런 식으로 무신경한 말만 하죠!" 기요코가 목소리를 죽여 날카롭게 쏘아붙였다.

구니마사가 움찔하며 몇 발짝 떨어져 걷던 기요코를 바라보았다. 기요코는 뺨이 벌겋게 달아오르고 몸집도 돌연 갑절쯤 커 보였다. 한마디로 기요코는 격분 상태였다. 조금 전 딸네 거실에서 오랜만에 봤을 때 '그새 늙어서 좀 쪼그라졌네' 하고 살짝 걱정했는데, 기운을 되찾은 것 같아 다행……이니 뭐니 할 때가 아니다.

구니마사가 허둥댔다. "아니, 미안해. 별로, 그럴 마음은 아니었어."

"'그럴 마음'이 뭔데요?" 기요코가 차디찬 눈빛으로 구니마사를 쏘아보았다. "아무것도 모르면서 대충 사과해서 넘기려는 거잖아요."

맞선 자리에서, 신혼 시절에, 저 그윽하고 조신했던 기요코는 도대체 어디로 사라진 것일까. 구니마사는 한숨을 삼키고 침묵했다. 자칫 한마디라도 잘못 흘리면 아내의 분노의 불길에 기름을 붓는 꼴이 된다는 것을 요 몇 년 사이에 배웠다.

"애초 '남동생'이 뭐예요? 후키요가 낳는 아이는 사내아이가 아니면 안 되나요? 예에, 그렇겠죠. 나도 아들 못 낳았다고 어지간히 시달렸으니까요."

"난, 그런 거, 조금도 채근한 적 없어."

구니마사가 금기 사항을 깜박하고 반론하고 말았다.

"당신 아버님과 어머님이 몰아세웠다고요!"

기요코의 분노는 하늘을 찔렀다. 옛날 일까지 들추기 시작하다니, 상당히 안 좋게 흘러가는데…… 구니마사는 조마조마했다.

"내 전에도 말했지만, 그게 괴로웠으면 당시에 나한테 말해줬으면 좋았잖아."

"나도 전에도 말했지만……."

기요코는 이가 튼튼했다. 지금도 거의 본인의 이인 만큼 이를 갈면 상당히 박력이 있다.

"난 몇 번이나, 몇 번이나 당신한테 하소연했어요. 아버님 어머님이 아들 타령하며 쥐어치는 것이 괴롭다고요, 어떻게 좀 해주면 좋겠다고요. 하지만 당신은 일이 바쁘다는 둥 그런 건 웃으면서 듣고 흘려버리라는 둥 하면서 끄떡도 하지 않았잖아요?"

무엇보다도 말이죠, 하고 기요코가 말을 이었다. '무엇보다도 말이죠'가 나오면 일단 게임아웃이다. 구니마사는 반론의 기회를 완전히 박탈당한 채 언제 끝날지 모르는 기요코의 연설을 삼가 귀 기울여 듣지 않으면 안 되었다.

시어머니가 얼마나 심술궂고 고약하게 굴었는지. 시아버지가 집안일은 손 하나 까딱하지 않으면서 요구는 또 얼마나 많았고요, 또 얼마나 남존여비 사상에 절어 있었는지. 시부모의 간병, 가사, 육아까지 모조리 혼자 떠맡고 종종거리는 사이 구니마사가 일을 핑계로 얼마나 제멋대로였는지. 요컨대 구니마사는 구제불능으로 눈치가 없는 데다 둔하고 배려심이 뭔지도 모르는

인간이고, 그런 남자와 몇십 년이나 같이 산 자신은 정말이지 인
내심의 화신이며, 집을 나올 만도 하다고 딸과 사위도 응원해주
고 있으니 집에 돌아갈 생각은 전혀 없다, 라고 기요코는 거침
없이 말했다. 이런 일이 있었다, 저런 일도 있었다, 심지어 당신
이 또 이만큼 무신경한 소리를 한 적도 있다, 하고 시대순에 상
관없이 이쪽저쪽의 과거에서 무작위 추출된 구체적 예를 곁들
인 연설은 장장 십오 분에 걸쳐 이어졌다.

마침내 말을 끝낸 기요코가 어깨를 들썩거렸다. 지치기로 말
하면 듣는 쪽도 마찬가지였다. 구니마사는 잎이 떨어진 떡갈나
무 아래 벤치로 가 앉자고 권했다. 격류처럼 쏟아진 말, 말, 말에
그는 새삼 압도되어 있었다. 기요코는 정말로, 이런 말을 내게
거듭 호소했던 것일까. 만일 그렇다면 나는 귀가 상당히 나쁜
인간이었다는 소리이다.

양친의 흉을 들어 기분도 나빴고 구니마사에게도 나름 할 말
은 있었지만, 지금 호소한다고 한들 상황이 타개될 성싶지 않았
다. 기요코를 이만큼 화나게 하고, 집까지 나가게 만든 것은 어
디까지나 스스로의 부덕의 소치였다. 구니마사는 무릎 위에 놓
인 양손을 잠자코 내려다보았다. 옆에 앉은 기요코의 호흡이 점
차 차분해졌다.

"이제 돌아올 생각은 없는 건가?"

구니마사가 목소리를 쥐어짜 묻자 기요코가 남남처럼 서먹하

게 대답했다.

"없어요. 모처럼 와주었는데 미안하네요."

이혼하는 편이 좋겠느냐고는 차마 묻지 못했고, 기요코도 그런 말은 꺼내지 않았다. 구니마사가 고개를 들었다. 세이라가 지로의 품에 안겨, 방목 중인 젖소에게 울타리 너머로 풀을 주고 있었다. 후키요가 상냥한 얼굴로 그런 두 사람과 젖소를 휴대전화 카메라로 찍고 있다.

"나랑 살면서 즐거웠던 일은 하나도 없었나?"

"그야, 있었겠지요. 하지만…… 다 잊어버렸어요. 앞으로는 내가 하고 싶은 일만 하기로 결심하고 집을 나왔어요."

그런 말까지 들으면 구니마사로서도 물러나는 수밖에 없다. 기요코가 집을 나간 후로 몇 년 동안, 구니마사도 오기를 부리느라 데리러 올 생각은 하지 않았다. 이제라도 움직여본 것은 좋았지만 이미 때는 늦었다. 기요코는 딸네에서 자신의 자리를 찾은 후였다.

그때 흘러간 옛 노래를 울리며 소프트아이스크림 트럭이 원내의 작은 길에 나타났다. 목장의 우유로 만든 아이스크림인 모양이다. 입김이 하얗게 흐려질 정도로 추운 날인데 세이라가 아이스크림을 사달란다. 후키요가 가방에서 지갑을 꺼내려는 것을 보고 구니마사는 늙은 다리를 채찍질해 달려가서 값을 치렀다.

아이스크림 하나는 세이라에게 들려주고 또 하나는 오른손에 들고 벤치로 돌아왔다. "먹을 테야?" 하고 내밀었지만 기요코는 고개를 가로저었다. 구니마사는 차디찬 아이스크림을 핥았다.

"맛있네. 맛이 아주 진해."

기요코는 아무 말도 없다. 몸이 꽁꽁 얼고 무릎이 덜덜 떨렸지만 구니마사는 "달다, 아주 달아" 하고 중얼거리며 콘까지 전부 먹어치웠다. 입속이 얼얼해져서 결국 아무 맛도 느낄 수 없게 되었다. 기요코에게도 있었을 즐거운 기억도 속절없는 세월과 무심한 남편 탓에 점점 퇴색해, 이렇게 무감각한 기억으로 변해버린 것일까.

결국 어린이왕국에는 채 한 시간도 머무르지 않았다. 춥기도 했거니와 구니마사와 기요코 사이에 할 말이 없어졌기 때문이다. 지로가 운전하는 자동차로 딸네 집 근처의 역까지 왔다.

후키요만 차에서 내려 개찰구까지 구니마사를 따라왔다.

"엄마가 뭐래?"

"집으로는 돌아오지 않을 모양이다."

"역시."

"폐가 되는 건 아니냐? 지로…… 아니, 아키요시 군은 뭐라고 안 하니?"

"아무 말 안 해. 사이좋게 지내고 있어."

"생활비는 모자라지 않고?"

기요코는 별거를 시작한 이래 부부 공동 계좌에서 다달이 오만 엔씩 카드로 인출하고 있었다. 구니마사는 수시로 통장의 잔액을 체크해, 퇴직금과 연금을 조금씩 공동 계좌로 옮기고 있었다.

"괜찮아. 우린 아이도 하나고, 남편도 돌아가신 양친 대신 엄마한테 효도하고 싶다고 하니까."

열심히 일해서 가족을 먹여 살린다고 자부했건만 이제 금전 면에서도 아무도 구니마사에게 의지하지 않는 모양이다. 허무했다.

"난 그렇게 형편없는 아버지였니?"

딸 앞에서 약한 모습을 보이기는 싫었지만, 묻지 않고는 버틸 수 없었다. 후키요는 "글쎄……" 하고 말끝을 흐렸다.

"다른 아버지들은 어떤지 모르니까. 그래도 '겐 아저씨가 아버지였으면 좋았겠다'란 말은 나도 미쓰에도 곧잘 했었어. 겐 아저씨라면 항상 집에 있고, 재미있었겠지 하고."

또 그 녀석이냐. 웬일인지 어딜 가나 녀석의 평판만 높다. 구니마사는 초조함과 씁쓸함을 동시에 맛본다.

"하지만 녀석은 대충대충에 덜렁덜렁이라고."

"그럴지도 모르지." 후키요가 보일락 말락 미소를 짓고 덧붙였다. "그럼, 조심해서 가."

후키요는 돌아보지 않고 자동차로 돌아갔다. 차 안에서 지로가 뒷좌석의 세이라와 기요코에게 열심히 이야기를 하고 있다.

후키요가 조수석에 앉자 은색 자동차는 웃는 얼굴의 가족을 싣고 사라졌다.

늘 싱글거리기만 하는 지로를 뭔가 모자란 녀석이라고 생각했었는데. 혼자 남은 구니마사는 마음껏 긴 한숨을 내쉬었다. 요즘의 대세는 열심히 일하는 남자가 아니라 가정을 소중히 하는 남자인 모양이다. 내가 틀렸던 거라고 생각하기는 싫지만, 이렇게 아내도 딸도 등을 돌린 이상 뭔가 모자란 녀석은 나였다는 소리겠지.

구니마사는 승차권 발매기 위의 노선도를 올려다보고 덴엔도시 선이 한조몬 선으로 연결되는 것을 확인했다. 애써 눈의 초점을 맞추고 집에서 제일 가까운 역까지 차비가 얼마인지 확인한다. 그리고 흔들리는 전철에 다시 몸을 싣고 하릴없이 긴 시간을 들여 Y동네로 돌아갔다.

빈집에 돌아갈 기분이 아니어서 구니마사의 발은 저절로 3초메 모퉁이의 겐지로네로 향했다. 죽마고우가 코앞에 산다고 걸핏하면 이렇게 기대니까 제 집 가장 노릇도 제대로 못한 거잖아. 구니마사는 애꿎은 겐지로에게 책임을 전가한다.

집 앞에 거의 닿을 때쯤 마침 상점가 쪽에서 오던 뎃페, 마미와 마주쳤다. 두 사람은 몸을 바싹 붙여 물샐틈없는 '둘만의 공간'을 구현하고 있다가, 구니마사를 발견하자 웃으며 손을 흔들었다.

"아리타 씨, 사모님은 돌아오셨어요?"

천진한 물음을 내뱉는 뎃페의 옆구리에 마미의 팔꿈치가 작렬했다. 뎃페가 짧은 비명을 토하며 몸을 오그라뜨린다. 구니마사는 마미의 동정 어린 눈길을 받으며 겐지로네로 들어섰다. 마미와, 마미에게 부축을 받은 뎃페가 뒤를 잇는다.

"응, 왔냐? 마사, 갔던 일은 어떻게…… 뭐, 대충 알겠다."

겐지로는 구니마사의 얼굴을 흘끔 보더니 더 묻지 않고 신년 특집 방송이 흘러나오던 TV를 껐다. 그리고 어서 들어오라고 손짓을 했다.

마미가 녹차를 타려 하는 걸 겐지로가 '이럴 땐 술이 제격'이라 선언하여, 해도 저물기 전부터 술판이 벌어졌다. 뎃페가 다람쥐 도토리 숨기듯 부엌에 모아두었던 막과자조당, 잡곡 등으로 만든 과자를 안주로, 일동은 좌탁을 둘러싸고 술잔을 기울였다.

"그래서? 제수씨가 뭐라고 했어?"

"돌아오지 않겠대. 거기다 딸애는 네가 아버지였으면 좋았을 거라더라."

"이런, 이런. 그런 실없는 소리를 고스란히 믿고 풀이 죽어 돌아온 거냐, 너는? 마누라 뺨이라도 한두 대 후려쳐서 끌고 올 일이지."

"박력 있으시다! 꼭 줄리일본의 가수 겸 배우 사와다 겐지의 닉네임 같아!"

마미가 감탄을 흘리자 뎃페가 고개를 갸웃거린다.

"응? 그게 누군데?"

"잘도 큰소리를 친다만…… 그러는 너는 하나에 씨한테 손을 댄 적이 있냐?" 구니마사가 미간을 문질렀다.

"무슨 소리야? 그런 짓 했다간 내가 피를 보게?"

배짱은 입으로나 부릴 뿐, 마누라한테 기를 펴지 못하기는 겐지로도 마찬가지였다.

구니마사가 딸네에서 있었던 일을 간단히 털어놓았다. 겐지로는 "흐음, 이렇게 되면 다시 합치기는 어렵겠구먼" 하고 팔짱을 질렀고, 뎃페는 "뭐, 이걸로 됐잖아요. 자, 그럼 혼자 사시는 걸로!" 하면서 명랑하게 말하고, 마미는 "전 아리타 씨 같은 아버지, 좋은데요" 하고 북돋아주었다.

"빈말은 안 해도 돼."

구니마사가 힘없이 고개를 가로젓자 마미가 펄쩍 뛴다.

"빈말 아니래도요! 저희 아버진 도편수인데요, 완전 흉포하거든요. 그렇지, 뎃페 씨?"

"응. 열흘쯤 쫄쫄 굶은 호랑이처럼 흉포해."

"거기다 엄청 변덕. 그렇지, 뎃페 씨?"

"응. 열흘 만에 소 한 마리 잡았는데, 한 입 깨물고는 '역시 돼지 먹고 싶어!' 하는 호랑이처럼 변덕이야."

뎃페의 비유는 도무지 이해할 수 없었지만 어쨌거나 상당한 인물인 모양이다. 구니마사의 속을 읽은 것처럼 마미가 또 한 번

"그러니까 아리타 씨 같은 온화하고 지적인 아버지, 동경한다고 요!" 하고 말하자 구니마사의 기분도 제법 괜찮아졌다. 하지만 "지적이면 뭘 해, 자기 마누라 하나 꼬드기지도 못하는데" 하고 겐지로가 말허리를 꺾는 바람에 곧바로 김이 샜다.

"그래도 아리타 씨는 몇십 년이나 질리도록 부부 생활을 했으 니까, 됐잖아요."

뎃페가 제 잔에 술을 채우며 말했다. 같은 말도 뎃페 군 입에 서 흘러나오면 어째 이리 풍기 문란하게 들릴까. 내심 한숨을 내 쉬며 구니마사도 술을 한 잔 더 받았다.

"저랑 마미 씨는 아직 출발 지점에 서지도 못했다고요."

"하지만 뎃페 군이 독립할 때까지 결혼은 당분간 기다리기로 하지 않았나?" 구니마사가 물었다.

어차피 지금도 반동거 상태의 부부나 다름없는데 결혼이 몇 년 미루어진다고 무슨 상관이 있으랴.

"그게 말이죠……" 마미가 낙담한 낯빛으로 입을 열었다. "맹 렬히 반대할 땐 언제고, 지금 와서 저희 아버지가 '왜 어정쩡한 짓을 한다냐? 남의 딸 혼기만 놓치게 만들 셈이냐, 그 멍청한 놈이? 우물쭈물하지 말고, 같이 살 거면 빨랑빨랑 같이 살든가!' 하고 화를 내셔서요. 아무튼 변덕이 심한 아버지가 되어놔서. 갑 작스럽기는 하지만 내일, 양쪽 어른들과 우에노에서 식사하기 로 했어요."

"양가 상견례? 용케 거기까지 갔네. 뎃페 부모님도 결혼에 반대였잖아?" 겐지로가 턱을 긁적거리며 말했다.

"지금도 반대하세요." 뎃페는 몸을 웅크리고 애꿎은 탁자만 보드득보드득 문지르고 있다. "실은 저희 부모님은 내일 제가 그냥 가족들한테 밥 한 끼 사는 줄로만 알고 있어요."

"뭐라고?!"

"그건 곤란한 거 아닌가, 뎃페 군?"

겐지로와 구니마사가 동시에 큰 소리를 내자 뎃페는 더욱 움츠러들었다.

"그렇게라도 하지 않으면 이야기가 진전되질 않는다고요."

하지만 알아주는 변덕쟁이에 며칠 굶은 호랑이처럼 흉포하다는 마미의 부친, 그리고 일부상장 기업에 근무하는 엘리트라는 뎃페의 부친이 맞닥뜨리면 그거야말로 피를 보게 되는 일이 아닌가.

구니마사와 겐지로가 찜찜한 눈빛을 교환한다.

"조금 더 조용하고 원만하게 일을 진행시킬 수는 없었냐?"

"내일, 복통이나 치통이라고 적당히 둘러대고 취소하는 건 불가능한가?"

하지만 뎃페는 결연히 고개를 가로젓는다. "아뇨, 저요, 저희 부모님이랑 싸울 거예요. 그래서 마미 씨 아버님한테도 '사내다운 놈'이라고 인정받을 거예요."

"뎃페 씨……."

"마미 씨……."

두 사람의 눈길이 맞닿는다.

"제대로 결혼해서 행복한 가정을 만들 거라고요!"

"뎃페 씨! 나 너무 기뻐!"

"너희…… 눈앞에 구니마사라는 나쁜 전례가 버젓이 있는데도 잘도 결혼이니 행복한 가정이니 하는 희망을 품는구나."

겐지로가 툭 내뱉고, 퍼석퍼석 과자를 씹었다.

"아니, 뭐…… 나도 제법 행복했다고. 단추 잘못 끼웠던 게 늘 그막에 좀 문제가 돼서 그런 거지." 구니마사가 발끈했다.

"최악이잖아. 일찌감치 단추를 다시 끼웠어야지."

"그 사실을 깨달았을 땐 이미 눈이 침침해져서 단춧구멍이고 뭐고 잘 안 보였단 말이야!"

"뎃페 씨, 난 벌써 충분히 행복해……."

"아직 멀었어, 마미 씨. 우린 지금보다 열 배, 백 배, 천 배 행복해지는 거야!"

전원 취했었다는 것은 이튿날 아침 다실에서 뒤엉켜 자다 눈을 떴을 때 깨달았다.

구니마사는 몸을 일으키다 말고 신음을 흘리며 허리를 문질렀다. 다다미 바닥에서 자다니, 무모한 짓이었다. 그나마 담요는 덮었다지만 새벽녘의 냉기는 피할 수 없었던 것이리라. 뎃페와 마미는 담요 한 장을 둘둘 만 채, 겐지로의 우렁찬 코골이에도 끄떡없이 편안한 얼굴로 잠들어 있었다.

나이깨나 먹어 이렇게 만취해 널브러져 자다니. 구니마사는 얼굴이 달아올라 담요를 개놓고 조용히 겐지로네를 나왔다.

정월 초사흘도 쾌청. 아침 햇살이 Y동네의 지붕들로 쏟아지고 있었다.

간밤에 혼자가 아니었다는 것, 넋두리를 늘어놓고 술을 나눠 마시고 함께 곯아떨어질 죽마고우와 젊은 벗이 있다는 것. 구니마사는 그것이 그저 고마웠다.

남편과 아버지로는 낙제일망정 자신도 겐지로나 뎃페나 마미 씨에게는 얼마간 쓸모가 있는지도 모른다. 그들 또한 구니마사에게 기대나 희망을 품어주고 있는지도 모른다.

나는 아직 어딘가에 이어져 있다. 누군가에게 필요한 사람이다. 그렇게 생각하자 마음이 든든해졌다.

구니마사가 두통과 현기증과 울렁거림에 시달린 것처럼 뎃페와 마미도 숙취로 고생 좀 했으리라. 기습적으로 이루어진 양가 상견례는 어떻게 되었을까 걱정하면서 구니마사는 집에서 하루를 보냈다. 겐지로네로 찾아가 상황을 묻고 싶은 마음은 굴뚝같았지만 매일 얼굴을 내밀면 "너 외로운 거구나, 으응?" 하고 겐지로가 느물거릴 것 같아 참았다.

연말에 사둔 시대소설을 읽으면서, 냉동실에 얼려두었던 말린 전갱이를 굽고 고구마 소주로 반주까지 곁들여 평소보다 살짝 화려한 저녁상을 보았다. 혼자서도 얼마든지 잘 지낼 수 있는데 어쩌자고 아내를 찾아갔는지 조금 분한 생각도 들었다.

구운 전갱이를 깨끗이 먹어치우고, 마지막에 매실차에 밥을 말아 후루룩 들이켜고, 슬슬 목욕이나 하고 자야지 할 때 전화가 울렸다. 시계를 보자 막 9시가 되려는 참이다.

혹 그새 기요코가 마음이 바뀐 것은 아닐까. 구니마사가 두근 대는 가슴을 진정시키며 수화기를 들고 목소리를 짐짓 낮게 깔 았다.

"여보세요."

"죄송합니다, 아리타 씨. 주무셨어요?"

뭐야, 뎃페 군이잖아. 수화기 건너편의 뎃페는 허둥대느라 제 이름도 대지 않은 채 일방적으로 속사포처럼 지껄인다.

"저기, 저기, 제가요, 곤란하게 됐어요. 아리타 씨가 저희 중매 인仲人 일본에서는 모범적인 가정을 꾸리고 있는 연장자 부부가 중매인을 맡아 결혼에 이르는 여러 절차를 관장하고 피로연에 동석하는 전통이 있음을 해주셔야 할 것 같아요! 꼭 좀 부탁드려요!"

뎃페의 곤경과 구니마사의 중매인 사이에 대체 무슨 관련성 이 있다는 거지.

"침착해, 뎃페 군. 무슨 일인가?"

"아뇨, 하여간, 무조건, 아리타 씨가 중매인을 해주시지 않으면 저랑 마미 씨랑 결혼을 못한다고요. 부탁합니다!"

"무슨 사정인지 잘 모르겠지만, 그건 힘들어. 내가 집사람이랑 사이가 안 좋아 별거 중이란 건 이미 알잖나. 집사람한테 그런 일을 부탁하는 건 불가능해."

"그래도 사부한텐 부탁하고 싶어도 사모님이 안 계시잖아요. 돌아가신 분보다야 아리타 씨 사모님 쪽이 확실하잖아요."

그야 뭐, 그렇지만 말이야. 구니마사는 난처했다.

"일단 상세한 이야기는 내일 듣자고. 오전 중에 내가 가지."

"옛! 제발 꼭 좀 부탁합니다!"

구니마사가 전화를 끊고 고개를 설레설레 흔든다. 뎃페의 이야기는 평소보다 몇 갑절 앞뒤도 요령도 없었지만 또 성가신 일에 말려들리라는 예감만은 싫도록 선명했다.

이튿날, 거의 대부분의 가게가 문을 열어 상점가는 평소의 활기를 되찾았다. 정초 기분은 이걸로 끝. 분주한 일상이 돌아온다.

하지만 겐지로네 다실만은 장례식과 개기일식이 겹친 것처럼 무거운 분위기에 휩싸여 있다.

"그러니까…… 얼떨결에 상견례가 되어버린 걸로 아버지가 노발대발하셔서……."

뎃페가 기어들어가는 목소리로 사정을 설명한다. 마미는 미용실에 출근했으므로 오늘의 회합에는 결석이다.

"네 멋대로 해라, 식이랑 피로연에는 참석해주마, 단, 내 얼굴에 먹칠하는 일 없게 제대로 된 중매인을 내세우는 게 조건이다. 물론 중매인은 네 스스로 찾아' 하고……."

"그러니까 그게, 어째서 나냐고?" 구니마사가 끼어들었다. "일찌감치 정년퇴직해, 재취직했던 관련 기업도 이미 오래전에 그만둬서 난 현재 무직이라고."

"그래도 은행에 근무하셨잖아요?" 뎃페가 지푸라기라도 붙잡는 눈길로 구니마사를 바라보았다. "제 주위에 건실한 어른은 아리타 씨밖에 없단 말이에요. 친구들도 대부분 불량배 출신이고, 중매인을 할 정도로 나이를 먹은 것도 아니고요."

"난 마사랑 동갑이고, 불량배 출신도 아니거든." 겐지로가 신음 흘리듯 말했다.

귀여운 제자에게 넌지시 '건실치 못한 어른'으로 인정되어 기분이 틀어지기 시작한 것이리라.

"중매인은 기본적으로 부부가 함께 하는 거잖아."

구니마사가 말하자 겐지로가 홍, 하고 콧방귀를 뀌었다.

"너도 마나님이 집에 없잖아. 그렇다면 하나에의 혼이라도 불러 내가 중매인을 하는 게 낫다고."

"하나에 씨의 혼을 누구한테 내리는데?"

"뭐, 맥주병에라도 내리지?"

"지금 농담할 때야?" 구니마사가 일축한 뒤, 뎃페에게 시선을 돌렸다. "이왕에 이리 된 거, 아예 부모님은 빼고 친한 친구들만 불러 식을 올리는 건 어떤가?"

"그건 마미 씨가 슬퍼한다고요. 저희 부모님한테도 제대로 승낙을 얻고 축복을 받지 않으면 결혼할 수 없대요."

"그것도 뭐, 옳은 말이네."

"부탁입니다, 아리타 씨." 뎃페가 좌탁을 밀어내더니 바닥에 이마를 조아리고 우렁차게 소리쳤다. "사모님께 전화해서 부탁해보시면 안 될까요?"

"하지만 마침 지금 전화번호가……."

그 순간 구니마사는 바지 주머니에 아직 메모지가 들어 있다는 것을 깨달았다. 어차피 드라이클리닝을 줄 거면 몇 번 더 입자는 생각에 무심코 양복바지를 입고 와버린 것이 실책이었다.

딸네 집 전화번호가 적힌 메모지를 구니마사가 떨떠름한 얼굴로 바지 주머니에서 꺼냈다. 난 왜 이리 거짓말이나 임기응변이 안 되지.

"겐, 전화 좀 쓴다……."

"얼마든지 써라. 아무튼 내 제자의 일대 중대사니까."

"부탁합니다, 부탁합니다."

뎃페는 이제 아예 두 손을 모아 합장까지 하고 있다.

죽마고우의 팽팽한 눈초리를 받으며, 한 청년의 인생의 전기가 걸린 중차대한 책임을 등에 업고 구니마사는 전화기 앞에 정좌했다. 호흡을 가다듬고, 수화기를 들고, 메모지에 적힌 숫자를 하나하나 신중하게 눌렀다.

벨이 네 번 울렸을 때 불쑥 여보세요, 하고 태평한 목소리가 들렸다. 헉, 기요코가 받았다…… 어떻게 말을 꺼내야 할지, 한겨울인데도 등에 땀이 밴다.

"여보세요?" 이번에는 한 톤 올라간 목소리이다.

구니마사는 침을 삼켰다. "나야, 중매인 좀 해줬으면 해서."

"뭐라고요? 당신이세요?"

"그래, 나야."

"무슨 사기 전화라도 되는 줄 알았네요. 뭐예요, 갑자기. 누구의 중매인을요?"

"겐지로의 제자, 요시오카 덴페 군. 장래가 유망한 쓰마미 세공 직인으로, 미용사인 마미 씨와 결혼하고 싶어해."

"사양하겠어요."

"왜?"

"은행원 시절의 지인이라면 몰라도 겐지로 씨 제자라니. 그런 소중한 분의 중매인을 별거 중인 우리가 해서 어쩌자는 거예요? 부정 타게. 더 걸맞은 사람한테 부탁하라고 하세요."

두말할 여지도 없는 거절이다.

겐지로의 무언의 압력(후퇴하지 마, 더 밀어붙여!)과 덴페의 애절한 호소(아리타 씨이잇! 제발……)가 구니마사의 등짝을 두들겨댄다. 급기야 식은땀이 흐르고 위가 콕콕 쑤시기 시작한다.

자기 집 건사도 제대로 못했던 사내에게 어쩌자고 이런 막중한 책임을 씌우는 거냐고. 구니마사는 아우성치고 싶었지만 타고난 성실함이 그마저도 허락하지 않아, 수화기를 틀어쥔 채 신음만 흘릴 따름이었다.

6

Y동네의 영원

MASA & GEN

이마에 땀이 송골송골 맺힌 아리타 구니마사가 좌탁 앞에 정좌하고 있다. 손도 대지 않은 채 미지근해진 맥주잔에도 물방울이 맺혀 있다.

그 옆에 요시오카 뎃페가 뻣뻣하게 정좌해 있다. 여느 때는 대개 T셔츠에 청바지 차림인 그도 이날 밤은 흰 셔츠 위에 회색 브이넥 스웨터를 입었다. 그 스웨터 옆구리에 조그맣게 벌레 먹은 구멍이 나 있는 것을 구니마사는 발견했지만, 체조라도 하지 않는 한 눈에 띄랴 싶어 모르는 척했다.

뎃페 옆에는 호리 겐지로가 책상다리를 하고 앉아 맥주를 마시는 중이다. 식전 안주 접시도 이미 깨끗이 비었다. 빈속인지 혼자 멋대로 메뉴를 훑어보며 주문할 틈만 노리는 기색이다.

이 상황에서 참 잘도 식욕이 있구나. 구니마사가 살그머니 눈을 들었다. 좌탁 건너편에 마미 부녀가 앉아 있다. 마미가 뎃페를 향해 열심히 응원의 눈빛을 보내고 있다. 정작 뎃페는 긴장해서 고개를 자꾸만 숙이는 탓에 알아채지 못하지만. 마미의 부친은 오십 줄을 조금 넘겼을까. 딸과 전혀 닮지 않은 네모난 얼굴을 쳐들고서 영 심기가 불편한 기색으로 입을 다물고 있다.

실내는 그야말로 숨이 막힐 것 같다. 사인용 탁자를 사이에 두고 한쪽에 시커먼 사내 셋(구니마사, 뎃페, 젠지로)이 나란히 앉았으니 그럴 만도 하다. 구니마사는 최대한 당당한 자세로 앉아 있었지만 내심은 빨리 이 자리를 벗어나고 싶어 안절부절못했다. 하지만 거북한 이 회합은 막 시작된 참이었다.

어째서 내가, 주점의 비좁은 방 안에서 마미 씨 부친에게 쩨려봄을 당해야 하는 거지. 구니마사는 절로 한숨이 터졌다. 하지만 누굴 원망하랴, 이게 다 본인의 부덕의 소치인 것을.

요컨대 구니마사는 중매인이 되어달라는 뎃페의 부탁을 끝내 거절하지 못했던 것이다. 게다가 아내 기요코도 아직 설득하지 못한 형편이었다. 이러다가 결국 전례를 찾기 힘든 외짝 중매인이 되는 사태가 발생할지도 모른다.

피로연 연단의 신랑 신부 옆에, 혼자 덩그러니 앉아 있는 자신을 상상하고 구니마사는 일순 몸을 부르르 떨었다.

오늘은 일단 중매인 자격으로 마미의 부친과 첫 인사를 나누는 자리였다. 본래 양가를 오가며 이어주는 역할인 중매인이 이제 와서 새삼 예비 신부의 부친에게 소개되는 건 이상한 이야기지만, 이름뿐인 중매인이니 별수 없다. 마미의 부친도 그 언저리의 사정은 알고 있기에 이런 격식 없는 주점에 자리를 마련해 나와 앉아 있는 것이다. 간호사인 마미의 모친은 마침 야근이라 했다.

애초 '중매인을 세울 것'을 조건으로 내건 뎃페의 부친과는 만난 적조차 없다. 물론 저쪽도 만날 생각은 없는 모양이고.

뎃페의 부친은 아무래도 아들을 시험하고 있는 것 같았다. 결혼식과 피로연을 제대로 준비할 수 있는지, 마미와 힘을 합쳐 살아갈 각오가 정말로 있는지.

구니마사는 마음이 무거웠다. 어째서 결혼식이 '두 젊은이의 시련의 장'이 되어야 하는지. 또 어째서 그 시련의 장에 자신이 말려들고 말았는지. 뎃페만 해도 그렇다. 부친의 무리한 요구 따위 무시하고, 식 같은 건 생략하고 혼인신고만 해버리면 좋지 않은가.

하지만 뎃페는 뎃페대로 오기가 난 모양이었다. 더욱이 마미와 함께 결혼식을 준비하는 일을 은근히 즐기는 눈치이다. 이른바 '오글거리는 한 쌍의 바퀴벌레'인 두 사람에게는 양가 부모의 고집이나 간섭, 식장 예약을 비롯한 번잡한 절차도 사랑의 '기폭제'에 불과한 것이리라. 참고로 덧붙이면 '오글거리는 한 쌍의 바퀴벌레'란 말은 겐지로가 동네 술집에서 배워왔다. 구니마사는 뎃페 군과 마미 씨를 이토록 적확하게 표현하는 어휘가 있다는 것에 감탄하며 그것을 즉각 머릿속의 '젊은 애들 어휘사전'에 추가했다.

얼떨결에 중매인을 떠맡음으로써 제일 난처한 입장에 처한 것이 구니마사. 이 결혼식 소동에 휘말려 톡톡히 당하는 중이다.

"……그래서요?"

마침내 마미의 부친이 입을 열었다.

기요스미시라카와에서 도편수로 일한다는 마미의 부친은 '직인 기질'의 표본처럼 무뚝뚝하다. 그래도 구니마사 쪽에서 보자면 아들이라 해도 좋을 연령이다. 구니마사는 정신을 똑바로 차리고 아랫배에 힘을 넣었다.

그 순간 겐지로가 탁자 위의 '호출용 벨'을 눌렀다. 띵또옹…… 하고 김빠지는 소리가 점내에 울리고, "예, 갑니다!" 하는 씩씩한 목소리와 더불어 젊은 점원이 달려왔다.

"음…… 주문 부탁해." 겐지로가 메뉴판을 펼쳤다. "생맥주 하나 추가. 무 샐러드. 삶은 풋콩. 기비나고어른 손가락만 한 크기의 청어과 물고기 튀김. 음, 거기다 순두부도."

"감사합니다! 잠시만 기다려주십시오!"

점원이 기운차게 주방으로 돌아갔다.

"뭐랄까 주로 여자들이 선호하는 메뉴네요." 뎃페가 구니마사를 돌아보며 숙덕거렸다.

지금 식단 평가나 하고 있을 때가 아닌 것 같은데, 하고 구니마사가 속으로 부르짖는다. 초장부터 김이 샌 마미의 부친이 네모난 철판 같은 얼굴을 벌겋게 물들인 채 적외선 광선총에 필적하는 안광을 번뜩이며 뎃페를 쏘아보고 있었다.

구니마사가 팔꿈치로 쿡 지르자 뎃페가 퍼뜩 마미의 부친에게로 시선을 돌린다.

"아버님." 뎃페가 입을 열었다. "바쁘신데 나와주셔서 감사합니다."

"누구더러 아버님이래, 넉살 좋게." 마미의 부친이 그새 거품이 다 가라앉은 맥주를 들이켰다. "너 같은 얼간이라면 평생 기다려도 어디 우리 딸을 제대로 데려갈 수나 있겠어?"

"아버지도 참, 대뜸 화부터 내고." 마미가 느긋하게 아버지를 나무랐다. "준비가 순조롭게 진행되고 있으니까 아버지한테 보고하려고 이런 자리를 마련한 거잖아. 그렇지, 뎃페 씨?"

"그렇죠." 뎃페가 몸을 쑥 내밀었다. "사실은 말이죠……."

"실례합니다!"

점원이 나타나 요리를 탁자에 늘어놓기 시작했다. 원, 타이밍하고는…….

"이쪽이 기비나고 튀김, 그리고 삶은 풋콩입니다."

"왜 차가운 요리보다 불을 쓰는 요리가 먼저 나오지?" 겐지로가 의문을 제기했다.

그러자 뎃페가 태평한 얼굴로 끼어들었다. "전자레인지에 넣고 돌리는 거니까요, 사부."

"이야기는 일단 주문한 음식이 다 나오면 하기로 하죠."

본격적으로 위가 콕콕 쑤시기 시작한 구니마사가 분위기를 수습한다.

다시 침묵이 내려앉았다. 겐지로만 기비나고 튀김과 풋콩을 부지런히 먹고 있다.

이윽고 무 샐러드와 순두부도 나왔다. 허겁지겁 젓가락을 놀리는 겐지로를 내버려두고 대화가 재개되었다.

"사실은 말이죠, 아버님."

"그러게, 누가 아버님이냐고. 이 멍청한 녀석이."

"아버지도 참, 번번이 이러면 이야기가 진행이 안 되잖아, 응?"

"결혼식 일정이 정해졌거든요."

"뭐? 언젠데?" 구니마사가 저도 모르게 소리치고 말았다.

"4월 둘째 화요일, 점심때부터요. 마미 씨 가게 정기휴일이니까요."

겐지로가 기비나고 튀김을 깨물며 말했다. "그건 나도 금시초문인데."

"사부, 그날 무슨 일 있으세요?"

"없지만."

"날짜가 얼마 안 남았는데 용케 식장을 잡았군." 구니마사가 말했다.

딸들의 결혼식 때는 반년 전부터 부지런을 떨었던 걸로 기억하는데. 뎃페와 마미가 결혼을 향해 야금야금 움직이기 시작한 것은 분명 정월이었다. 그로부터 한 달이 채 지나지 않았으니 꽤 급속한 전개이다.

"Y호텔이에요." 마미가 Y동네에 있는 작은 호텔의 이름을 댔다. "저희 미용실에서 결혼식 신부화장으로 거래가 있는 데라 이것저것 사정을 봐주었어요. 당일이 불멸일仏滅日 음양도에서 무슨 일을 해도 운세가 나쁘다고 여기는 날로, 일본에서는 예부터 그날의 길흉을 달력에 표시함인 것도 있고요."

"뭐라고?" 마미 부친의 입으로 들어가려던 두부가 탁자 위로 툭 떨어졌다. "불멸일에 결혼식이라니, 불길하잖아!"

"괜찮아! 요즘은 제법 많아. 비용도 한결 저렴하니까."

"예, 사정이 그리 됐으니까 그날을 비워둬주십사 하고요. 청첩장도 곧 보내겠습니다." 뎃페가 고개를 숙였다.

마미의 부친은 불만스런 표정을 풀지 않은 채 구니마사에게로 시선을 향했다.

"그런데…… 이쪽 분은 뉘신가?"

"아리타 구니마사 씨입니다."

"우리들 중매인이셔. 아버지, 인사 드려."

"중매인은 부부가 하는 거잖아?"

마미 부친의 미심쩍은 시선이 겐지로 쪽으로 옮겨갔다. 그럴

리야 있겠느냐마는 만에 하나 겐지로를 파트너로 오해했다가는 보통 일이 아니다. 구니마사가 황급히 변명했다.

"집사람이 오늘 급한 용무가 생겨서요. 정말 죄송합니다."

"아리타 씨는 줄곧 은행에서 근무하셨어."

"'건실한 어른'이시죠."

마미와 뎃페의 보충 설명에 마미 부친이 겐지로의 정체를 물었다.

"자, 그럼 이쪽 분은?"

그쪽은 '건실치 못한 어른'이고요, 라고 튀어나올 뻔한 것을 구니마사는 꿀꺽 삼켰다. 어쨌거나 당사자는 기비나고 튀김을 다 먹어치우고 지금은 무 샐러드를 속도감 있게 입속으로 밀어 넣는 중이다. 게다가 얼마 남지 않은 두발은 파란색으로 물들인 상태였다. 어디로 보나 보통 풍격은 아닌 게다.

"제 사부이십니다. 쓰마미 간자시 제작 솜씨로는 일본 최고, 아니 세계 최고시죠!"

그밖의 것은 하나같이 파멸적으로 엉망이지만요, 하고 구니마사가 속으로 한숨을 뱉었다.

"흐음, 그랬군……."

겐지로도 직인이란 것이 판명되자 마미의 부친은 이럭저럭 이해한 기색이다.

"딸아이가 두 분한테 진 신세가 여러 모로 큽니다."

마미의 부친이 책상다리를 풀어 정좌하고 고개를 숙였으므로 구니마사는 살짝 뒤가 구린 기분이 들었다. "이쪽이야말로" 하고, 쌀알을 쪼아먹는 새처럼 서로 고개를 꾸벅거린다. 물론 겐지로는 인사 교환전에 동참하지 않는다. 대신 입 밖으로 늘어진 하얀 실타래 같은 무채를 혓바닥으로 훑어 삼키더니 "그런데 말이에요" 하고 말허리를 꺾는다.

"이 친구의 부인은 결혼식 당일에도 급한 용무가 생길지도 모른다고요."

구니마사는 겐지로를 팔꿈치로 지르고 싶었지만 뎃페한테 가로막혀 그러지 못한다.

"그건 또 왜 그렇죠?"

마미 부친이 캐묻자 구니마사는 더없이 난처해졌다.

"음, 그러니까……." 뎃페가 더듬거리며 실속도 없이 손사래를 친다. "사모님이 원래 몸이 약하시거든요. 그래도 날이 따뜻해져서 좀 괜찮으시지만요."

기요코로 말하자면 감기 한 번 걸린 적 없는 건강 체질이었지만…… 구니마사는 무난하게 고개를 끄덕여두었다. 그보다는 뎃페가 열심히 양손을 내젓는 바람에 스웨터의 구멍이 드러난 것이 신경이 쓰였다. 마미 부친의 눈에 띄면 또 무슨 소리를 듣겠느냐고. 구니마사가 팔을 뻗어 손끝을 구멍에 갖다댔다.

나름 자연스럽게 가려주려던 노력은 불발로 끝난 듯했다. 뎃폐와 마미 부친이 뭡니까, 하는 눈초리로 구니마사의 얼굴을 건너다보고 있다.

"아니, 그게······."

구니마사가 울상을 지을 때 떙또옹······ 하고 또 김빠지는 벨이 울렸다.

"예, 지금 갑니다!" 하고 외치며 번개처럼 달려온 점원에게 겐지로가 "미안, 잘못 눌렀어"란다. 그러고는 "이왕 이렇게 된 거, 뭐 좀 주문할까?" 하고 '마무리' 메뉴라며 해물볶음면과 게살죽을 주문했다. 마무리 단계로 넘어가는 사람은 겐지로뿐으로, 다른 네 명은 실질적으로 이제야 식사를 시작한 참이었지만.

걸핏하면 침묵이 내려앉기는 했어도 최초의 긴장감은 얼마간 엷어져 있었다. 뎃페와 마미는 여느 때처럼 사이좋게 서로의 그릇에 요리를 덜어주고 있다. 마미의 부친도 어딘지 김이 샌 기색이다.

누가 밥값을 내느냐로 한차례 분쟁이 있었지만 결국 뎃페가 계산대 앞에 섰다. 마다하는 뎃페에게 겐지로가 몰래 만 엔짜리 지폐를 찔러주는 장면을 구니마사는 놓치지 않았다. 마미 부친 앞에서 뎃페가 창피한 꼴을 당하지 않게 하려는 마음 씀씀이이리라. 뭐야, 이따금 사부다운 짓을 할 때도 있잖아. 구니마사는 내심 흐뭇했다.

마미의 부친은 기요스미시라카와로 돌아갔다. 마미도 오늘은

본가로 간다고 했다. 아파트로 돌아가는 뎃페와 헤어져, 구니마
사와 겐지로는 Y동네의 골목을 나란히 걷는다.

"너, 오늘 왜 따라온 거냐."

정신적 피로가 육체적 피로로 변해 구니마사의 발걸음은 갈
수록 처진다.

"왜냐니, 밥 먹으러 갔지."

겐지로가 구니마사의 발걸음에 보조를 맞추며 느긋하게 밤하
늘을 올려다본다. 달 없는 밤이다. 두 사람의 새하얀 입김이 가
로등 불빛 아래로 흘러가 사라진다.

"마사, 너 제수씨 제대로 설득할 수 있겠냐?"

"그러게…… 결혼식이 4월인데 말이야. 내일부터 본격적으로
설득해야지."

"설득하려다가 설득만 당하는 주제에." 겐지로가 웃었다. "뭐,
정 여의찮을 땐 '갑자기 병으로 쓰러졌다'고 하면 되잖아."

"그럴 수야 없지."

겐지로가 빨갛게 얼어붙은 코를 문질렀다.

"뎃페 녀석, 의욕 만만이야. 당일 마미 씨가 쓸 머리 장식을 쓰
마미 기법으로 만든다잖아."

"전통 복장이야?"

"아니, 드레스라던데. 뭐, 뎃페라면 양장에도 어울리게 만들
수 있을 거야."

이러니저러니 말은 많으면서도 뎃페의 솜씨와 센스를 높이 사고 있구나.

"기대가 되는데." 구니마사가 말했다.

아내와 딸한테도 따돌림을 받는 처지에 손자뻘의 청년과 알게 되어 결혼식까지 관여하게 될 줄이야. 이것도 다 겐지로와 죽마고우인 덕분이다.

Y동네의 밤길에 겐지로의 게다 소리가 또닥또닥 울린다.

구니마사는 즉각 아내 설득 작전에 나섰다.

전화를 해도 "음……" "흠……" 하고 어물거리는 사이 "중매인이라면 안 할 거니까요"라는 말이 먼저 돌아왔다. 그래서 엽서를 매일 보내기로 했다.

처음에는 평범한 계절 인사 밑에 '중매인 건, 재고해주기 바람'이라고만 적어 보냈지만, 그래서야 쓰는 사람도 읽는 사람도 따분했다. 그러므로 뎃페와 마미가 얼마나 좋은 젊은이들인지, 그간 있었던 여러 가지 일들을 조금씩 적어보기로 했다.

뎃페가 한때 같이 몰려다녔던 똘마니들한테 사정없이 얻어맞은 일. 구니마사와 겐지로가 힘을 합쳐 앙갚음을 해주고 놈들을 보기 좋게 Y동네에서 물리친 일. 마미는 솜씨 좋은 미용사이지만 겐지로의 머리칼을 번번이 묘한 색으로 염색하는 것이 옥의 티란 것. 구니마사가 허리가 고장나 크게 고생했을 때 뎃페가 매우 걱정해줬던 일.

발동이 걸리면 엽서 한 장으로는 턱도 없이 모자랄 때도 많았다. 그럴 때는 맨 끝에 '계속'이라 적고, 엽서 몇 장에 걸쳐 연재물 기분을 내기도 했다.

기요코에게서는 답이 없었지만, 신경 쓰지 않기로 했다.

시간이라면 얼마든지 남아돌았다. 엽서 쓰기라는 새로운 일과는 구니마사의 생활에도 자극이 되었다.

쓸 말이 떠오르지 않는 날도 있었다. 그럴 때는 기분 전환 삼아 상점가에 갔다. 늘 가는 서점에서 '편지 관련 서적' 코너를 살피다가 '그림 편지'란 게 있다는 것을 알았다. 꽃과 정물 따위를 스케치해 짤막하게 한두 줄 곁들이는 모양이다.

구니마사는 생선 가게에서 사온 전갱이를 엽서에 그려보았다. 아무리 봐도 마른 멸치처럼 보였지만 뭐 어떠랴. 벽장에 처박혀 있던 몽당 색연필을 끄집어내 색칠도 했다. 그러자 색색의 곰팡이가 슨 마른 멸치처럼 보였지만 뭐 어떠랴. '오늘 저녁엔 이걸 먹을 거야' 하고 그림 옆에 적었다. 그래도 불안해 '전갱이'라고 한마디 덧붙였다.

물론 훈훈하게 그림만 그리고 있을 때는 아니었다. 설득 공작도 빈틈없이 행했다.

한번은 엽서에 미로를 그렸다. 시작점에서 제대로 끝까지 따라가면 그럴싸하게 '중매인'이란 글자가 드러나게 궁리한 것이다. 시행착오를 거듭하며 미로를 제작하는 것만으로도 하루해가 넘어갔다.

또 한번은 주간지의 퀴즈 코너를 축소 복사해 붙였다. 마침 해답이 '중매인'인 크로스워드 퍼즐이 게재되었던 것이다. 축소 복사를 하자 질문들의 글자가 찌그러져 해독 불능이 되었으므로, 퍼즐의 칸을 전부 메워 정답이 잘 보이게 만들어 우체통에 넣었다. 살짝 협박장처럼 보일까봐 걱정이 되었다.

기요코는 여전히 아무 말도 없었다.

좁은 뜰에서 자라는 나무, 기요코가 쓰던 화병, 집 뒤쪽을 흐르는 수로도 엽서에 스케치해서 보냈다. 그러는 사이 기요코와 살던 시절이 이것저것 떠올랐다. 구니마사는 어색하나마 그런 심정을 엽서에 적게 되었다.

당신과 결혼하고, 아이들이 태어나고…… 당신은 불행했을지 몰라도 나한텐 충실한 나날이었소. 당신과 아이들 덕에 노동의 활력을 얻을 수 있었어. 중매인 부탁하오.

지금 생각하면 당신의 기분을 알아채지 못했던 것은 다 내가 둔감하고 태만했기 때문이었소. 난 옛날부터 겐지로한테도 미련퉁이, 눈치코치 없는 놈이란 말을 들었지. 원래 이런 인간인걸 뭐, 하고 스스로를 바꾸려 하지 않았던 점, 인정하오. 중매인 부탁하오.

젊은 두 사람을 보고 있으면 나 젊었을 때가 떠오르오. 그 시절의 정열은 다 어디로 갔나 싶어 한숨이 나온다오. 나도 살 날이 썩 길지 않으니, 마지막 부탁이라 생각하고 중매인을 해주기 바라오. 나에 대한 불만 때문에 젊은 두 사람의 앞날까지 가로막아서야 되겠소.

어제는 너무 심한 말을 했소. 당신을 책망하거나 협박할 작정은 아니었소. 다만 이번 결혼식을 빌려 당신과 좀 더 많은 이야기를 나눌 수 있기를 나름 기대하는 면도 있다오. 중매인이라지만 다른 결혼식처럼 딱딱한 격식에 얽매인 것이 결코 아니라오.

때때로 3초메 모퉁이의 겐지로네를 들여다보았다. 겐지로와 뎃페는 진지한 얼굴로 작업대를 향해 있었다. 뎃페는 평소의 일과와는 별도로 마미의 결혼식 머리 장식도 만들어야 했다. 자작 액세서리를 마미의 미용실에서 팔게 되었다는 소식도 들렸다. 일에 방해가 될까봐 말을 걸지 않고 조용히 지나쳤다.

3월이 눈앞에 닥친, 몹시 쌀쌀한 날의 일이다.
구니마사는 지병인 요통이 도져 늘 다니는 병원에서 습포를 타오는 길이었다. 아라카와의 둑길을 천천히 걷고 있자니 강변에 겐지로의 모습이 보였다. 하부타에에 풀을 먹이고 있었다.

구니마사가 소리쳐 부르자 겐지로가 올려다보고 손을 흔들었다. 구니마사는 발밑을 조심하며 겨울 풀들이 말라붙은 둑을 내려갔다.

"뎃페 군은?"

"마미 씨랑 결혼식장에 갔어. 미리 상의할 게 있다고."

그러고 보니 화요일이었네. 구니마사가 적당한 바위 위에 몸을 앉혔다. 장갑이 없으면 손가락이 곱을 정도로 날이 차갑다. 그런데도 겐지로는 점퍼도 입지 않고, 강변에 세운 기둥에 하부타에를 척척 펼치고 있다. 팽팽히 펼쳐진 천에 얇게 풀을 먹이는 솔질 솜씨가 그야말로 훌륭하다.

하부타에는 벚꽃처럼 엷은 분홍색이었다.

"아주 예쁘게 물들었네."

"그렇지? 마미 씨랑 의논한 건데, 피로연 테이블에 장식할 꽃을 쓰마미 기법으로 만들기로 했다지."

"호오, 그거 좋은데."

"뎃페한테는 비밀이야."

겐지로가 먼 옛날 남의 밭에서 수박 서리를 해왔을 때와 똑같은 표정으로 웃었다.

"테이블에 장식했다가 식 끝나면 분해해서 하객들한테 나눠 주려고."

뎃페도 하객들도 기뻐하리라. 구니마사는 아무 재주도 없는 자신이 불현듯 한심하게 여겨졌다. 피로연 여흥으로 백만 엔 지폐 다발을 엄청난 속도로 헤아린다 해도 누가 즐거워할까.

바닥이 평평한 자갈 운반선 한 척이 눈앞을 가로질러 바다 쪽으로 나아갔다.

"제수씨는 뭐라고 하나?"

겐지로의 물음에 구니마사가 힘없이 고개를 가로저었다.

"엽서를 매일 보내는 중인데, 감감무소식이야."

"매일? 그거 대단한데."

"그거밖에 할 수 있는 게 없으니까." 구니마사가 반짝거리는 잿빛 강물을 바라보며 중얼거린다. "요새 젊은이들은 건실해."

"건실하다니, 뎃페가?"

"응, 뎃페 군은 겨우 스무 살 언저리잖아. 난 그 나이 때 결혼해서 가정을 가진다는 거, 상상도 안 했던 것 같은데. 그저 막연하게, 언젠가 그런 날이 오겠지 생각했을 뿐이지."

"한창 꿈꾸는 나이였다 그거냐." 겐지로가 솔을 쥔 채 양 어깨를 빙빙 돌렸다. "난 결혼하고 싶었는데."

그랬던 사람치고는 상당히 놀고 다녔던 것 같은데. 구니마사가 속으로 중얼거린 순간 겐지로가 정곡을 찔렀다.

"지금, 네가 무슨 생각하는지 알아. 뭐, 가족을 갖고 싶었던 거지. 그렇게는 안 보였을지도 모르지만."

그러네…… 구니마사는 생각했다. 당시에는 몰랐지만 돌이켜 보면 확실히 그랬다. 겐지로는 줄곧 사랑할 사람을 찾고 있었다. 일로도 친구로도 결코 메워지지 않는 것을 마음속에 품고서.

하나에와 결혼함으로써 겐지로는 비로소 편안해졌으리라. 하지만 지금은?

지금은 혼자이다. 진정으로 가족을 염원했던 겐지로도, 뭔가를 열렬히 원해본 적도 없이 가족을 얻은 구니마사도.

구니마사의 마음속을 이번에도 들여다본 것처럼 겐지로가 피식 웃음을 흘렸다.

"매사 '건실'하게만 살 수가 있냐? 그런 거 어차피 불가능해. 도착점도 정답도 없으니까 좋은 거잖아."

"그럴까?"

"그렇대도." 겐지로는 바람에 너울거리는 천 자락을 바라보며 중얼거렸다. "그러니까 사는 거잖아."

그래, 그런지도 모른다. 구니마사는 잠자코 고개를 끄덕였다. 느린 물결처럼 출렁거리는 연분홍빛 천 자락.

도착점도 정답도 없으니까 끝도 없다. 그저 행복을 찾는 마음이 있을 뿐이다. 자신이 해온 일들이 있을 뿐이다. 그런 것들을 생각하면서 죽는 날까지 묵묵히 사는 것, 그 시간을 영원이라 부르는지도 모른다.

겐지로는 풀을 먹인 하부타에를 배에 싣고, 그 김에 구니마사도 태워주었다. 통통통, 경쾌한 엔진음을 내며 작은 배가 아라카와로부터 Y동네의 좁은 수로로 들어간다.

나란히 이어진 집집의 처마. 제각각 빨래가 널려 있거나 판자 울타리에 빛바랜 선거 포스터가 붙어 있다. 근처의 주민들이 때때로 수로로 난 창문에서 고개를 꾸벅여 가벼운 인사를 건넨다.

영원을 보내기에는 Y동네는 좋은 장소이다.

"그래서, 너 중매인 인사말은 생각해놨냐?" 겐지로가 불쑥 물었다.

헉, 완전히 잊어버리고 있었다. 허리뿐만 아니라 위까지 콕콕 쑤시기 시작한다.

"일단 귀가 중지! 서점 근처에 배를 대줘."

그림 편지 쓰는 방법이나 연구할 때가 아니었다. 모처럼의 중책에 대비해 최신 지식을 익힐 필요가 있었다.

그날 밤 구니마사는 《막판에 당황하지 않는 결혼식 피로연 매너》라는 책을 숙독하며, 저녁으로 우동을 만들어 먹었다. 내가 결혼하는 것 같네, 하고 좀 우스웠다.

기요코에게 보내는 엽서도 빠뜨리지 않았다.

날이 계속 추운데 다들 잘 지내는지. 오늘 아라카와에서 겐지로와 영원에 대해 이야기했소. 그땐 왜 그랬을까 후회되는 일들도 많지만, 이제 와선 다 어쩔 수 없는 것뿐이구려. 남겨진 시간이 더 적으니까, 당신도 하고 싶은 일 하면서 살면 되는 거라고 이해하게 됐소. 따로따로 살고는 있지만 당신과 딸들이 행복하기를 늘 빌고 있어, 이것만은 진심이오. 생각해보면 이 세상에서 내가 진정으로 행복을 비는 사람은 몇 명 안 되오. 삭막한 인생이었다는 걸 광고하는 것 같아 부끄럽지만. 그래도 그 몇 안 되는 사람 중 하나가 당신이란 사실이 난 행복하다오. 감기 조심하고.

다음다음 날 오후, 구니마사가 반찬을 사서 돌아와 보니 아무도 없는 집에 인기척이 있었다. 현관에는 외출할 때처럼 구석에 건강 샌들 한 켤레가 놓여 있을 뿐이다.

헉, 빈집털이? 구니마사가 현관에 세워둔 지팡이로 손을 뻗었다. 늙은이 냄새를 피우기 싫어 평소에는 쳐다보지도 않는 지팡이이다. 부옇게 먼지를 뒤집어쓰고 있었지만, 무기가 될 만한 것이라고는 그것뿐이다.

지팡이를 틀어쥐고 머뭇머뭇 거실을 엿본다. 부엌에 기요코가 서 있었다. 싱크대 앞에서 설거지를 하고 있다.

우어어, 하고 구니마사가 얼떨결에 괴성을 흘렸다.

"어머, 이제 오세요?"

일부러 챙겨온 모양인 앞치마에 손을 닦으며 기요코가 뒤를 돌아보았다. 웃는 것도 아니고 화를 내는 것도 아닌, 여느 때와 같은 표정이다. 마치 집을 나간 일 따위 없이, 줄곧 여기서 구니마사와 함께 살았던 것 같은 말투이다.

새삼스럽게 기요코를 머리끝부터 발끝까지 훑어보고, "뭐야, 귀신인 줄 알았네" 하며 구니마사가 지팡이를 내려놓았다.

"무슨 말씀이세요. 그건 내가 할 소린데."

"응? 뭐가?"

구니마사는 지팡이를 한쪽에 적당히 세워두고, 기요코가 권하는 대로 식탁으로 가 앉았다.

"이상한 이야기를 계속 써 보내니까 혹시 죽을 작정인가 했잖아요."

기요코가 익숙한 동작으로 찬장에서 찻잔을 꺼내 두 사람분의 녹차를 탔다.

남의 솔직한 심정을 '이상한' 이야기라니 좀 심했다. 그보다 훨씬 '이상한' 범주에 들어가야 할 그림, 미로, 크로스워드 퍼즐도 보낸 걸로 기억하는데 그것들은 깡그리 무시인 건가.

그런데도 구니마사는 녹차를 마시며 연신 싱글거렸다.

"걱정한 거야?"

"걱정 안 해요. 덜커덕 저세상이라도 가면 이쪽도 귀찮아지니까 좀 들여다보러 온 것뿐이에요." 쌀쌀맞은 대답이 돌아온다.

말을 해도 꼭…… 정이란 게 없군, 당신은. 구니마사는 부루퉁했지만, 기요코의 뒷말에 이내 쾌재를 불렀다.

"게다가 구로토메소데기혼 여성이 정장으로 입는 검은색 기모노에 혹 곰팡이가 슬거나 구겨지지는 않았는지 확인도 해둬야 하고요."

"중매인, 해주는 거야?!"

"별수 없잖아요." 기요코가 찻잔에 눈길을 떨어뜨리고 한숨을 쉬었다. "하루도 빠짐없이 엽서가 오니까, 후키요도 아키요시도 흥미진진이라고요."

"고마워! 고마워! 중매인만 해준다면 엽서는 이제 보내지 않을게."

"젊은 두 사람을 위해 받아들이는 거예요. 하여튼 당신도 참, 본인 뒤처리도 못하면서 남들 부탁은 거절을 못 한다니까요."

기요코의 잔소리도 오늘은 듣기가 좋다.

기요코는 이층으로 올라가, 서랍장에서 기모노와 오비를 꺼냈다. 구니마사는 기요코의 뒤를 졸졸 쫓아다녔다. 기요코는 시원시원하게 움직였다. 옷걸이에 기모노를 걸고, 창문을 열어 강바람을 맞힌다. 검은 기모노 소매에는 파란색과 은색의 파도 무늬가 그려져 있다.

기요코는 방바닥에 오비를 펼치고 실이 늘어진 부분이 없는지 살핀다. 뒤이어 소품을 맞춰보고, 속옷들도 준비했다.

"당신은 뭘 입으실 건데요?"

"생각 안 해봤는데. 결혼식이 한낮이라니까 턱시도를 입어야겠지?"

기요코가 구니마사의 검은 턱시도를 서랍장에서 꺼내 창가에 걸었다. 그리고 셔츠, 넥타이, 행커치프, 양말까지 전부 골라주었다. 자신이 유치원생처럼 아내한테 업히고 안겨 살았던 것을 구니마사는 새삼 깨닫는다.

"남은 건…… 구두 말끔하게 닦으시고요. 턱시도도 당일까지 여기 걸어두면 변색되니까 오늘 해 지기 전에 다시 서랍장에 넣으세요."

"뭐야, 자고 가는 거 아니었어?"

"가야죠."

그 한마디로 기요코가 이미 이 집을 '집'으로 인식하지 않는다는 것을 깨닫고 구니마사는 쓸쓸해졌다.

석양 무렵까지 기요코는 집 안 구석구석을 청소했다. 구니마사는 강아지처럼 졸졸 기요코의 진공청소기를 쫓아다녔다.

"뭐예요, 정말. 가만히 좀 앉아 있으면 좋을걸, 성가시잖아요." 기요코가 불평을 터뜨렸다.

말은 그렇게 해도 웃음을 참는 기색이었으므로 구니마사는 그것이 기뻐 더욱 기를 쓰고 뒤를 따라다녔다.

청소를 마친 기요코가 기모노를 걷어, 정성껏 개어 두꺼운 당지에 쌌다. 그리고 필요한 소품들과 함께 큼직한 종이상자에 담았다.

"요즘은 혼자 기모노를 입는 것도 중노동이에요. 기모노 입혀

주는 서비스는 제가 예약을 해둘 테니까 이건 당신이 식 전날까지 도착하도록 식장에 보내주세요."

"알았어."

구니마사는 달력에 '기모노 발송'이라고 적었다. 기요코가 스스로 기모노를 입자면 만에 하나 지각을 하지 않도록 전날 밤부터 이 집에 묵어야 했다. 그걸 피하려고 굳이 중노동이니 뭐니 늙은이 냄새나는 말을 하는 게 아닐까.

기요코가 수첩에 식장 주소와 시간을 적다 말고 말했다. "어머나, 불멸일이네?"

"가격이 싸대."

"그래요? 뭐, 둘이 좋아하기만 하면 불멸일이건 대안일大安日 음양도에서 만사에 길하다고 여기는 날이건 신경 쓸 것도 없죠."

하기는 우린 분명히 대안일에 식을 올렸는데 이 꼴이니까. 구니마사가 속으로 한숨을 뱉었다.

기요코가 신발장에서 신발을 꺼내 신었다. 현관을 청소하면서 신발장에 넣었던 모양이다. 이러니 아까 인기척만 있고 신발은 없었구나, 하고 구니마사는 그제야 이해했다. 그런 생각이라도 하고 있지 않으면 갑자기 울음이 터질 것만 같았다. 아내를 붙잡고 싶었지만 자존심이 훼방을 놓아, 그는 잠자코 지팡이를 우산꽂이에 꽂는다.

"무슨 그런 얼굴을 하세요?"

기요코가 구니마사를 돌아보며 웃음을 지었다. 이날 처음으로 짓는 선명한 웃음이다.

"뭐, 내 얼굴이 늘 이렇지."

기요코가 손을 뻗어 구니마사의 헝클어진 머리를 매만진다.

"나도요, 항상 마음속으로 기원하는 건 그저 가족의 행복뿐이에요."

그 속에 나는 들어가 있을까. 설령 들어가 있다 해도 나와 같이 살기는 싫은 거구나.

온갖 생각이 머릿속을 가로질러 구니마사는 말없이 아내의 얼굴을 바라본다. 나이에 걸맞게 주름진 얼굴. 맞선 볼 때의 통통하던 뺨은 이제 쪼그라들었지만, 구니마사의 마음을 끌었던 조그마한 손도 뽀얀 살빛도 그대로인 것 같다. 아니 눈동자에 그새 지성의 깊이가 더해진 만큼 어느 때보다 빛나 보인다. 아내가 이렇게 아름다운 여자였나, 후회인지 자부심인지 모를 감정이 구니마사의 가슴속에 일어났다.

"그래도 지난번에도 말했던 것처럼, 이제부터는 조금 더 내 일만 생각하며 살아가려고 해요."

"아마…… 그렇게 못할 거야." 구니마사가 부드럽게 말했다.

빈정대는 것이 아니다. 기요코처럼 애정이 깊은 사람은 자기 일만 생각하는 것 따위, 불가능하리라.

"그럴지도 모르겠네요." 기요코가 소녀처럼 웃었다.

6. Y동네의 영원

"그러면 식장에서 봐요. 조림 가져온 거 냉장고에 넣어뒀으니까 데워서 드세요."

"으응, 고마워. 조심해서 가."

골목길을 걸어가 사라지는 기요코의 뒷모습을 구니마사가 대문 밖에서 지켜보았다.

결혼식 날, Y동네의 하늘은 쾌청했다.

구니마사는 정성껏 수염을 깎고, 턱시도를 입고, 잘 닦은 구두를 신었다. 문단속을 하고 뜰에서 뒤쪽 수로로 내려간다.

통통통 엔진음을 울리며 겐지로의 작은 배가 다가왔다.

"오, 마사. 날을 잘 잡은 것 같지? 아주 제대로 화창하다."

올해는 개화가 늦어 사람들을 애태웠던 벚꽃도 마침 만개하여, 수면에도 겐지로의 얼굴에도 화사한 분홍빛 그림자가 어룽거린다. 겐지로는 가문家紋을 넣은 기모노 위에 하카마기모노 위에
입는 폭이 넓은 아래옷를 폼나게 차려입어 제법 근사하다. 그러니까 얼마 안 남은 그 두발이 초록색만 아니었어도 말이다.

구니마사가 겐지로의 빛나는 정수리를 외면하고 "으음, 맑아서 잘됐네" 하며 배에 올라탔다.

배가 미로 같은 수로를 누비며 나아가기 시작했다.

"이번에도 마미 씨 작품이냐?"

무섭다고 떨면서도 귀신을 기어코 두 번 쳐다보는 것처럼 구

니마사는 끝내 겐지로의 초록머리를 언급할 수밖에 없었다.

"당연하지. 어떠냐, 멋지지? 두 사람의 출발을 축하하는 의미로 무성하게 피어오르는 신록을 모델로 삼아봤어."

"무성하게 피어오를 정도로 머리카락이 남아 있는 것도 아니잖아."

"시끄러워. 울창한 신록 사이로 해님이 방긋 얼굴을 내민 순간이라고 생각하라고."

과연, 눈이 부시다. 하객으로 온 노인의 머리털이 초록색이어도 된다고 신부가 판단했다면 구니마사가 왈가왈부할 일은 아니다. 구니마사는 수로 위로 구름다리처럼 뻗은 벚나무를 잠자코 올려다보았다.

햇빛이 얇은 꽃잎을 뚫고 부드럽게 떨어진다. 봄은 얼마나 아름답고 온화한가.

배를 계류시키고, 길로 올라서서 걷기 시작한다. 오가는 사람들이 하나같이 들뜬 것처럼 보였지만 들뜬 것은 실은 구니마사였다.

"어이, 겐. 소중한 제자가 예복 입은 걸 보고 설마 너 우는 건 아니겠지?"

"흥, 마사 너야말로, 중매인 인사말은 제대로 암기해왔냐?"

그런 말을 들으면 곧바로 불안해지는 것이 구니마사이다. 전날 밤 필사적으로 머릿속에 두들겨넣어온 문장을 또 중얼중얼한다.

Y호텔은 외벽에 담쟁이덩굴이 벋은 아담한 건물이다. 로비 여기저기에 뎃페와 마미의 결혼식 하객으로 보이는 사람들이 담소를 하고 있었다.

"당신……" 하는 소리에 돌아보자 검은 기모노 차림의 기요코가 서 있다. 머리를 올리고 화장도 한 기요코가 등을 똑바로 펴고 다가온다.

"겐지로 씨, 오랜만이에요."

"오오, 신수가 훤해 보입니다."

"덕분에요. 저희 남편이 여러 모로 폐를 끼치고 있지요?"

"음, 뭐. 애 보는 것도 큰일이라고요."

그거 내가 할 말이거든. 구니마사가 불끈하고, 신랑 대기실로 향했다. 기요코와 겐지로도 사이좋게 이야기를 하면서 따라온다.

신랑 대기실은 무슨 일인지 몹시 뒤숭숭했다. 문을 열고 살짝 들여다보자, 처음 보는 중년 남녀(뎃페의 양친이리라)를 향해 마미가 "뎃페 씨는 제가 행복하게 해주겠습니다!" 하고 막 선언한 참이었다.

마미는 레이스가 일절 달리지 않은 심플한 웨딩드레스를 입고 있었다. 베일을 쓰지 않은 올림머리에 공처럼 동그랗고 자잘한 꽃다발이 달린 쓰마미 간자시를 꽂고 있다. 왼쪽 귀 위에도 작은 꽃이 달려 있는데 이쪽은 조팝나무처럼 섬세하게 흔들리는 디자인이다.

뎃페의 혼신이 담긴 작품에 구니마사는 감탄했다. 마미 씨에게 잘 어울린다. 거기다 마미 씨는 또 얼마나 아름다운지. 눈이 부시도록 아름답다는 말은 이런 걸 두고 하는 말이리라.

"모쪼록 뎃페 씨를 따뜻하게 지켜봐주십시오."

마미가 그렇게 말하고 깊숙하게 머리를 숙였다. 머리 위에서 쓰마미 간자시가 별똥별처럼 반짝거렸다.

뎃페의 양친이 당혹한 표정으로 고개를 끄덕이고, 대기실을 나간다. 가볍게 묵례를 하며 스쳐 지나가는 그들을 구니마사가 곁눈으로 관찰했다. 뎃페의 부친은 흰 손수건으로 이마의 땀을 닦고, 모친은 흐뭇한 미소를 떠올리고 있었다. 어느 집이나 사정은 비슷비슷한 모양이다. 남편들은 아내들에게 쥐여산다. 뎃페의 부친이 아내의 성화를 못 이겨 아들에게 휴전을 신청할 날도 그리 머지않으리라.

아버지를 설복시킨 선언에 감격해 마미의 손을 맞잡고 있던 뎃페가 구니마사 일행을 보더니 반색을 하며 달려왔다. 흰 턱시도를 입은 뎃페는 영락없이 카바레의 신참 밴드맨이다.

기요코를 뎃페와 마미에게 소개하고, "축하해" "고맙습니다" 같은 말을 한차례 주고받는다.

"마미 씨, 무슨 여배우처럼 예쁘잖아."

겐지로가 감탄하자 마미가 되받았다.

"어머, 사부님이야말로, 조폭 두목처럼 보여요!"

어느 동네의 어떤 조폭 우두머리가 초록머리(그것도 반은 대머리)를 하고 다니랴. 구니마사가 속으로 웃었다.

신부 대기실에서 마미의 양친과도 인사를 했다. 긴장한 탓인지 만감이 복받친 탓인지 마미의 부친은 지난번보다 몇 갑절 무뚝뚝한 얼굴이었다. 대신 명랑한 분위기의 모친이 구니마사 일행에게 정중히 감사의 뜻을 전했다.

결혼식은 호텔 정원에 있는 아담한 교회에서 거행되었다. 피로연에 초대된 사람은 양가의 친족과 친구를 합쳐 서른 명 안팎이었는데 그 대부분이 예식에도 참석했다. 교회가 꽉 찼다. 평일이니 일부러 휴가를 내고 온 사람도 있으리라. 기왕이면 식에도 참석해 두 사람을 축복해주려는 마음이 느껴졌다.

외국인 목사가 더듬거리는 일본어로 결혼식이 시작되었음을 선언했다. 목사 앞에 선 뎃페는 매우 긴장한 얼굴이다. 경비 절감을 위한 신랑 신부의 요망 사항이었는지 연주자는 없었다. 호텔 직원이 컴퓨터를 조작하자 교회 스피커에서 결혼행진곡이 흘러나온다.

하객들이 일제히 뒤쪽을 돌아보았다. 신부를 보기 위해서가 아니라 문 밖에서 음악도 삼킬 정도로 커다랗고 처절한 짐승의 포효 같은 것이 들려왔기 때문이다. 이윽고 문이 열렸다. 몸을 가누지 못할 정도로 꺼이꺼이 울어대는 부친을 질질 끌다시피

하면서 신부가 입장한다.

구니마사는 웃음이 터질 것 같아 황급히 박수를 쳤다. 건너편 좌석에서 마미의 미용실 동료인 듯한, 화려하게 멋을 낸 여성들 역시 간신히 웃음을 참으며 박수를 치거나 사진을 찍고 있다. 원장으로 보이는 중년 여성의 머리가 보라색이다. 아무래도 이 미용실은 기발한 염색이 전문인 모양이다.

목 놓아 우는 부친을 억지로 연단 앞까지 끌고 간 마미가 뎃페와 눈빛을 교환하며 미소를 지었다. 마미의 부친은 마미의 모친에게 끌려가 고개를 숙인 채 어깨를 떨고 있다.

"누가 결혼하는지 모를 지경이네요." 옆에서 기요코가 빙긋 웃으며 속삭였다.

뎃페와 마미는 목사의 물음에 각각 "맹세합니다" 하고 또렷이 대답했다. 반지 교환은 생략하는 모양이다. 마미는 왼손 약지에 이미 반지를 끼고 있었다. 이전에 뎃페가 만들어준 빨간색 도미 반지이다. 웨딩드레스에 어울리지 않는 익살맞은 도미도 두 사람을 축복하는 듯하다. 뎃페가 마미의 손을 다정하게 잡고 가볍게 입을 맞추었다.

사랑하는 이를 바라볼 때 사람은 저런 눈빛을 하는구나. 구니마사는 세기의 대발견이라도 한 과학자처럼 잠시 우두커니 있었다. 그렇다면 나도, 알지 못하는 사이에, 저런 눈빛을 한 적이 있다는 말인가.

정열과 성실함이 깃든 눈.

"갈까요?" 기요코가 말했다.

신랑 신부는 어느새 교회를 나가고 없었다. 이 또한 경비 절감을 위해서인지 부케 던지기도 없다. 애초 마미는 부케를 들고 있지 않았다. 베일도 부케도 없고 반지 교환도 하지 않는 신부를 보는 것은 처음이다.

간소한 결혼식도 나쁘지 않다는 생각이 들었다.

피로연장이 준비될 때까지 하객들은 햇빛 좋은 정원에서 음료수를 마시며 대기했다. 하객들은 다들 밝은 표정이다. 마미의 부친이 친척 노인에게 놀림을 받고 있었다.

기요코가 물을 탄 위스키 잔을 쥐고 말했다. "식사는 제대로할 수 있으려나요? 중매인은 거의 요리를 먹지 못하잖아요."

"격식 차리지 않은 피로연일 테니까 이번엔 먹을 수 있을걸."

구니마사는 중매인 인사말로 머릿속이 가득 차 있었다. 빨리 임무를 마치고 마음 편히 요리나 먹고 싶은 마음이 간절했다.

교회에서는 좀 떨어져 앉았던 겐지로가 맥주잔을 들고 다가왔다.

"뎃페 녀석, 놀랄 정도로 친구가 없잖아. 괜찮은 건가, 이래 가지고?"

"철없던 시절의 똘마니들과 인연을 끊었서 그런 걸 테지. 좋은

현상 아나?"

뎃페를 옹호할 작정으로 한 말이었지만 "당신도 참, 경사스런 자리에서 그런 옛일을 들추지 마세요" 하고 기요코에게 야단을 맞았다.

피로연으로 말하자면…… 그야말로 파란의 연속이었다.

인사말을 하기 위해 일어선 구니마사는 "이로써 양가의 혼례가 성립되었음을 여러분께 보고드립니다" 하고 엄숙히 선언하려는 찰나 하필 마미 부친의 '통곡' 장면이 떠올라 또 웃음이 터지려 했다. 필사적으로 웃음은 되삼켰지만, 일껏 외워온 인사말은 전부 날아가고 식은땀이 비 오듯 쏟아졌다. 어찌어찌 말을 마치고 자리에 앉았을 때는 완전히 탈진 상태였다.

몸에 힘이 쭉 빠진 구니마사 앞에서 피로연은 떠들썩하게 진행되었다. 마미의 부친은 인사불성으로 취해 테이블 위에 엎어졌고, 마미의 모친은 싹싹하게 인사를 하며 바지런히 각 테이블을 돌았다. 뎃페의 부친은 나중에 따끔한 훈시라도 할 셈인지 아들의 일거수일투족을 매서운 눈빛으로 좇으며 뭐라고 메모를 해댔고, 뎃페의 모친은 겐지로의 초록머리에 주춤주춤하면서도 나름 과감히 대화를 시도했다.

겐지로가 내빈 스피치의 선두를 장식했다.

"뎃페는 손끝도 여물지 못하고, 철없는 시절에 만났던 한패에게 돈을 빼앗기기도 하고, 정말로 모자란 제자입니다. 그래도 뭐, 열의 하나만은 있으니까, 쓰마미 간자시와 더불어 앞으로도 잘 좀 부탁합니다! 아, 여러분의 테이블에 장식된 꽃은 제가 쓰마미 기법으로 만든 겁니다. 분해되니까 갖고 가세요."

뎃페는 사부의 마음 씀씀이에 감격해 주먹으로 눈가를 훔치고 있었지만 구니마사는 '그러지 말고 손수건을 써!' 하고 충고하는 것도 잊어버렸다. 겐지로가 "그러면 뎃페와 마미 씨에게 노래 한 곡 바칩니다. 나가부치 쓰요시, 〈순애의 노래巡恋歌〉!" 하고 덧붙였기 때문이다.

어, 어째서…… 〈건배〉가 아니라 〈순애의 노래〉냐고? 피로연에 그 노래는 아니잖아…… 구니마사는 열창하는 겐지로를 조마조마한 심정으로 지켜봤다. 겐지로 녀석이 노래까지 쓸데없이 잘 부르는 것이 배알이 뒤틀린다.

분위기가 무르익자 마미의 미용실 동료 다섯 명이 검은 원피스 수영복에 고무장화를 신고 등장했다. 왕년의 인기 아이돌 핑크 레이디의 히트송 〈UFO〉를 무대에 올리겠단다. 보라색 머리의 중년 부인이 수영복을 입고 핑크 레이디라니, 뭐, 이건 눈을 어디에 두라는 건지. 안무도 안무거니와, '지구의 남자한테 싫증 날 즈음'이라는 가사가 과연 결혼 피로연에 적절할까 의문이었지만 하객들은 우레 같은 갈채를 보낸다. 마침내 구니마사는 이 피로연에 상식적인 전개를 기대하는 일을 포기했다.

그뒤로는 흥에 겨워 도조스쿠이 노래에 맞춰 체로 미꾸라지를 잡는 동작을 하는 춤를 추는 사람, 시조를 읊는 사람, 피로연장 일각에 둥글게 둘러서서 흘러간 유행가를 합창하는 사람들로 결혼 피로연은 완전히 하객들의 숨은 재주 발표회장으로 탈바꿈했다. 뎃페와 마미는 웃는 얼굴로 꼭 달라붙은 채 피로연을 만끽하는 한 사람한 사람에게 인사를 하며 회장을 돌았다.

피로연 마지막에 뎃페와 마미가 마이크 앞에 섰다. 뎃페가 안주머니에서 주섬주섬 편지를 꺼냈다. 후르르 펼쳐진 그것은 바닥까지 닿는 두루마리 편지였다. 저런 대하소설 급의 인사말을 늘어놓을 참인가, 하고 구니마사는 내심 불안해졌다.

"이것저것 적어왔는데 눈물로 앞이 흐려져 읽기가 힘이 드네요……. 그러니까 혹 이상한 말을 해도…… 이해해주십시오." 뎃페가 말했다.

뎃페 씨, 괜찮아, 하고 속삭이는 마미의 목소리가 마이크를 타고 흘러나온다. 구니마사가 속으로 웃는다. 전에 무슨 사죄 회견인가에서도 비슷한 장면(연로한 모친이 다 큰 아들의 말문이 막힐 때마다 일일이 귓속말로 일러주었다)이 있었는데…….

"아까 사부도 말씀하신 것처럼 저는 미숙한 인간입니다. 그래도 훌륭한 쓰마미 간자시를 만들기 위해 부지런히 배우겠습니다. 마미 씨도 손님들을 더욱 기쁘게 할 수 있도록 미용사 일을 열심히 하겠답니다. 모쪼록 여러분, 지도 달편……."

지도 편달, 하고 마미가 속삭이는 목소리가 다시 장내에 울렸다.

"펀달, 잘 부탁드립니다. 오늘은 감사했습니다!"

더듬거리기는 해도 진심이 담긴 말에 성대한 박수가 터졌다. 뎃페와 마미가 나란히 깊숙하게 고개를 숙였다.

잘됐다, 어쨌거나 무사히 끝났어. 구니마사는 비트적거리면서, 하객들을 배웅하기 위해 입구로 자리를 옮겼다.

"아아, 즐겁고 훌륭한 피로연이었어. 음식도 맛있었고요." 기요코가 말했다.

구니마사는 줄곧 마음을 졸이느라 음식 맛 같은 것은 하나도 기억나지 않았다.

"굉장한데, 기요코" 하고 감탄하자 기요코가 "그렇죠?" 하면서 그날의 하늘처럼 상쾌하게 웃었다.

"아, 그리고…… 앞으로도 가끔 엽서 보내줘도 돼요."

구니마사와 겐지로는 올 때처럼 호텔에서 수로까지 터덜터덜 걸었다. 답례품 봉투가 유난히 무겁다.

"설마 신랑 신부 이름이 새겨진 접시 따위는 아니겠지." 겐지로가 투덜거렸다.

호텔 측에서 세세하게 신경을 써준 덕에 봉투 맨 위에 테이블에 장식되었던, 쓰마미 기법으로 만든 작은 꽃이 놓여 있었다. 행복의 상징처럼 청초한 빛깔의 꽃 한 송이. 늘 그렇지만 섬세한 솜씨이다. 쇠 힘줄보다 튼튼한 신경의 소유자인 겐지로가 만들었다고는 정말이지 믿기 힘들다.

"그래서? 제수씨는 어떻게 됐어?"

"딸네 집으로 갔어."

"한심하구나. 역시 붙들어 앉히지 못했냐?"

"괜찮아." 구니마사가 말했다.

떨어져 살아도 소중한 가족이란 사실에는 변함이 없다. 그것을 확인할 수 있었던 것만으로도 큰 소득이었다.

바람이 불어 벚꽃잎들이 무수히 떨어진다.

"벚꽃도 벌써 다 지네."

"내년이 있잖아."

"우리, 내년에도 벚꽃을 볼 수 있을까?"

"글쎄." 겐지로가 어깨에 내려앉은 꽃잎을 콧김으로 날린다. "우리가 볼 수 없어도 벚꽃은 내년에도 내후년에도 피어. 그걸로 됐잖아."

하기는…… 맞는 말이다.

하늘이 붉은 석양빛으로 물들고 있다. 저녁 찬거리를 사러 나온 사람들과 서둘러 집으로 돌아가는 사람들로 Y동네의 좁은 길은 활기가 넘친다.

긴 세월이 흘러 Y동네의 풍경은 변했어도 거기 사는 사람들의 생활은 변함이 없다. 소년 시절과 마찬가지로 지금도 구니마사의 옆에는 겐지로가 있다.

죽마고우가 아니었으면 이 녀석과 친구가 되는 일 따위는 분명 없었으리라.

구니마사는 혼자 웃었다.

"뭘 히죽거리고 있냐, 기분 나쁘게."

겐지로가 답례품 봉투를 구니마사에게 떠안기고 작은 배로 내려섰다. 선외 엔진 앞에 쭈그려앉아 "어라? 낡아빠진 배라서, 이거……" 하고 구시렁거리고 있다.

눈앞에서 또 꽃잎들이 날아간다.

Y동네의 누구나가 각자의 영원을 살아간다. 구니마사나 겐지로가 저 수로 너머로 사라진 후에도 뎃페가, 마미가, 훗날 태어날지도 모를 그들의 아이들이 봄이 올 때마다 벚꽃을 바라보리라. 한여름의 불꽃놀이를, 가을의 비늘구름을, 겨울의 차디찬 강물을 바라보리라.

아라카와와 스미다가와 사이에 들어앉은 Y동네는 혈맥처럼 수로를 뻗은 채 오늘도 조용히 숨을 쉬고 있다.

가까스로 엔진이 걸리고, 겐지로가 어서 타라고 손짓을 한다.

"우리 집 들러서 한잔하고 갈 거지?"

"음, 그래야지."

구니마사는 그렇게 대답하고 조금 머뭇거렸다. 그리고 답례품 봉투를 내밀었다.

"이것 좀 잠깐 들고 있어."

"하여간 넌 다리랑 허리가 너무 약해. 나라면 이깟 것쯤 양손에 들고도 가뿐히 건너뛰겠다."

"알았다, 알았어. 너도 돌발성 요통이란 것에 한번 당해봐라. 그러면 그런 말이 쏙 들어갈 거다."

이윽고 배가 수로를 미끄러져나가기 시작했다. 통통통, 하고 경쾌한 엔진음을 울리며 두 사람을 태운 작은 배는 Y동네의 집집 사이를 나아갔다.

옮긴이 홍은주

이화여자대학교 불어교육학과 및 동대학원 불어불문학과를 졸업했다.
일본에서 살면서 《지푸라기 여자》《상실연습》《악연》 등 다수의 프랑스 책들은 물론
아리카와 히로의 《현청접대과》를 비롯하여 《모두, 안녕히》《가타기리 주점의 부업일지》^{비채 근간}
《고로지 할아버지의 뒷마무리》 등 일본문학도 우리말로 활발히 소개하고 있다.

마사&겐 블랙&화이트 063

1판 1쇄 발행 2015년 6월 26일 **1판 4쇄 발행** 2015년 7월 6일

지은이 미우라 시온 **옮긴이** 홍은주
펴낸이 김강유
책임편집 장선정 **편집** 이승희 김은영
책임디자인 안희정
저작권 차진희 박은화
책임마케팅 김용환 김새로미 이헌영 정성준
마케팅 김재연 백선미 고은미 **홍보** 고우리 박은경
책임제작 김주용 박상현 **경영지원** 양종모 김혜진 송은경 한주임
제작처 코리아피앤피 금성엘엔에스 대양금박 정문바인텍

발행처 비채
주소 경기도 파주시 문발로 197(문발동) 우편번호 413-120
등록 1979년 5월 17일(제406-2003-036호)
주문 및 문의 전화 031)955-3200 **팩스** 031)955-3111
편집부 전화 02)3668-3295 **팩스** 02)745-4827 **전자우편** literature@gimmyoung.com
비채 카페 http://cafe.naver.com/vichebooks
트위터 @vichebook **페이스북** www.facebook.com/vichebook

ISBN 979-11-85014-84-5 03830 책값은 뒤표지에 있습니다.

비채는 김영사의 문학 브랜드입니다.
이 도서의 국립중앙도서관 출판예정도서목록(CIP)은 서지정보유통지원시스템 홈페이지
(http://seoji.nl.go.kr)와 국가자료공동목록시스템(http://www.nl.go.kr/kolisnet)에서
이용하실 수 있습니다.(CIP제어번호: CIP2015016615)